TOUT CE QUI EST

Du même auteur
CE QUI EST *(chez le même éditeur)*

Titre original :
ALL THERE IS

5, passage de la Folie-Regnault - 75011 Paris
ISBN 978-2-86316-139-5

Dépôt légal : 1er trimestre 2007.

TONY PARSONS

TOUT CE QUI EST

Traduction de Philippe de Henning

ÉDITIONS ACCARIAS
L'ORIGINEL

Le mot sanskrit « Advaïta » pointe en direction de ce dont il ne peut être parlé et met en lumière l'inanité de l'idée qu'il puisse exister quelque chose qui soit séparé de quelque chose d'autre nommé unicité.

Ce livre est dédié à Claire
À mon amour au delà des mots

Remerciements

En remerciement à tous ceux qui, chacun à leur façon,
ont contribués à répandre ce message
Rose Youd, Michael Angress, Chris Harwood,
John Ryan, Ricky James, Julian & Catherine Noyce,
Brian Holden, Haydn Davies, Terry Sullivan,
Janet Marsh, Roger Hart, Habiba, Annie Wilson,
Evor Hines, Roger Linden, Michael Reid, Nathan Gill,
Jan Kersschot, Leo Hartong, Philip & Denise Boerma,
Belle Bruins, Aidan & Kathleene Harrison,
Wouter Shopman, Angela Renner & Kees Melse,
Hetty de Vries, Janna Schagen, Philippe de Henning,
Marianne Nentwig, Margit & Laszlo Jacob,
Linda Hubly, Carol & Mark O'Laughlin,
Matthew & Joan Greenblatt de Inner Directions
aux USA, Jean-Louis Accarias en France
et tous nos autres éditeurs en Allemagne, en Espagne,
en Hollande et en Russie, et tous ceux qui ont participé
à cette merveilleuse aventure.

SOMMAIRE

Tout ce qui est, est ceci… et cela…
être

l'un apparaissant en tant que deux
rien apparaissant en tant que tout
l'absolu apparaissant en tant que particulier
le vide apparaissant en tant que plein
l'incausé apparaissant en tant que causé
l'unicité apparaissant en tant que séparation
le sujet apparaissant en tant qu'objet
le singulier apparaissant en tant que pluralité
l'impersonnel apparaissant en tant que personnel
l'inconnu apparaissant en tant que connu

C'est le silence se faisant entendre, l'immobilité en mouvement et
ces mots apparaissant en tant qu'orientation vers l'indicible

et cependant rien ne se passe

NOTE DU TRADUCTEUR

« Le fait n'est pas tant que vous soyez complètement impuissant, mais surtout qu'il n'est personne pour être ou ne pas être impuissant... »

Avec ce nouveau recueil de dialogues, le grandiose lutin de l'advaita contemporain a encore frappé sans aucun égard pour le conformisme spirituel.

Trop tard pour faire machine arrière, ce livre a trouvé son chemin jusqu'à vous et selon toute probabilité, il n'en restera pas là.

Le flirt prudent avec la non-dualité devient ici complètement dévastateur, pas d'échappatoire ni de demi-mesure dans les pages qui suivent.

L'intolérable simplicité devant laquelle Tony Parsons place le lecteur lui fait prendre conscience de son penchant invétéré pour la complexité, lui révélant l'esquive permanente de l'éveil dont il est le théâtre.

Un éveil à jamais hors d'atteinte par sa nature même...

Car les choses empirent encore lorsque qu'au fil des pages se dessine l'impensable question : ce chercheur, cette recherche et son objet ne sont-ils pas autre chose qu'une chimère entretenue par le désir forcené de l'esprit de se maintenir aux commandes.

Le sens de l'identité séparée et son encombrant fatras de certitudes et de refuges en des traditions réconfortantes s'effiloche.

Déchiqueté par le souffle de l'évidence, ce gonfalon d'une individualité autonome et souveraine part en lambeaux chapitre après chapitre, jusqu'à peut-être s'évanouir pour de bon, faisant place à l'évanescente fragrance de l'ultime.

de Henning
Paris, décembre 2006

NOTE DE L'AUTEUR

Cette fois encore* le texte présenté au lecteur français diffère par endroits de celui originellement édité en anglais.

Les améliorations apportées à cette édition française contribuent à la fluidité de la lecture et amplifient la clarté de la perspective offerte dans ces pages au chercheur apparent.

Leur bien-fondé a été mis en lumière, pour la plupart, lors de l'approfondissement sans faille qui a présidé à la démarche du traducteur, Philippe de Henning, et par les réflexions que son approche rigoureuse ont fait naître en moi.

Avec tous ceux qui ont participé à la publication de cet ouvrage en français, je le remercie tout particulièrement pour sa persévérance et rend hommage au discernement et à l'entendement qui ont inspiré sa traduction.

Tony Parsons
Dorset,
Janvier 2007

*Après *Ce qui est* aux Éditions Accarias - L'Originel, 2002.

Avant-propos

Ce livre ne contient aucun enseignement quel qu'il soit... il parle d'un souvenir et peut éveiller une impression ou un parfum de quelque chose que nous pensons peut-être perdu ou égaré.

C'est la pièce ultime du puzzle. À l'instant même où elle se met en place, il est soudain réalisé qu'il ne fut jamais de puzzle.

Il y a apparemment foison de soi-disant maîtres spirituels, gurus et autres enseignants illuminés. L'idée maîtresse de leur message se fonde sur la présomption qu'il existe une chose telle qu'un individu séparé, capable d'exercer choix et efforts dans le dessein de devenir digne d'atteindre quelque chose dénommée *illumination*. Ce type d'enseignement est ancré dans une profonde ignorance de la nature de la libération, et renforce continuellement l'idée de la quête et du devenir.

Or l'unicité n'émerge pas à travers une acquisition mais plutôt à travers la perte de quelque chose...

Lorsque s'effondre l'apparente identité séparée, la radieuse merveille de la présence se révèle – à personne. Il devient également clair qu'il ne fut jamais personne ayant besoin d'être libéré.

Ce thème reparaît sans cesse au fil de cet ouvrage, mais si vous en caressez les pages avec légèreté, au lieu de les creuser laborieusement pour tenter de leur arracher « LA réponse », vous pourriez commencer à pressentir le goût de quelque chose qui est au delà des réponses.

Les entretiens se déroulent d'abord au niveau d'un échange de concepts, dans le cadre duquel il est possible que des idées confuses à propos de notre nature originelle puissent être délogées par une clarté à la fois sans concession et mystérieuse. À un autre niveau, ce qui est partagé en silence est déjà su. La sagesse parle à la sagesse, le rien parle au rien, et nous sommes dans la reconnaissance que nous nous unissons et que nous résonnons à ce qui déjà EST.

Tony Parsons
mai 2003

Londres

Octobre 2002

Autant vous prévenir tout de suite, je ne suis pas quelqu'un d'illuminé et personne dans cette pièce ne le deviendra jamais. Il n'existe rien de tel qu'une personne illuminée. C'est une contradiction dans les termes.

J'aimerais ajouter que ce qui se passe ici n'est pas un enseignement, de quelque sorte que ce soit. Il n'est rien qui soit enseigné ici, car il n'est personne ici qui ait besoin d'être enseigné.

Tout ce qu'il y a ici, véritablement, ce sont des amis appliqués à se souvenir de quelque chose. Simplement en train de se rappeler quelque chose qu'il est possible que nous considérions perdu ou égaré. Certains se sont souvenus – et pas mal d'autres aussi dans cette pièce ont eu un parfum ou un aperçu de ce qu'ils s'imaginaient être perdu.

Et la nature de ce que nous pensons être perdu est la présence, l'Être intemporel. C'est totalement et complètement simple – la chose même dont nous nous languissons plus que toute autre est en fait totalement et complètement simple, immédiate et disponible. Étrangement, la chose que nous désirons par-dessus tout ne nous a jamais quitté.

En termes simples, tout ce qui se passe est que lorsque nous sommes de très jeunes enfants, il y a simplement être, sans le savoir d'être. Il y a simplement existence, être. Et puis quelqu'un survient en disant : « Vous êtes Paul » ou « Vous êtes Marie » – « Vous êtes une personne. » Ensuite, d'une façon ou d'une autre, l'esprit, – la pensée « je », l'identité, l'idée « je suis une personne » – s'empare de l'énergie d'être et l'identifie en tant que Paul, Marie ou je ne sais quoi. Elle accapare l'être et lui donne un nom. Les mots commencent, les étiquettes apparaissent et toute cette idée « moi » se met en branle et devient la principale dominante de la vie.

Si vous regardez le monde apparent dans lequel nous vivons aujourd'hui, tout tourne autour du « moi », tout est centré sur la réussite ou l'échec de « la personne ». Nous grandissons dans la croyance et le raffermissement de l'idée qu'il y a « quelqu'un » et que ce quelqu'un vit une vie qui va durer un nombre donné d'années. Nous sommes embarqués dans un voyage nommé « ma vie », et la chose à faire – nous dit-on – est de faire marcher cette vie. Tout l'investissement réside en « je suis une personne et je dois réussir ma vie ».

Et vous vous retrouvez abreuvé de listes. La première vous pousse à être un bon enfant, celle qui suit à être un bon étudiant… Ensuite, il y a une liste des conditions requises pour être un bon travailleur, habituellement suivie par celle du bon époux ou du bon compagnon. Certains se tournent vers la religion pour tenter de découvrir ce qui manque à leur vie et là encore on leur présente une liste d'obligations à remplir avant qu'ils ne deviennent dignes ou acceptables.

Il y a autant d'idées sur la façon de s'y prendre pour réussir sa vie qu'il y a d'apparentes personnes au monde. Et il y a beaucoup de niveaux subtils de réussite personnelle – certains apparemment négatifs. Pour certaines personnes, assumer une position de victime peut leur sembler un grand succès !

Nous sommes amenés à jouer ce jeu parce que nous pensons vraiment que nous sommes « des gens ». Le rôle « je suis une personne » est adoptée. Vous prétendez être cette personne, et prenez ce jeu tellement au sérieux que vous en oubliez que vous faites semblant – et la supercherie devient tout. Et beaucoup, beaucoup de vies se vivent ainsi jusqu'à la fin. Et c'est très bien ainsi, c'est divin, c'est le jeu divin.

Certains, ayant épuisé toutes ces listes, ont le sentiment qu'il y a encore quelque chose de manquant. L'idée leur vient alors :

« Peut-être puis-je trouver ce qui manque par la thérapie, peut-être qu'un thérapeute pourra me dire ce qui ne va pas, ce qui me manque ». Et ils s'embarquent dans une nouvelle liste. Et encore une fois, il y a cette compulsion à devenir quelque chose.

Mais pour une raison ou une autre, rien de ce qui est sur les listes – religion, thérapie ou autre – ne semble fonctionner. Certains entendent alors parler de quelque chose nommé illumination et il leur semble que c'est peut-être là la dernière pièce du puzzle. Ils se mettent en quête et finissent par trouver quelqu'un qui joue au gourou et ils jouent à être des disciples. Disciple et gourou se renforcent l'un l'autre. Le maître qui va vous enseigner comment devenir illuminé devient de plus en plus important et vous vous sentez de plus en plus important puisque votre maître semble de plus en plus important.

Bien sûr, il s'agit encore d'une autre merveilleuse version du jeu consistant à faire semblant. Et une nouvelle liste surgit avec ce scénario – méditation, honnêteté extrême, ou encore être si sérieux à propos de l'illumination que vous pourriez vous jeter du haut d'une falaise... Un des items de cette liste est « être ici, maintenant » – être ici maintenant sans penser. Vous pouvez dévorer tous les livres et vous presser auprès des types qui vous racontent ça... Et vous pourrez réellement être ici, maintenant, environ trois, quatre minutes – et peut-être cinq secondes sans penser !

C'est entièrement un jeu de rôles, et c'est totalement divin. Chaque instant de votre vie jusqu'à ce moment-ci a été absolument, parfaitement divin ; rien n'aurait jamais pu être différent. Votre vie apparente toute entière – tout ce « faire » apparent, tous ces choix apparents – est totalement appropriée et divine.

Mais la notion « vous » se trouve raffermie en permanence. L'accent est mis sur l'idée qu'il y a quelqu'un là. Tout dans le monde met l'accent là-dessus. L'assertion erronée d'un prétendu « moi » se voit renforcée jusque dans la quête pour l'illumination car ce qu'un soi-disant maître va vous raconter, c'est : « J'ai atteint l'illumination, je suis une personne illuminée et *vous* pouvez également devenir une telle personne. » Vous – ce prétendu « vous » !

Il s'agit d'une totale illusion, d'une illusion absolue, car l'éveil est précisément la réalisation qu'il n'est personne – c'est aussi simple que cela. C'est vraiment totalement et absolument simple, et en même temps très difficile.

L'éveil est la réalisation que tout ce qui est arrivé – toute cette idée qu'il est un « moi » – est un mensonge. En ce moment même, vous êtes occupé à faire semblant d'être assis ici et de me regarder. Vous faites semblant d'être assis ici à me regarder en essayant d'en tirer quelque chose.

En fait il n'est personne d'assis ici et rien à obtenir.

Si vous le voulez, vous pouvez fermer les yeux et sentir l'énergie que vous pensez être « vous ». C'est comme un jaillissement vital... Pour certains, c'est le sentiment « j'existe »

Mais cette énergie, ce sentiment de « vous » étant là, n'est en fait pas vous. Ce sentiment émanant de qui vous croyez être – ce sentiment de vitalité et d'énergie – c'est *être*. Simplement *être*. Vous pensiez que c'était vous – c'est simplement purement *être*. Ce n'est pas qui vous êtes, – c'est ce que vous êtes. Jamais venu, jamais parti – cela a toujours été là. Ce que vous êtes est simplement être, présence, vie. Vous êtes vie, vie se produisant, mais n'arrivant à personne. Être assis sur cette chaise ne vous arrive pas à vous, – être assis là est ce qui arrive et n'arrive à personne. Il n'est qu'*être*. Vous êtes l'*être* même – l'*être* divin.

Et c'est si frappant car où que vous alliez, il y a *être*. Quoique vous fassiez en apparence, il y a *être*. Quoiqu'en apparence vous ne fassiez pas, il y a *être*. Il y a toujours eu *être*, quoi que vous ayez apparemment fait ou pas fait, quels que soient la bassesse, la folie, l'ignorance ou l'égoïsme où vous imaginez vous trouver. Tous ces traits naissent en ce que vous êtes, qui est *être*. Tout ce qu'il y a est *être*. Et surgissant de cet *être* il y a l'idée que « vous » existez. Il ne s'agit que d'une idée, de la simple pensée qu'il y a quelqu'un.

Alors, vous le voyez bien, comment est-il possible que quiconque ait besoin de faire quoi que ce soit pour que se produise l'illumination ? Il n'est personne – il n'est qu'*être* – comment alors personne pourrait faire quoi que ce soit ? Pourquoi personne devrait-il devenir quelque chose, quand tout ce qu'il y a n'est que semblant ? Devrait-il devenir un semblant meilleur ? L'éveil n'a strictement rien à voir avec vous. Vous n'êtes qu'un rôle dans une pièce. Tony Parsons est un simple assemblage de caractéristiques – c'est ce qui est assis ici, un assemblage de caractéristiques associé à un corps/mental. Mais ce que vous êtes est l'*être*, la tranquillité d'où survient tout ceci. En fait, tout ce qui est assis là est tranquillité, *être*, présence – appelez-le comme vous voulez.

L'éveil est simplement l'évanouissement d'une idée, d'un semblant, de l'idée d'être quelqu'un. Et il n'est personne ici dans cette pièce qui puisse provoquer la disparition de cette idée. Ce qui se passe ici est qu'à un certain niveau nous dialoguons et que l'esprit tente de comprendre, tandis qu'à un autre niveau il y a un savoir plus profond (que nous connaissons tous de toute façon) qui résonne avec ce qui est communiqué et est en train d'être reconnu.

Une fois ce message entendu, le « moi » s'évanouit tout simplement. L'idée « moi », le semblant du « moi » est absent et il y a ce qui toujours est là – simplement *être*.

C'est aussi simple que cela. C'est totalement simple. C'est juste là – nul besoin de se rendre où que ce soit. Vous n'avez même pas besoin de le comprendre – pour l'amour du ciel ne tentez pas de le comprendre ! Et ne croyez pas un seul instant que quelqu'un désire que vous le croyiez – cela n'a rien à voir avec la croyance. Ce peut être senti… Il y a simplement jaillissement vital. Il y a la vie, là.

L'esprit voudra discuter de tout ça et c'est très bien ainsi. Si le mental veut en parler ou poser des questions, laissez cela se faire. Ce qui se passe, c'est que les questions restent sans réponses et l'esprit découvre qu'il ne peut aboutir nulle part – puisque *ceci* est déjà. L'esprit égrène des "Oui mais…" et c'est dans l'ordre des choses. Il n'est pas de questions stupides – si cela vient à l'esprit cela a besoin de sortir et de ne pas se voir ignoré.

Mais quelque part, pris de lassitude, l'esprit voudrait bien laisser tomber. Et au bout du compte tout ce qu'il voit c'est qu'il y a juste ceci – vie.

Si vous fermez les yeux, tout ce que vous trouvez en fait sont des sensations. Une chose se produit à la fois – le corps assis dans une chaise se produit, une brise entrant par la fenêtre se produit, le bruit du papier froissé se produit, les voitures se produisent... Il n'est pas d'histoire. L'histoire que nous pensons être la nôtre n'est qu'une supercherie, car toujours partout et à tous moments, il n'est que *ceci*. L'histoire que vous avez entendue à propos de votre vie ne mène nulle part. Tout ce qui se produit est simplement l'invitation à voir qu'il n'est que *ceci*. Que tout ce qui est, est *ceci*. Pendant tout ce temps, la vie n'a cessé de vous dire : « Regardez, il y a simplement la vie. Il n'est pas d'histoire, il y a simplement vie. »

(un long silence)

Il n'y a donc vraiment rien que je puisse faire pour réaliser cela ?

Ce n'est pas tant que vous ne puissiez rien faire, mais c'est qu'il n'est personne. Et s'il n'est personne, il n'est ni choix, ni faire. Mais des choix et du « faire » apparents apparaissent au sein du rêve de l'illusion. Vous pourriez dire que vous avez la latitude de choisir de vous lever et de quitter la pièce maintenant ou de prendre une tasse de thé plus tard. C'est une apparence de choix. Mais il n'est personne là-dedans pour opérer un choix quelconque. Personne n'a choisi de venir ici aujourd'hui – il a seulement semblé que vous faisiez ce choix.

Lorsque vous employez le mot "apparent" cela donne l'impression qu'il s'agit de l'apparition de quelque chose.

Oui, c'est l'un *apparaissant* en tant que deux. Il n'est qu'unicité, et vous êtes l'unicité apparaissant en tant que deux. Ceci est le deux apparaissant, mais en réalité il n'y a qu'unicité. Et ceci est l'apparence, le drame de la quête pour l'unicité. Ceci, pourrait-on dire plaisamment, est l'un jouant à être deux, se cherchant lui-même. C'est aussi simple que cela.

Cette apparence que nous avons sous les yeux – le monde et nos vies apparentes – ne va nulle part et n'a absolument aucun but ou signification. Il ne fait que sembler être important, avoir un objectif, un sens et être en route pour quelque part. C'est une parabole. Nous vivons dans une parabole. Le monde et notre vie sont une métaphore. Et en fait, ce qui survient se prête à être considéré comme l'invitation à voir que vous êtes l'un. Ainsi tout ce que nous buvons, mangeons, ce sur quoi nous sommes assis, ce que nous respirons, est l'un nous invitant à voir que nous sommes cela.

En ce moment même, vous êtes totalement immergés dans votre propre invitation. Tout ce qui arrive à vos sens, votre esprit et vos pensées en cet instant même est simplement l'unicité vous invitant à voir que vous êtes cela. C'est tout ce dont il s'agit.

Alors est-ce l'esprit qui s'éveille à la vision que vous êtes cela ? Est-ce le mental qui le voit ?

Non, c'est vu, mais par personne ; c'est la vision de *l'être*, de *l'être* intemporel.

En ce moment votre expérience est qu'il n'est personne et que seule existe l'unicité. Que se passerait-il si demain vous contractiez la maladie d'Alzheimer ou une pathologie de ce type par laquelle l'esprit sombre dans le chaos ? Vous ne verriez plus…

Cette vision n'a rien à voir avec l'esprit ou avec moi. La vision de l'unicité vient du rien. Même ce qui est communiqué ici la plupart du temps provient du rien. Ainsi la vision vient du rien et quoiqu'il survienne – y compris la maladie d'Alzheimer ou autre – est simplement ce qui survient.

D'accord, alors vous voyez qu'il n'y a qu'un – je vois deux. Mon esprit voit qu'il y a séparation - pour vous, il n'y en a aucune.

Exact.

Pourtant il n'y a aucune différence entre vous et moi...

Fondamentalement, il n'est pas de différence. Il n'y a qu'unicité. Ceci est l'unicité en train d'apparaître. Il n'est pas de distance entre nous, pas d'espace entre nous ; il n'est qu'unicité.

Mais qui s'éveille à cela ?

L'unicité. L'unicité joue au jeu d'être deux, assoupie, en quête de l'unicité. Lorsque survient l'éveil, ce n'est que l'évaporation de la prise au sérieux de la dualité. C'est tout ce dont nous parlons ici... Toute cette histoire est aussi simple que cela – tout ce qui fait obstacle à l'éveil est une idée erronée. Vraiment. Cette une mystification que vous avez été amené à croire par le jeu du conditionnement. Et lorsque l'idée que vous êtes deux s'évanouit, il y a unicité.

*

* *

Lorsqu'il y a un "Oui !" à ces paroles, s'agit-il de l'un reconnaissant l'un ?

Oui, mais il ne s'agit pas de quelque chose ayant trait à la compréhension, c'est plus du domaine de l'intuition. C'est comme un bond en avant, la vision soudaine de quelque chose qui était déjà su. « Oh oui ! Je sais déjà cela ».

Et y a-t-il plus de chance que cela se produise par la vertu de notre présence ici ?

Je pense que d'une certaine façon ce qui se passe, c'est que l'esprit arrive ici déterminé à prendre quelque chose et commence à réaliser qu'il n'obtient rien, car rien n'est donné. Il continue à venir, toujours dans l'idée d'acquérir quelque chose, et à la fin simplement il abandonne.

Voyez-vous, il s'agit d'une histoire d'amour. Il s'agit d'une étroite et totale intimité avec la merveille de ceci. Comme un enfant sur la plage, construisant un château de sable, en totale communion avec le sable, la mer, le sel... Plus rien d'autre n'existe. C'est la merveille de cette simplicité, la merveille de ceci, qui balaye tout ce qui a trait au concept. C'est la merveille intemporelle de ce que nous sommes. Ainsi vous n'êtes vraiment venu ici que pour vous remémorer quelque chose. Et oui, dans le rêve des apparences, une exposition récurrente à ce message et la remémoration qui pourrait s'ensuivre, d'une façon ou d'une autre, semble s'assortir de l'évanouissement de ce qui a été empilé sur ce souvenir.

Est-ce donc réaliser la vacuité?

Oui, au bout du compte, vous pourriez employer ces mots. C'est la vision de l'unicité, et en fin de compte il n'est personne pour voir l'unicité. Il n'est personne ici, seulement unicité.

*

* *

Alors, l'éveil n'est pas une expérience que l'on fait?

Non, l'éveil n'est en aucune façon une expérience. Dans mon vocabulaire si vous parlez d'expérience, vous parlez de quelqu'un faisant cette expérience. Tony Parsons fait des expériences, mais il n'y a qu'unicité – qui n'est pas une expérience. Alors quoiqu'il se produise pour Tony Parsons – quoiqu'il se produise en ce moment même – les bras qui s'agitent, cette voix se faisant entendre, il fait un peu chaud ici, une toux qui survient – n'est simplement que la manifestation de l'unicité. Et il en va de même pour Tony Parsons, croyez-le ou non!

Alors qui donc en fait l'expérience comme la manifestation de l'unicité?

Personne. C'est un mystère. Oh, Tony Parsons fait l'expérience de la chaleur du corps et de ce que vous voulez. Tony Parsons en fait l'expérience, mais il y a l'unicité en laquelle tout cela paraît survenir. Je suis l'un, je suis tout ce qui est – et vous de même. Mais lorsque je dis : « Je suis » cela n'a rien à voir avec Tony Parsons. Absolument rien à voir. Tony Parsons n'est qu'une simple apparence ; un simple personnage dans la pièce, sans autre signification – « Le monde entier est un théâtre... »

Est-ce que ça va ? Etes-vous à l'aise avec ça ?

Je ne peux le comprendre.

Non, non, ce dont nous parlons ici est tout à fait au delà de la compréhension. Totalement au delà de toute compréhension. Mais il est des gens assis dans cette pièce qui savent qu'il y a quelque chose qui les observe assis ici. Il y a quelque chose qui vous observe assis ici dans cette pièce.

Alors, puis-je vous inviter à fermer les yeux et à me dire, immédiatement sans y penser – ce qui monte dans votre conscience ? Que voyez-vous, que sentez-vous ?

J'ai chaud.

Eh bien, qui se sent chaud ?

Moi. Je me sens chaud.

Et où se trouve le « je » qui se sent chaud ?

Dans ma tête, en train de penser ça.

Et il s'agit là simplement de la transmission de l'information se rapportant à cette sensation de chaleur.

Oui.

Vous êtes donc déjà le rapporteur d'une histoire.

Oui, je suppose que je suis en train de vous dire que j'ai chaud.

Et si vous disiez simplement : « Le corps se sent chaud » ?

Bon, d'accord – le corps se sent chaud.

Qu'est-ce qui voit ça ?

(Long silence)

Quelque chose qui reconnaît cela.

À quoi ressemble ce quelque chose ?

C'est comme une sorte de savoir.

Et quel est le sentiment qui surgit de la simple vue de ce qui est ?

Cela donne un sentiment d'espace accru... comme une ouverture sur l'intemporel.

Lorsque se produit la séparation, la pensée « je » s'invite à la fête et tel le coucou, s'installe prestement dans le nid et recouvre *l'être*. À partir de là, « moi » se prend pour l'univers entier, et tout ce qui se produit est apparemment vu depuis le « moi ».

Ainsi, lorsque nous voyons un arbre, nous pensons « moi » voit un arbre là-bas, alors que l'arbre émerge dans l'être.

Ce que vous avez toujours considéré comme « moi » est en réalité être. Être ne s'en est jamais allé, mais a simplement été la victime d'une identification erronée. *Être* est la seule et unique constante, tout le reste est transitoire, y compris le coucou.

*
* *

L'éveil n'est pas nécessairement la disparition du corps/mental ou la disparition de l'agissant.

Pas du tout. Enfin, le sentiment d'un agir personnel s'est évanoui tout de même !

Ce n'est pas une expérience car l'unicité est là en permanence.

Ce n'est pas tant que l'unicité est toujours là, mais qu'il n'est en fait qu'unicité. Et Tony Parsons n'est pas possible autrement qu'au sein de l'unicité. Parce que tout ceci est unicité apparaissant en tant que deux, et Tony Parsons fait partie de cette apparition.

Alors ce n'est pas que cette parcelle d'unicité sait qu'il y a unicité…

Il n'y a pas de parcelle d'unicité – il n'est qu'unicité.

Mais quand quelqu'un dit qu'il ne comprend pas, de quoi s'agit-il ?

C'est l'esprit en train de tenter de comprendre quelque chose qui est totalement au delà de l'esprit.

Et n'est-ce pas dans l'unicité ?

Tout à fait. C'est « ne pas comprendre » se produisant au sein de l'unicité.

Je vois.

Ce qui se produit – je le note – depuis un bon bout de temps ! L'esprit ne peut comprendre l'unicité, car, si vous voulez, l'unicité utilise l'esprit pour tout scinder en deux.

Ceci est l'un (*pointant en direction du mur*) "mur-ant", et il utilise l'esprit comme outil pour scinder cela en deux. Ainsi cela apparaît dans la manifestation, et apparaît au chercheur comme étant séparé, car le chercheur est en quête de l'unicité et dans l'essence de l'unicité il y a le mur, que le chercheur considère séparé de lui. Alors qu'en fait c'est le bien-aimé, l'unicité, invitant le chercheur à voir qu'il n'est pas séparé. Le mur est l'invitation, et être assis sur la chaise est l'invitation ; et boire de l'eau et lire un livre… Tout cela est simplement l'un chuchotant : « Il n'est qu'unicité ».

L'un tente de communiquer avec qui… ? Lui-même ?

Oui. N'oubliez pas que l'un a décidé de jouer le jeu du deux et qu'il prend cela très au sérieux. L'un est devenu complètement deux, semble-t-il. Il croit sans réserve qu'il est un individu dans un monde séparé, et tout ça pour simplement parvenir au dénouement d'une pièce où l'illusion s'évanouit pour la vision de l'un.

Je vois, il y a donc une intention derrière tout cela…

Vous pourriez toujours considérer qu'il y a un sens ou une essence à tout – l'essence de l'amour inconditionnel est tout ce qui est. Et elle invite celui qui se languit de l'amour à découvrir qu'en fait tout ce qui est, est amour inconditionnel. Nul besoin d'aller où que ce soit pour le trouver – c'est ce qui est.

Mais voyez-vous cela semble un peu fou…

Oh, tout à fait !

Car l'un s'invite lui-même à comprendre…

Laissez tomber – l'esprit ne comprendra jamais.

L'autre chose que je trouve un peu dérangeante est le fait que vous disiez que cela ne rime à rien. C'est bien cela? Avez-vous bien dit « ne rime à rien »?

Il n'y a aucun sens à cette manifestation, non.

Mais diriez-vous qu'il y a une intention derrière vos paroles?

Non, non.

Alors ce que vous dites n'a pas de sens.

Et vous avez payé cher pour cela! Les mots ne s'en saisiront simplement pas. Les mots, ce livre et ces bandes ne peuvent le décrire et ne le pourront jamais.

Oui, alors, quelle est la raison de se trouver ici? Je veux dire, cela a-t-il une importance quelconque?

Eh bien, il n'y a rien que vous puissiez y faire de toute façon, car il n'est personne pouvant choisir d'être là ou pas là. Important ou non, n'est pas la question. Et puis, il est intéressant, après toute cette recherche, que vous soyez assis ici à entendre que jamais, au grand jamais, vous n'aviez besoin de vous mettre en quête. Car, quelque part – et il n'est aucun doute à ce sujet – il y a un empressement à entendre ceci, à entendre le message complètement et directement, dans son total dépouillement. Et c'est ce qui est en train de se passer en ce moment même.

*
* *

L'esprit trouve troublant cette absence de dessein. Etes-vous en train de soutenir que la totalité est sans dessein?

Oui. Cela ne va nulle part. Dans mes termes, « dessein » est dirigé vers quelque chose, c'est une intention orientée, elle conduit quelque part. Ce que je dis est qu'il n'est nulle part où aller. Vous pourriez dire que la vie est sa propre raison d'être, dans un sens.

Oui, mais dire qu'elle est sans dessein, dénuée de sens, ou qu'elle ne rime à rien est quelque peu... ne semble pas juste.

Lorsque je dis qu'elle ne mène nulle part, ce que je tente d'exprimer en fin de compte est que *vous* n'avez besoin d'aller nulle part. Voyez-vous, la grande difficulté que les gens rencontrent avec, disons, l'illumination, c'est qu'ils ont été conditionnés à s'imaginer qu'ils doivent aller quelque part ou devenir quelque chose pour que cela se produise. Et ce qui est dit ici sans ambages est que ce n'est pas le cas. Cela n'a absolument rien à voir avec vous, ou avec vous allant quelque part, ou avec quoi que ce soit qui vous arriverait de ce genre.

Ce que vous êtes est totalement l'expression divine. Exactement tel que vous êtes. Ce que vous êtes, tel que vous êtes est tout simplement la divine expression. Alors, il n'est pas besoin que cela change – rien ne doit changer. Tout ce qui survient dans l'éveil, c'est une perception totalement différente.

Mais quand vous dites : « exactement tel que vous êtes » vous ne voulez pas dire que cette chose limitée assise là sur sa chaise...

...Est l'expression divine ? Si. Tout est expression divine. Et, ce que vous êtes, est cela qui voit ça.

Il n'y a pas de limites à cette expression divine – elle est au cœur de tout ?

Au sein de la manifestation, il semble qu'il y ait des limitations. Vous ne pouvez courir un cent mètres en moins de dix secondes – ou le pouvez-vous ? Vous savez ce que je veux dire. Vous vivez dans la limitation – apparemment. C'est ce qui est amusant dans la manifestation, c'est le sel de la vie. Le « vous » apparent vit dans la limitation. Mais ce que vous êtes est tout ce qui est. Ce que vous êtes tient tout cela entièrement dans l'amour. Ce que vous êtes n'est pas une partie – ce que vous êtes est le tout. Ce que vous êtes est la source. Vous êtes la source de cette apparence.

*

* *

Si l'unicité est tout ce qui est, si je m'imagine séparé du reste de l'un, quelle différence cela fait-il que je fasse l'expérience de l'unicité ou non ?

Aucune différence.

Alors pourquoi en parler ?

Pourquoi pas ? Cela se rapporte à ce désir intérieur lancinant – vous savez, qu'est-ce qui vous à conduit ici ? Il n'y a rien que vous puissiez y faire de toute façon, mais un certain sentiment que quelque chose est manquant, ou un désir lancinant pour quelque chose que les mots sont impuissants à traduire, pousse les gens à poser la question : « Que suis-je ? » ou « Qui suis-je ? » – laquelle, soit dit en passant, est la mauvaise question[2]. Les gens demandent : « Qui suis-je ? À quoi rime tout ça ? »

La vision claire est grandiose. Être, simplement être est grandiose. C'est étonnant, ahurissant, absolument ahurissant. C'est ce pourquoi vous vous trouvez ici, pour voir que tout ce qui est, est unicité.

C'est le désir de qui ?

C'est le désir qui surgit dans la manifestation. C'est le désir lancinant de l'individu apparent s'imaginant avoir perdu le paradis

– perdu intentionnellement, dans un certain sens, dans le dessein de le reconquérir. C'est tout ce dont il s'agit. Mais le paradis n'est pas là-bas, c'est ceci. Tout ce qu'il y a est ceci. C'est le désir lancinant, apparaissant au cœur de l'apparent individu, pour un paradis qu'il s'imagine avoir perdu. Une condition de jeu créée intentionnellement par l'un dans son jeu de cache-cache avec lui-même.

C'est un bout de paradis qui n'en est pas un, en quelque sorte.

C'est ainsi que cela apparaît.

Pourquoi ?

C'est simplement ce qui apparemment se produit. Vous ne pouvez rien y faire maintenant, et demander : « Pourquoi ? » ne vous mènera nulle part. Demander pourquoi n'est d'aucune utilité. Cessez simplement de demander pourquoi et voyez que tout ce qui est, est ceci.

Une question peut-elle jamais nous mener à l'unicité ?

Non. Pas plus qu'aucune réponse. Rien ne peut vous mener à l'unicité car il n'est déjà qu'unicité. Vous ne pouvez jamais être conduit ni aller vers l'unicité car déjà elle EST.

Mais nous ne sommes pas conscient de cela.

Eh bien, vous pensez ne pas l'être ; vous pensez seulement ne pas l'être. La seule différence réellement dans cette pièce, c'est que la plupart ici possède quelque chose. « Il est plus difficile à un riche d'entrer au royaume des cieux... » Les gens qui viennent ici, les chercheurs, possèdent quelque chose. Ce qu'ils possèdent est l'idée qu'il est quelqu'un là ; ce qu'ils possèdent, c'est le « moi », l'apparente identité séparée... qui est un mirage.

*
* *

Comment ceci s'est-il produit pour vous, Tony ?

Ce ne s'est pas produit pour moi.

Comment cela s'est-il passé ?

C'est simplement arrivé... je ne sais pas, il n'est aucun moyen de savoir comment c'est arrivé.

Est-ce quelque chose que vous ayez fait ?

Non, il n'est personne là pour faire quoique ce soit. Personne n'a jamais rien fait. Personne, en fait, n'a jamais rien fait, car il n'est personne. Il n'y a que l'apparence de gens faisant des choses. C'est le jeu.

Vous avez dit que l'éveil peut survenir et que la personne peut penser qu'il y ase retrouver dans l'idée de du deux à nouveau ?

Oh, oui. Ce qui se passe est que le deux, ou le « moi », revient. Mais l'unicité est tout ce qui est et ce qui surgit dans l'unicité est le sens du « moi ».

Quelle est la différence entre une véritable vision claire et une expérience que l'on fait ?

Une expérience est quelque chose que quelqu'un fait, ou qu'une apparente personne fait. L'éveil, personne ne l'a. L'éveil n'a rien à voir avec l'expérience.

Je lisais que Nathan Gill a dit qu'il a eu de nombreuses expériences transcendantales. Comment saurais-je que pour un moment il y avait vision claire et que ce n'était pas simplement une expérience transcendantale ?

Il n'est qu'une seule vision claire qui puisse survenir, et quand cela arrive, c'est su, aucune question ne se pose sur la nature de cette survenue. Après, il y a un retour au « moi » – il le faut, pour protéger le corps/mental.[3] Il n'existe rien de tel qu'une expérience transcendantale. Il y a, toutefois, survenue transcendantale, et subséquemment la perception change.

Soit, mais après cela le « moi » revient ?

Pas nécessairement – il peut y avoir un établissement immédiat dans la présence. Et cela, c'est la libération, c'est constant. Mais dans la plupart des cas il s'agit au début d'une alternance, l'illusion se dissipe puis revient, se dissipe puis revient. Par protection pour le corps/mental, il y a alternance. Graduellement l'absence de l'illusion devient de plus en plus conséquente et son retour de plus en plus ténu.

Mais il ne doit pas obligatoirement y avoir une sorte de feu d'artifice ?

Oh, non, pas du tout. Il ne s'agit là que d'une idée reçue à propos de l'illumination.

*

* *

À propos de cette absence de dessein – je pense que je me suis évertué à trouver un dessein ou une intention à tout ça car je ne peux accepter la perfection.

Vous ne pouvez accepter la perfection ?

Non, car je suis fixé sur l'idée que les choses ont besoin d'être arrangées. Mais en fait si tout est parfait, il n'est pas besoin de dessein; ce qui nécessite un dessein ne peut être parfait. La différence entre vous et moi est que vous voyez la perfection - moi pas.

Oui, il y a simplement totale perfection, quoique j'aie quelques réserves sur ce terme de « perfection ».

Mais je persiste encore à penser que les choses ont besoin d'être améliorées.

Soit, mais pendant tout le temps où vous avez cela en tête, il y aura en permanence quelque chose apparemment qui aura apparemment besoin d'être amélioré. C'est ce qu'est la recherche. Chercher, c'est toujours chercher ce qui est déjà là, mais avec l'idée que cela va être trouvé là-bas, là-dedans ou lorsque quelque chose se produira ici. C'est toujours pour la semaine prochaine. La réalisation ou l'éveil est la vision que c'est déjà – il n'y a rien à trouver ou à arranger. Ceci est simplement une expression de l'amour inconditionnel.

*

* *

Tony, vous dites que la seule chose qui nous empêche de voir cela est l'idée de séparation ou du deux…

Ou l'idée qu'il est quelque chose à trouver.

Pour ma part, une idée est une chose très inconsistante, insubstantielle. Si je m'imagine que le monde est plat et que l'on m'explique une seule fois qu'il est sphérique, je le saisis. Pourquoi cette idée a-t-elle la vie si dure?

Il vous suffit de vous pencher simplement sur votre propre

vie, celle d'autrui et le monde où nous vivons pour voir que cette idée est la croyance la plus enracinée au monde, le conditionnement le plus puissant qui soit : « vous *êtes* un individu, dans un monde d'individus et la seule façon pour vous de réussir ou... d'éviter l'échec est de déployer beaucoup d'effort. » C'est tout le message de cette manifestation. Si vous regardez le monde apparent dans lequel nous vivons, il est presque entièrement orienté vers l'individualité.

Restons simple à propos de tout ça et disons que dans l'année qui a suivi votre naissance et où vous viviez dans l'être pur sans le savoir, vous avez soudain fait la rencontre de cette chose que vous avez réalisé être votre mère en train de vous appeler Philippe. Ce moment de séparation est le début de la peur et du sentiment d'isolement. À partir de là, vous êtes pris de ce désir lancinant de redécouvrir ce qui était su au cours de cette première année passée dans la grâce sans personne pour le savoir. Nous aspirons à être des enfants et à vivre dans la pure merveille de ceci tel que c'est.

Mais, jouer à ce jeu d'être deux est un conditionnement immensément puissant.

Simplement pour creuser un peu dans cette direction, le conditionnement donne l'impression qu'il vient de l'extérieur, mais quelle est ma part là-dedans ?

Il n'est rien d'extérieur ; il n'est rien qui soit au-dehors ou audedans.

Non, mais vous savez ce que je veux dire – cela vient des autres ou de la société...

Mais ces autres ont surgi au sein de votre conscience. Les gens dans cette pièce n'apparaissent qu'en cela. J'apparais uniquement en cette conscience – je ne suis pas quelque part par ici.

Et tous les gens que vous êtes amené à rencontrer dans votre vie sont strictement et précisément ce qui va correspondre au développement et à la consolidation chez vous de ce sens de la séparation. Mais il y a aussi dans chacune de ces rencontres la clé de la réalisation de l'irréalité de la séparation. C'est un paradoxe – vous vivez dans un monde qui vous sépare très puissamment de l'unicité tout en y conduisant.

*
* *

Quand on est unicité ou qu'elle a été reconnue, le jeu se poursuit-il ou bien se retrouve-t-on dans la position de l'enfant tout à la joie et l'émerveillement de ceci ?

Le jeu se poursuit, mais sans plus aucune idée qu'il va quelque part ou qu'il a un but quelconque. C'est simplement le jeu de la manifestation ; l'un jouant au jeu du deux. Alors qu'auparavant, il y avait cheminement dans le but de découvrir. C'est la raison pour laquelle, lorsque le chercheur s'évanouit, il y a souvent beaucoup de rire – à la soudaine réalisation que ce que l'on cherche est déjà précisément là devant soi, et à quel point on était en proie à une agitation tous azimuts en quête de la joie et de l'émerveillement de ce qui déjà *est*.

Il est des moments où ce mélodrame s'accompagne apparemment d'une grande quantité de souffrance.

C'est ce qui semblerait. Il y a souffrance, oui.

Comment cela se fait-il ?

Eh bien, parce que fondamentalement tout le temps où il y a deux, il y a souffrance. En fait, nous vivons tous dans une sorte de désespoir ; nous vivons tous dans une aspiration à trouver l'unicité. Si bien qu'en fait tout ce qu'il y a, c'est souffrance. Et parfois, cela peut sembler plaisant et acceptable, pendant que certains semblent apparemment souffrir plus que d'autres... Mais bien sûr, dans la vision claire il est vu que personne ne souffre. Il n'est personne qui souffre, car il n'est personne.

Mais il y a souffrance?

Il y a souffrance, dans l'apparence.

Vous dites que l'unicité n'a pas de but. L'unicité ne se transforme pas – elle est éternellement ce qui est.

Il n'est qu'unicité, et une intention peut sembler surgir du sein de l'unicité, simplement parce que tout ce qui se manifeste est unicité se manifestant. Alors, l'esquive de l'unicité se manifeste... sans aucun besoin de se transformer car elle est absolument immaculée. L'unicité est immaculée, et tout ce qui surgit de l'unicité est absolument immaculé. Cela n'apparaît pas ainsi à l'esprit mais c'est immaculé. Car l'entière source de toute chose n'est qu'amour inconditionnel, et à l'évidence, il embrasse tout, y compris la haine et la colère. Rien n'est exclu – tout est l'absolu.

*
* *

J'étais avec quelqu'un la semaine dernière, qui est mort mardi matin. Dans un certain sens, pourrions-nous dire qu'il n'est personne qui soit mort et qu'il n'est personne qui renaîtra – qu'il s'agit simplement d'aspects de l'un?

Oui. Personne n'était né et personne n'est mort, mais l'apparence du corps/mental a pris fin. Quel âge avait cette personne?

Quatre-vingt-cinq ans.

Soit, alors pendant quatre-vingt-cinq ans l'apparence de René était là – mais il ne s'agissait que d'une apparence. Et tout cela était un, ou lumière, pourriez-vous dire. Lumière est tout ce qu'il y a, et dans l'apparence de quatre-vingt-cinq années (qui réellement n'a aucun sens) il y eu un corps/mental qui traversa tout ça. Mais à la cessation du corps/mental, au point où cesse l'esprit qui maintient toute cette image en place, il y a seulement lumière. Alors, mardi dernier René n'était plus mais est déjà ce qu'il est toujours – la lumière, l'unicité, ou l'absolu.

Mais il ne pourrait le savoir la seconde suivante – René ne va pas être là pour proclamer : « Je suis lumière ! » L'idée que René ou le karma continue quelque part après la mort est une vue de l'esprit – cela n'a aucun rapport avec la réalité. L'esprit aspire à poursuivre sans fin et pour toujours. Il en a simplement un désir très fort et il brode là-dessus et échafaude toute sorte d'idées sur ce qui se passe après la mort. Il raffole de tout cela.

Alors, ce rêve, ce mélodrame, se poursuit après la mort ? L'esprit peut d'une certaine manière le proroger, avec des expériences post-mortem et des idées de karma et tout ce qui s'ensuit ?

Non, vous n'avez pas vraiment écouté ce qui vient d'être dit à l'instant. Quand ce corps/mental prend fin, l'apparence prend fin et il n'est plus rien que lumière. En fait, il n'y eut jamais rien d'autre que lumière. À la mort apparente, toutes idées personnelles de karma et autres s'évaporent.

C'est comme une vague à la surface de l'océan. Vous savez, il y a une vague qui roule à la surface de l'océan : « Voyez, je suis une vague ! Je suis totalement séparée, totalement indépendante. Je suis plus grande que la plupart des autres vagues, bien plus importante. » C'est exactement ce que nous faisons – fondamentalement, c'est cela qui se passe. Mais en fait, tout ce que c'est, c'est l'océan « vaguant ». L'un, faisant la vague.

Nous sommes l'un, « vaguant », et nous nous prenons pour des « vagueurs » séparés… de très importants « vagueurs » en route pour une plage ensoleillée, au merveilleux sable fin car nous en sommes résolument dignes. Et d'autres gens pensent être des vagues qui vont finir en antarctique tellement ils sont abominables. Mais en fait, nous sommes simplement l'océan, vaguant. Nous sommes l'un paraissant être.

Et il n'est pas question que cela mène où que ce soit ou ait quoique ce soit à voir avec ce qui était précédemment, car il n'y eut jamais de précédemment. Il n'y a jamais eu un avant et il n'y a pas d'après. Il n'est toujours que ceci. Ce soir, alors que vous mangerez votre dîner, il n'y aura que cela, qui est ceci.

*

* *

Vous avez dit plus tôt que lorsque vous avez rencontré cette unicité il y eut un mouvement d'alternance, une sorte de va-et-vient, de sorte que vous vous ré-identifiez avec le vieil ego, dirons-nous. tes-vous à présent en permanence dans cette unicité ?

Non – Il n'y a qu'unicité.

Je suis persuadé que tout le monde, comme vous l'avez déjà dit, a fait une expérience d'unicité, mais l'attirance pour le deux est si puissante que vous vous retrouvez empêtré à nouveau. Comment la maintient-on, en termes pratiques ? Comment peut-on se maintenir dans l'unicité ?

Personne ne le peut, car il n'est personne. Tout le problème de tenter de rester avec l'unicité, c'est le « je » tentant de rester avec l'unicité. Dès que le « je » tente de demeurer avec l'unicité, l'unicité n'est plus apparente.

Dit autrement : il n'est qu'unicité. En termes de temps c'est, si vous voulez, totalement l'état permanent – il n'est qu'unicité. Et personne n'en fait l'expérience ni ne le possède. Mais quoiqu'il surgisse dans la manifestation surgit au sein de cette unicité et est unicité, y compris l'ego de Tony Parsons, les caractéristiques de Tony Parsons.

Ce dont nous parlons ici est totalement radical face à la vieille idée conditionnée de l'illumination. Dans la vieille idée conditionnée de l'illumination à laquelle nous voulions tous croire, l'illumination survient et il n'y a plus aucune caractéristique déplaisante – seulement félicité et bonté extrême. C'est une divagation née de l'ignorance de l'esprit. L'éveil n'a rien à voir avec la bonté ou la félicité – l'éveil est la réalisation qu'il n'y a qu'unicité et que le deux surgit en cela, y compris Tony Parsons.

Je suis tout ce qui est. Il y a environ une centaine d'ego dans cette salle et je *suis* cela, je suis *cela*. L'illumination, ce n'est pas devenir un îlot séparé, une chose séparée et indépendante qui contemple tout le reste de haut, lui apportant sa bénédiction ou en y déversant de la compassion. L'éveil est vie. C'est une histoire d'amour avec la vie. Cela tient à l'abandon de l'idée que qui que ce soit a une vie et à la réalisation que tout ce qui est *est* vie. Vous n'avez pas une vie – vous êtes vie, et dans la vie, l'ego, le désir, la haine, l'amour, tous surviennent. Je suis celui en qui cela survient. Et vous de même.

Comment le karma s'insère-t-il là-dedans ?

Il ne s'y insère pas. Il s'agit simplement d'une autre partie de l'idée qu'a l'esprit de faire continuer l'histoire. C'est une apparence dénuée de sens. Car toute idée semblable au karma repose sur la notion que les choses sont en route pour quelque part. Vous savez, s'il y a un karma, tous les karmas que vous avez accumulés au cours de vies passées confortent l'idée qu'en fait il y a encore un cheminement et un dessein menant quelque part. Nous n'allons nulle part, c'est ici que cela se passe. Il n'est que ceci – seulement ceci. Il en a toujours été ainsi – ceci et seulement ceci. Alors que va en faire le karma ?

Même en parler est encore s'aventurer sur une pente savonneuse ?

Oui, évoquer quoi que ce soit de ce genre est un retour à la roue du devenir, et l'éveil n'a rien à voir avec le devenir.

*

* *

Il semble bien qu'il y ait des choses que je puisse faire qui me procure une expérience, comme ce dont vous parliez précédemment où l'on se met en quête du soi, où l'on essaye de découvrir cela. Diriez-vous qu'il y a effectivement des pratiques qui conduisent à une plus grande conscience de l'unicité ?

Absolument pas. Ce que je suggère ici est que vous regardiez cela d'un point de vue totalement différent. Vous êtes encore en train de parler d'une personne qui aurait un choix. Ce message ne s'adresse pas à une personne ; il ne reconnaît aucune personne dans cette pièce, ou aucune notion de choix délibéré. Ceci est le rien parlant au rien. Et le rien entend et fait : « Ah, ouiiii ! » Alors que l'esprit fait : « Oh oui, *mais* attendez voir – pourrais-je faire ceci ou cela ? » - sans voir qu'il n'est personne là, éludant ainsi le point crucial. Ce n'est pas : « Pouvez-vous faire quoi que ce soit ? »... mais qu'il n'est personne là pour faire quoique ce soit. Il peut sembler qu'il y ait quelqu'un – quelqu'un peut paraître rentrer chez lui, monter jusqu'à la pièce tranquille située à l'arrière de la maison et se mettre à méditer. Et pour certains, pourquoi pas ? C'est ce qui se produit. Mais il n'est personne là faisant effectivement ce choix.

Vous n'avez jamais fait un seul choix de votre vie. Le choix semble provenir de quelque part et vous pensez qu'il vous appartient et que vous agissez dessus. Vous ne l'avez jamais fait – il n'y a personne. Cherchez donc celui qui fait les choix.

*

* *

J'ai le sentiment que c'est une voie presque trop ardue à emprunter, tous ces mots, cela ne fait que m'embrouiller. Je me sens presque malade d'anxiété devant les mots, car ils ne mènent nulle part.

Pour vous.

Pour moi ils ne mènent à rien. Ils s'enlisent complètement. Et je sais que c'est faire fausse route.

Mieux vaut ne pas écouter.

Mon esprit veut tout simplement tout résoudre.

Non, non – j'aurais du dire cela dès le début : « N'écoutez rien au cours des trois prochaines heures ! » Ce n'est pas nécessaire.

Il est des gens dans cette pièce qui n'ont aucun besoin d'entendre ceci – déjà le chercheur s'est évanoui. Ils viennent ici car il s'y passe autre chose de bien plus puissant que tous ces mots.

Soit, alors est-ce une sensation ?

Non. *Vous* êtes en train d'essayer de mettre ça en mots à présent !

C'est parce que je tente de faire entrer ça dans le champ de ma propre expérience.

Cela n'a rien à voir avec votre expérience.

C'est tout ce que j'ai.

C'est tout ce que vous avez apparemment. Mais cela qui voit cette expérience, qu'est-ce ?

Mais cela donne l'impression que ça ne va jamais arriver.

Non, effectivement cela ne va pas vous arriver – cela ne vous arrivera jamais. Cela ne m'est pas arrivé. Il n'existe rien de tel qu'une personne illuminée.

J'ai le sentiment que vous jouez avec les mots.

Pas *moi*. Serait-il possible que vous ne vouliez pas vraiment entendre quelque chose qui est totalement au delà de l'esprit ? La chose essentielle ici est que vous repartiez absolument sans rien. Du moment que vous avez payé, tout va bien ! C'est le rien le plus coûteux de la ville ! *(rire)*

Vous êtes simplement en train de jouer un jeu, ici.

Moi, non, mais cela, oui.

Vous jouez avec mon ego – c'est presque comme si vous le marteliez contre le mur, vous frappez tous nos ego contre le mur.

Oui, absolument, car le mental est empli d'idées crapoteuses. Il réclame des réponses, mais en fin de compte les réponses qui se présentent le désarçonnent, le mettent en échec et il ne peut rien saisir. Alors ce qui arrive ici – et cela arrive de plus en plus en plus souvent – est que l'esprit abandonne. Et il aspire à abandonner et à dire : « Je ne saisis pas… Oh ! Ah ! »

*

* *

Au sein de l'unicité y a-t-il comme plusieurs esprits posant des tas de questions ou bien est-ce un esprit dans l'unicité avec simplement des masses de questions, d'idées, de sottises et de je ne sais quoi ?

Il y a des individus apparents et le secret n'est découvert que par l'apparent chercheur individuel. Disons qu'il y ait cent chercheurs apparents dans cette pièce. L'individu – l'individu apparent, le chercheur – doit re-découvrir le secret lui-même. Voilà pourquoi aucune institution ne détient le secret. La chrétienté et le bouddhisme n'ont rien à voir avec cela. Ce sont simplement des mouvements religieux dogmatiques ; ils n'ont pas de connexion du tout avec l'éveil simplement parce que l'éveil est l'affaire du chercheur individuel.

Vous pourriez dire que chaque question... On a dû me demander plus de trois cents fois : « Pourquoi la souffrance dans le monde ? » Et les gens me disent : « N'en avez-vous pas assez de cette question ? » Non, car à chaque fois elle surgit d'une totale singularité.

Mon sentiment est que nous sommes, de manière singulière, tous l'un en quête de la réalisation que nous sommes un. Nous sommes *l'être* qui a oublié que nous étions *l'être*. C'est aussi simple que cela. Nous sommes simplement en train de tenter de nous remémorer quelque chose égarée temporairement quelque part. C'est tout ce dont il s'agit. C'est totalement et parfaitement simple. Mais d'un autre côté, c'est colossalement difficile, car pour le trouver, nous avons peur d'être amené à nous perdre. Or, pour surprenant que ce soit, nous perdre c'est le trouver.

*

* *

Étant donné que le désir d'éveil implique une identification qui plus tard doit être abandonnée, ne serait-il pas opportun de souligner qu'il y a, en fait, plus de chance que cela se produise à travers le questionnement de soi, à travers une remise en question de ce sens de l'identification ?

Et qui est ce *qui*, qui va choisir de se livrer au questionnement de soi ?

Certes, vous n'avez pas besoin de dire aux gens de faire quoi que ce soit...

Non, ils continuent à apparemment le faire de toute façon. Cela comprend non seulement le questionnement de soi, mais aussi la méditation et toutes sortes de processus tournés vers le devenir. Et cependant, il y a dans le monde des gens qui ne cherchent plus l'illumination et celle-ci se produit.

Je sais qu'il y a des gens qui ne se livrent jamais au questionnement de soi et que cela se produit quand même. Mais pour la plupart des gens, le questionnement de soi, le regard porté au-dedans semble bien être la voie.

Cela peut vous sembler ainsi. Et tout le temps que dure un apparent « vous », il peut y avoir une puissante fascination pour l'idée de faire quelque chose dans le dessein d'aboutir quelque part.

Mais un questionnement de soi en tant que conscience, pas comme un faire ?

Tout ce que je peux dire, c'est que tout ce qui apparemment se fait à travers chacun dans cette pièce et ailleurs est totalement parfait tel quel. C'est totalement approprié, et cela surgit dans la conscience qui à coup sûr n'est pas le questionnement de soi. C'est mon point de vue. Car personne ne pourrait jamais rien faire – personne n'a jamais rien fait – qui n'ait été absolument parfait, dans tous ses aspects. Il n'aurait jamais pu en être autrement. Tout le fondement du questionnement de soi présume qu'il existe un choix individuel de faire quelque chose et d'aboutir quelque part.

Tony, c'est un peu pédant de ma part, mais si vous demandiez de lever la main à tous ceux qui, à un moment ou un autre, se sont trouvés engagés dans une pratique, j'imagine que presque tous la lèveraient.

Oui, j'aurais tendance à penser soixante-dix pour cent, quoique bien des gens qui viennent ici aient laissé tomber, en réalité. Et après ?

Oh, cela satisfait simplement mon esprit pédant.

Demandez aux soixante-dix pour cent ici si la pratique les a rapprochés un tant soit peu de l'éveil.

*

* *

Lorsque vous dites que tout ce qui arrive jamais en ce monde est parfait, je pense aussitôt à Hitler. Quel est son rôle dans tout cela, à vos yeux ?

Oh, être Hitler. Hitler était le un surgissant en tant qu'Hitler, tout comme Hussein est l'un surgissant en tant que Hussein. Il n'est pas d'Hitler là – il n'est personne là occupé à être Hitler. Hitler *survient* à travers ce corps/mental là. C'est aussi simple que cela.

Mais en termes de ce que nous faisons ici, vraisemblablement nous avons de bons et nobles motifs pour être là...

Non, vous pensez peut-être que c'est le cas, mais ils sont totalement égoïstes ! Vous êtes venus ici pour obtenir quelque chose que vous voulez.

Ces motifs sont absolument parfaits, bien sûr !

Absolument parfaits, mais ni bons ni mauvais.

D'un côté vous dites que nos motivations sont égoïstes...

Mais l'égoïsme est parfait – tout est parfait.

Alors c'est un mot qui ne veut pas dire grand-chose, n'est-ce pas ?

Certes, d'une certaine manière, mais pour répondre à votre question initiale, vous n'êtes pas venu ici par pure bonté d'âme. Vous êtes venus car vous pensiez que vous le vouliez, et parce que vous pensiez que vous alliez obtenir quelque chose. C'est ça qui se passe, c'est tout le sens de la recherche. Ce que vous pourriez découvrir à la fin de l'après-midi, alors que vous êtes venus pour trouver ou obtenir quelque chose, c'est qu'il n'est rien à acquérir.

Mais parfois, c'est pourtant le cas.

Oh, oui, certes, dans le monde il y a des choses à prendre – dans l'apparence de monde. L'esprit est insatiable, en permanence à la recherche de quelque chose, et c'est absolument parfait.

*
* *

Lorsque j'ai commencé à chercher de façon consciente, mon attention fut attirée par différents enseignants sur le fait que le problème, c'était l'esprit, si vous voulez ; il obscurcissait cette unicité, cette paix ou ce que vous voulez. Mais j'étais tellement enraciné dans mon esprit que de simplement essayer d'observer… À la fin, j'ai découvert que je devais bien me servir de mon esprit pour enregistrer ce que la partie observante avait vu, si cela a un sens. Un peu comme si j'étais un ordinateur qui ne comprenait que le fortran, et que je devais tout traduire en fortran pour un bon moment avant de pouvoir percevoir sans décoder, avant de simplement voir sans transcription, sans enregistrement.

Alors, dans un sens, si nous disons : « Nous n'employons pas notre mental », il s'agit simplement d'une autre pensée. C'est encore une chose que va dire le mental, une autre règle qu'il va édicter.

Il n'y a rien de mal à l'esprit – je n'ai jamais rien dit de tel. Le mental est le mental. Mais quand il est vu clairement, il est vu pour ce qu'il est, un simple ensemble de pensées, et il est tout aussi divin que l'égoïsme ou la bonté.

Bien que ces derniers temps je n'ai plus besoin de me servir autant de mon mental, initialement, lorsqu'il était si profondément enraciné, j'ai dû me servir de mon mental pour perdre mon mental, pour desserrer son étreinte.

Oui, c'est ce qui se passe là. C'est parfait, absolument parfait. Mais pour être précis, ce n'était pas *vous* qui utilisiez le mental pour en desserrer l'étau – c'est ça le problème.

Non, et je peux le voir. Même à cette époque, je pouvais le voir, mais je savais que je devais le traduire, je savais que je devais l'enregistrer dans mon esprit, car c'était le seul langage que je comprenais, que mon ego comprenait.

Mais un jour, vous en viendrez à réaliser que même cet enregistrement, ce n'était pas vous qui le faisiez. Il n'est personne là pour choisir de faire cette transcription ; elle se produit, c'est tout.

*
* *

Il y a des gens qui soutiennent qu'il y a certaines choses que l'on peut faire et qui aident ; qu'il y a une idée appelée « aide » ; que l'aide est une chose réelle. Que veut dire aider ?

Certes, il y a l'idée de l'aide et il y a aussi l'idée de quelqu'un qui pourrait choisir d'aider, de s'aider lui-même ou d'en aider d'autres. Toutes deux prennent racine dans l'ignorance.

Soit, mais je dirais que vous dispensez de l'aide.

Un instant, je vous prie – ce qui sort d'ici n'a rien à voir avec Tony Parsons. L'un parle à l'un. Et vous pourriez dire, si vous pensez encore en termes d'aide, que cela est d'une certaine assistance. Mais à vrai dire, en ce qui concerne l'un, vous n'avez nul besoin d'assistance car il n'est personne là pour être aidé ; et aussi, ce qui est là est divin. Personne dans cette pièce n'a besoin d'aide. Il n'est personne de toute façon, - mais également tout ceci est divin, *ceci* est absolument divin. Qui a besoin d'aide ?

Mais les gens qui sont dans la souffrance – mes patients qui viennent me trouver et qui souffrent, je vois qu'ils souffrent, ils sont profondément plongés dans la douleur et je peux le voir... Je trouve cela parfois très difficile.

Mais le problème est que vous pensez qu'*ils* souffrent.

Oui, je sais.

Voir qu'il ne s'agit pas d'*eux* peut déjà les dégager de ça. C'est cela la compassion. Et de toute façon, aider quelqu'un qui souffre n'a aucun rapport avec l'éveil. Tout ce que vous faites, c'est aider quelqu'un qui souffre.

Vous pourriez, par exemple, faire une thérapie et pardonner à votre mère et résoudre vos problèmes avec la sexualité – et en fin de compte tout ce qu'on trouve là, c'est une personne qui a pardonné à sa mère et résolu ses problèmes avec la sexualité. Cela n'a rien à voir du tout avec l'éveil. C'est comme tous ces enseignements qui parlent de la façon dont vous devriez être ou devriez vous comporter. Vous devriez être honnête, ou sérieux, ou méditer assidûment ou ce que vous voulez. Et au bout du compte tout ce que vous trouvez là, c'est quelqu'un qui est honnête, sérieux, qui médite beaucoup et qui mange du cresson ou n'importe quoi de ce genre. Et après ?

*

* *

Pour retourner à l'analogie de l'un en tant qu'eau et vagues dans l'océan, je me demande simplement si la notion d'âme, pas au niveau de l'ego ou du mental, mais en tant qu'esprit en quelque sorte, est l'un.

Sans être catholique, j'ai fait mes études dans une école catholique, et l'âme pour moi est une sorte de chose rouge qui ressemble un peu à un cœur ; il y a un trou dedans avec du sang qui s'en écoule. Les gens parlent d'une âme – dans le langage New Age, ils ont le schéma corps/mental/esprit – qui ne veut strictement rien dire. Comme s'il y avait un mental et puis un corps et puis qu'il y avait la spiritualité et que tout ça était dans trois compartiments séparés. C'est encore le mental qui cherche à sectoriser. Il n'est simplement qu'unicité, et tout ce qui est manifesté, tout ce qui bouge, est unicité en mouvement.

Il est des enseignants qui apparemment enseignent « à travers le cœur » ou font beaucoup référence au cœur. Mais, là encore, c'est très confus car cela sonne comme une localisation géographique. Je sais que ce n'est pas censé l'être – il s'agit du cœur de l'amour et tout ça. Mais cela génère beaucoup de confusion car cela le fixe en un point donné et le réduit à une chose. Il n'est qu'unicité – fin de l'histoire.

Alors ce concept d'âme, c'est une sorte de référence à quelque chose qui...

Eh bien, l'esprit cherche à tout segmenter, alors le mental appelle âme quelque chose qui est spirituel et à part de tout autre chose. C'est à mon sens ce qu'est l'âme. L'âme est utilisée dans le catholicisme plus que partout ailleurs. C'est parce qu'ils doivent créer le catéchisme (une abominable liste de choses à faire et à ne pas faire – personnellement j'apprécie toujours les péchés mortels plus que tous les autres !) qu'ils emploient ce langage et ils durent trouver un mot qui compartimente la chose en vous qui est la plus proche de Dieu.

Admettons, laissez-moi continuer à divaguer un peu. Il y a cette unicité – et après ? Qu'est-ce que ça fait ?

Rien du tout. Toutefois, l'unicité manifeste une pluralité apparente et apparaît comme faisant des choses.

Je vois. Je suppose que j'ai cette idée sous-jacente que c'est censé résoudre quantité de problèmes.

Non, non, voyez-vous, vous êtes de retour à l'âme, en quelque sorte. Quelque part, ce qui s'est passé chez vous c'est que l'esprit a cloisonné l'unicité comme chez d'autres la présence, nous la présentant comme une sorte de chose flottante autour de nous, irradiant la bonté, au point que si nous rentrions tous en contact avec, nous serions bien meilleurs. Cela n'a absolument rien à voir avec ce qui est évoqué ici – rien du tout.

Je crois qu'il m'est difficile de saisir cette idée d'absence de dessein, d'absence d'intention dans tout cela, car d'une certaine façon je ne peux me résoudre à croire que vous êtes là devant nous sans dessein, et que vous n'êtes pas venu de Cornouaille aujourd'hui... Bien que vous allez dire que vous n'êtes pas venu, qu'il se trouve simplement que vous êtes là... Vous voyez ce que je veux dire?

Oui, je sais ce que votre esprit tente d'exprimer. Lorsque j'emploie le terme « dessein » votre esprit y voit une intention et un cheminement en direction d'un « quelque part », faisant que tout ce qui se passe conduit les gens vers une destination. Ce que j'entends par le fait qu'il n'y ait pas de dessein est qu'à vrai dire il ne se passe rien.

Rien ne s'est jamais passé. Rien ne se passera jamais. Personne n'ira jamais nulle part, car il n'est nulle part où aller – ceci est tout ce qui est. Par conséquent tout ce qui se manifeste contient l'essence de l'amour car tout vient de la source de l'amour. Et tout ce qui se manifeste invite l'unicité à être perçue par ceux qui ne peuvent pas la voir, ou qui, apparemment, ne peuvent la voir. Tout en son essence est invitation de l'amour, est le bien-aimé invitant à être.

Mais cela ne fait pas dans votre vie quelque chose ici et ensuite là, pour vous guider ailleurs. C'est en fait en train de vous interpeller en cet instant même et vous ne voulez pas entendre car vous voulez trouver une intention ; votre esprit veut trouver une intention qui va le pousser autre part. Il veut croire en un dessein afin d'esquiver l'unicité.

La dernière chose que l'esprit veut faire, c'est se tenir tranquille et laisser simplement se révéler la vision de cela. Nous ne voulons pas faire ça – nous sommes bien plus excité par l'aventure de l'illumination et par toutes les autres aventures, et par la fille du coin qui a éveillé notre intérêt... L'esprit ne veut rien savoir quand il s'agit de s'arrêter et de simplement laisser être la vision de ceci. L'esprit ne peut faire cela. Laissez simplement fleurir la vision de ceci – simplement être debout là, ou entendre la voiture qui passe, ou rire... C'est ce qui est. C'est le bien-aimé. C'est l'amour qui parle. Une auto ? Ce n'est pas une auto, c'est le bien-aimé disant : « Je suis l'un. »

Soit, retournons à Hitler – est-ce le bien-aimé ?

L'unicité est représentée en toute forme. Rien ne peut être écarté car il n'y a que l'absolu. La libération n'est pas libération si elle n'embrasse pas la non-libération. L'amour inconditionnel embrasse tout ; l'amour inconditionnel est la source de tout ce qui est, y compris l'apparence de quelqu'un que vous avez appelé Hitler, et que vous imaginez avoir été une personne séparée qui a gazé les juifs. C'est l'unicité – c'est l'amour immaculé, croyez-le ou non.

Et ce qui peut être réalisé par ailleurs est qu'au sein de cette apparence règne un parfait équilibre, une totale neutralité. Alors que des juifs disparaissaient gazés par Hitler, quelque chose ailleurs contrebalançait cela. Il y a toujours un parfait équilibre, tout se tient en équilibre.

*

* *

Est-il possible de se libérer de l'emprise du mental par l'effort ?

Qui ferait cela ? Qu'est-ce qu'il y a là-dedans qui pourrait choisir de se libérer ? Ce que vous réaliserez est que l'éveil est l'effondrement du sens du « moi » et la dernière chose que veut faire le moi, c'est s'effondrer. Le « moi » ne peut choisir de se saborder.

Alors comment l'éveil est-il amené à être ?

Il n'est pas amené à être. Rien ne peut l'amener à être. Et une fois qu'il est vu que rien ne peut l'amener à être, il y a un abandon, un lâcher lâcher -prise. Vous ne pouvez le « faire », mais il peut se produire un « Ah, enfin je réalise qu'après toutes ces années de lutte et de tentative pour être meilleur ou encore pour lâcher l'ego – soudain je réalise que cela n'a absolument aucun sens. » Il n'est que ceci, simplement la vision de ceci.

Décririez-vous cela comme une renonciation ?

Eh bien, vous le pourriez – c'est un mot plutôt grandiloquent, mais oui. Il s'agit de la chute du « moi » et personne ne peut « faire » cela. Mais une fois plantée la semence, dans un sens, tout commence soudain à changer. Les gens laissent tomber l'idée qu'ils peuvent parvenir où que ce soit et quelque chose de nouveau prend le relais. C'est en train de se produire.

*

* *

Une question s'impose à moi depuis le début de l'après-midi. En quelques mots : « Puis-je savoir ? »

Vous non, mais ce que vous êtes sait. Quand vous dites « savoir » je l'entends au sens de « voir », pas de « connaissance ». Ce que vous êtes voit ce qui est, et en fin de compte se voit lui-même.

Il me semble que ma question provient du fait que beaucoup des choses que vous avez dites cet après-midi... je peux m'imaginer les disant moi-même, et je me projette dans des conversations imaginaires où quelqu'un me demanderait: « D'où tenez-vous ça? Sans doute cela ne peut provenir que du mental. Or vous me soutenez que jamais l'esprit ne peut se saisir de cela, alors d'où vous vient ce dont vous parlez? Du mental ou de l'expérience ou de quoi encore? »

Certainement pas du mental ni de l'expérience. Ce qui est dit ici ne provient de rien d'autre que le rien. Il s'agit de *l'être* parlant à *l'être*. Ce que vous êtes s'adressant à ce que vous êtes. Il n'est personne là pour élaborer cela – cela jaillit simplement et spontanément. Tony Parsons pense parfois: « Qu'est-ce que c'est que ça? Que diable se passe-t-il là? »

*
* *

Il y a une peur, disons, que cela se produise – j'espère que ce sera le cas mais je sais aussi que je n'ai aucun pouvoir de décision en la matière... Il y a une anxiété à propos de ce qui pourrait tomber et que je devienne une personne impossible à vivre.

Soit, et après?

Et mon compagnon pourrait se mettre à me détester.

Et alors? Car si votre compagnon a besoin d'une invitation dans sa vie sous la forme d'une compagne imbuvable, ce sera votre cadeau pour lui.

Ce dont il est fait mention ici est au -delà de l'esprit et du cœur de l'homme. C'est au delà de la compréhension, et ce ne peut être compris, ni relié au bien ou au mal. C'est au delà de tout ça, mais cela comprend aussi tout cela.

Alors qu'est-ce qui vous pousse à venir à Londres tous les mois pour ces rencontres ?

Rien. Il n'est personne pour être motivé. Le corps/mental étiqueté Tony Parsons monte dans le train et note ensuite qu'il en descend au bout de la ligne. C'est ce qui se produit, mais rien ne le motive. Il n'y a pas d'intention à l'œuvre ici. Tout ce qui se passe est le rien parlant au rien. Il n'y a ni intention ni besoin là-dedans, aucune raison du tout à cela. S'il y en avait une, je vous engagerais tous à partir séance tenante car ce ne serait qu'une autre de ces manipulations. Il m'importe peu que vous croyiez ce qui se dit ici. Je veux dire, réellement, véritablement, vous n'avez pas besoin de revenir, car vous êtes déjà expression divine.

Cela met tout le drame par terre !

Exact. Mais c'est une des choses que découvre le chercheur. Les chercheurs sont en quête de quelque chose de stupéfiant qui changera leur vie et chassera tous leurs problèmes... C'est décevant dans un sens – c'est totalement ordinaire. Demandez à des gens ici en qui cela s'est produit et ils vous diront : « C'est absolument ordinaire, comment se fait-il que tout le monde ne le voie pas ? » Mais c'est également magnifique.

Peut-être n'ai-je pas la personnalité adéquate.

Cela n'a absolument rien à voir avec vous !

Mais il y a bien des gens à qui cela arrive et à d'autres pas ! Vous venez de dire qu'ils y avaient des gens ici en qui cela était arrivé – n'y a-t-il pas quelque chose dans le caractère, dans la personnalité ?

Non, cela n'a absolument rien à voir avec le caractère. Cela n'a rien à voir avec la personne – cela n'arrive pas à la personne. Voyez-vous cela n'arrive pas à Pierre ou Marie – cela n'arrive pas – c'est ce qui est. Toute cette existence n'est emplie que de ça, et la seule chose qui se met en travers de cela est cette idée que Pierre ou Marie existent. Quand cela s'effondre, il y a ce qui toujours est ; la seule constante qui jamais ne vient ni ne part. C'est l'amour inconditionnel constant.

Soit, mais je dois réaliser cela.

Non, *vous* non – vous ne pouvez le réaliser. Ce que vous pourriez venir à voir est qu'il n'est personne là pour le réaliser. Il y a simplement vision. En termes pratiques, en termes de voir à travers les yeux, il n'est personne dans cette pièce pour me regarder – il n'y a que vision. Le regard que vous imaginez provenir de vous est en réalité vision pure et simple. Voyez à partir du rien – qu'il y ait donc simplement un voir. Ce qui est étrange est que c'est tout ce qui est, de toute façon. Tout ce qui se rajoute par-dessus est cette idée bizarre que vous êtes là, qu'il y a une personne là.

Le mot « impartialité » aurait-il un rapport avec ce voir ?

Certes, oui, d'une certaine manière vous pourriez utiliser le mot « impartialité ». C'est impersonnel, totalement dépourvu de jugement. C'est un regard neutre. Au début c'est un peu dérangeant car cela ne donne pas l'impression d'être ce que nous pensons que ce doit être – étincelant et sublime. C'est en réalité impersonnel, totalement impersonnel – provenant de rien et de nulle part.

*

* *

Le soi séparé que je nomme « moi » peut-il parvenir à l'unicité par les Écritures ?

À travers les Écritures ? Absolument pas ! D'une certaine manière vous pourriez dire que tous les mots écrits contiennent un peu du secret, mais ce n'est réellement que de l'encre sur du papier. Ce sont simplement encore des mots. Les mots sont ici tout à fait inadéquats. Les mots dans mes livres et ces enregistrements sont totalement inadéquats. Et « moi » ne vient pas à l'unicité – « moi » surgit dans l'unicité. Il n'est qu'unicité et « moi » surgit en cela. Vous ne serez jamais *avec* l'un – il y unicité, avec « vous » apparaissant en son sein.

L'esprit trouve cela difficile à comprendre.

L'esprit ne le comprendra jamais parce que l'esprit est l'outil de l'unicité pour tout scinder en séparation, pour faire advenir le deux. Ceci est deux – mâle et femelle ; la création entière est deux – mâle et femelle. Et l'éveil est le mariage de tout cela en l'unicité. L'esprit n'est qu'un instrument et ne peut jamais s'approcher, même de loin, de ce dont nous parlons. Il n'est pas censé s'approcher de ce dont nous parlons. C'est pourquoi c'est une bonne idée de ne pas tenter de se souvenir de ce qui est dit ici, ou même d'écouter. Vous n'avez pas besoin d'écouter – vous *êtes* ceci.

D'un côté vous dites des choses vraiment bien, mais vous affirmez aussi que vous n'avez aucune intention d'être quelqu'un qui répand la bonne parole. Et pourtant, vous répandez la bonne parole.

Oh non ! Pas du tout ! Il n'y a aucune intention là d'être quelqu'un qui répande la bonne parole ! Il y a tant de gens aujourd'hui ayant cette intention que c'en est incroyable et la plupart du temps il s'agit de la parole confuse. Ceux qui ont l'intention de répandre la bonne parole répandent la mauvaise parole – l'enseignement de l'immaculée confusion. Car quelque part il y a encore un motif personnel pour parler à l'intention de quelqu'un et cela, c'est l'ignorance.

Et dans bien des cas il y a chez eux la sincère conviction qu'ils ont atteint quelque chose nommé illumination et que d'une certaine façon, ils l'ont fait. Il y a là un souhait sincère d'aider d'autres gens à atteindre quelque chose appelé illumination. L'enseignement consiste en : « Vous êtes une personne qui a le choix de faire a, b et c » – généralement une liste – « et si vous suivez a, b et c suffisamment rigoureusement ou sérieusement, vous atteindrez ce que j'ai atteint. » Cela n'a absolument rien à voir avec l'éveil.

*

* *

Lorsqu'il y a un « Oui ! » aux mots, est-ce la source reconnaissant la source ?

Oui, mais il ne s'agit pas de quelque chose ayant trait à de la compréhension – cela a plus à voir avec l'intuition. C'est comme un bond, un saut, la soudaine vision de quelque chose de déjà connu. « Oh oui ! – Je sais cela ! »

Et cela a-t-il plus de chances de se produire par notre venue ici ?

Je pense que d'une certaine façon ce qui se passe ici, comme ailleurs, est que l'esprit s'approche, comme je l'ai dit précédemment, avec l'intention d'acquérir quelque chose – et puis réalise qu'il ne va rien recevoir, car en réalité rien n'est en passe d'être donné. Persistant à revenir avec l'idée de recevoir, il repart à chaque fois bredouille… Cela dure un bon moment jusqu'à ce qu'il finisse simplement par abandonner. Alors, avec la réalisation qu'il n'y a rien à acquérir, ce qui commence à être vu, est ceci tel que c'est.

Cela n'a rien à voir avec le détachement ou la non-identification – cela tient au lâcher du chercheur et la découverte que ce que nous sommes, c'est la vie dans ce paradis... Il s'agit d'une histoire d'amour, d'une étroite intimité avec la simple merveille de ceci. Comme un enfant sur la plage en train de faire des châteaux de sable... plus rien n'existe que le sable, la mer et le sel. C'est tout ce qui est – il n'y a rien d'autre. C'est la merveille de cette simplicité, la merveille de ceci, qui fait passer par-dessus bord tout ce qui a trait aux concepts, au bien et au mal. C'est la merveille intemporelle de ce que nous sommes.

En fait vous n'êtes venu apparemment ici que pour vous remémorer quelque chose. Eh oui, dans le rêve des apparences, continuer à vous retrouver exposé à ce message pourrait, d'une façon ou d'une autre, aller de pair avec la disparition de ce qui a été empilé sur cette simplicité.

Alors il s'agit de la réalisation du rien?

Oui, vous pourriez utiliser ces mots. C'est la vision de l'unicité. Et en fin de compte il n'est personne là contemplant l'unicité – il n'est personne là, voyant quoique ce soit, en ce sens. Il n'est personne ici – seulement unicité.

C'est donc le lâcher du « quelque chose »?

C'est le lâcher de l'idée qu'il y ait quoique ce soit à trouver et le lâcher de ce qui furète partout en quête de « quelque chose ». C'est simplement laisser la vue, l'ouïe, l'odorat être, le toucher, la reconnaissance des sentiments... C'est permettre simplement aux sentiments d'être reconnus, sans aucune idée qu'il faille les changer; ils sont simplement ce qui est. Tout ce qui se présente est simplement le bien-aimé – tout.

*

* *

Disons que vous sortiez d'ici et que vous tombiez sur la dispute de deux personnes prêtes à en venir aux mains. Avez-vous le sentiment que vous pourriez vous impliquer là-dedans ? Ou passeriez-vous votre chemin sans réagir ?

Certes, je suis anglais, alors je ferais comme si de rien n'était ! (*rire*). Il n'y a aucune façon de le savoir – je ne pourrais vous dire si dans l'instant qui va suivre je vais lever le bras ou pas.

Mais avez-vous une idée de ce que je veux dire ?

Oui, tout à fait. L'esprit s'efforce toujours de trouver une recette – une formule pour bien vivre, une formule pour l'illumination. Si en vous promenant vous tombez sur deux énergumènes en train de se tabasser les arrêterez-vous ? Cela n'a absolument rien à voir avec ce dont nous parlons ici. La bonne action, la mauvaise action, cela n'a aucun rapport, c'est simplement de l'ordre du mélodrame. L'éveil n'a rien à voir avec le bien.

L'apparence du bien peut générer beaucoup de confusion. Il y avait une dame qui avait deux perroquets capables de parler, mais la seule chose qu'ils pouvaient dire, c'était : « Nous sommes deux putes torrides, et on va vous donner du bon temps ! » C'est tout ce qu'ils voulaient bien dire. Cela la préoccupait beaucoup et un ami à qui elle confiait son désarroi lui dit : « J'ai dans mes connaissances un prêtre catholique qui possède lui-même deux perroquets. Si vous alliez le voir, j'ai dans l'idée que les deux paires pourraient s'entendre et que vos oiseaux pourraient bien êtres influencés dans le bon sens. »

Elle se rend donc chez le prêtre : « J'ai bien deux perroquets, » lui dit-il « Bill et Joe. Mais en fait ils ne parlent pas, ils se contentent d'égrener leur rosaire toute la journée. Ils ont chacun un rosaire et ils prient en silence toute la journée. Je n'ai jamais vu un tel engagement. Pourquoi ne mettriez-vous pas vos perroquets avec Bill et Joe, nous verrons bien s'ils ont une influence bénéfique sur eux ? »

Elle met ses oiseaux dans la cage et ceux-ci s'écrient immédiatement : « Nous sommes deux belles putes et on va s'éclater un max ! »

Bill aussitôt lance à Joe : « Tu peux lâcher le rosaire Joe, - toutes nos prières sont exaucées ! »

Brecon Residential

Novembre 2002

Il y a beaucoup de contrebande entre le Mexique et les Etats-Unis. Un jour, un Mexicain se présente à la frontière juché sur un vélo chargé d'un gros sac paraissant plutôt lourd. Il se fait arrêter par le douanier de service : « Stop ! Je veux voir ce qu'il y a dans le sac ! » Le cycliste annonce que c'est seulement du sable. Et effectivement il n'y a que du sable. Le douanier le laisse donc passer. Ce manège se répète deux ou trois fois par semaine pendant un bon moment et le fonctionnaire sait bien qu'il y a quelque chose de louche là-dessous.

Un jour où il est en train de boire un coup du côté mexicain, l'homme au vélo pousse la porte du bar. Le douanier s'approche : « Je vous vois souvent à la frontière, mais aujourd'hui je ne suis pas en service, laissez-moi vous payer un verre. »

Ils prennent donc plusieurs verres ensemble et au bout d'un moment le douanier demande au Mexicain : « Pour en revenir à ce qui se passe à la frontière, vous arrivez toujours avec ces sacs de sable, je les inspecte et ce n'est jamais que du sable. Mais je sais bien qu'il y a autre chose. Nous sommes amis maintenant – je ne vous dénoncerai pas – mais je brûle de savoir ce que vous passez comme ça en douce ? »

« Des vélos. » répond le mexicain.

Ce qui me plaît dans cette histoire, c'est qu'elle est très proche de ce dont nous parlons. D'un côté, le secret est caché et de l'autre, il est totalement exposé.

Car cet instant même est tout ce qui est. Ce moment-ci, ici même, est tout ce qui est. Dans ces corps/mental, une vue claire s'opère à chaque instant ; il y a simplement un voir. Mais quelque part dans l'esprit il y a cette idée – et c'est tout le drame – qu'il y a quelqu'un là opérant cette vision. C'est toute la subtilité et l'évidence de la chose.

Lorsque se produit l'éveil (comme cela arrive maintenant très souvent), ce que les gens disent plus que toute autre chose est que ce qui est vu à présent est absolument évident. *Tellement* évident. C'est étroitement accolé à ce que vous vous imaginez qui se passe en ce moment. Vous *pensez* que vous me voyez – en fait tout ce qui se produit en réalité est qu'il y a un voir, vision de moi qui survient, ou de quoique ce puisse être. La différence entre éveil et pas d'éveil – entre voir et ne pas voir – est simplement la reconnaissance qu'il n'est personne là. Il n'est aucun « moi ».

Si vous le voulez, vous pouvez fermer les yeux et vous mettre en quête du « moi ». Ce qui surgit à la conscience sont des sensations. Il peut y avoir des sensations dans le corps, des pensées… Peu importe ce qui surgit – un « moi » ne peut être trouvé là-dedans. Cherchez donc « moi » - il n'est pas possible de trouver une localisation fixe, un point fixe qui soit « moi ». Où est votre « moi » ? Continuez à chercher « moi » et tout ce que vous trouverez, en fait, sont des sensations, sensations corporelles, conscience du corps, conscience de la pensée « Je ne peux trouver 'moi' »…

Et la chose étrange est que ce qui cherche « moi » est ce que vous êtes. Vous êtes celui qui cherche. Ce que vous êtes est unicité. L'unicité est ce qui voit, ce qui voit toute chose. L'unicité est tout et voit tout comme étant elle-même. Tout ce qu'il y a, c'est que d'une façon ou d'une autre nous nous sommes mis en quête de quelque chose d'autre, quelque chose de personnalisé, un objet nommé illumination. Quelque chose qui se trouve là-bas au loin et qui devrait nous tomber du ciel et nous emplir d'une énergie nouvelle ; quelque chose qui surgit et s'ajoute à nous.

En fait, ce que nous cherchons, c'est la perte de l'idée d'un « moi ». Il s'agit simplement de la perte de l'identité personnelle – qui ne fut, de toute façon, jamais une réalité. Nous sommes en quête de la perte d'une irréalité. Tout tombe et dans un sens le « moi » est tout. Nous sommes des riches essayant de trouver le royaume des cieux. Tout le temps où il y a un « moi » qui chérit des concepts sur lui-même, sur l'importance de la vie et l'importance d'atteindre l'illumination, nous sommes des gens riches.

Et tout cela tombe et il ne reste plus rien outre la vision de ceci ; simplement une claire vision des sensations, de la vie apparemment en marche. Cette claire vision vient de nulle part. C'est comme s'il n'y avait personne là pour voir la vie se dérouler. Sans aucun sentiment que ce qui se passe a besoin d'être changé, pour le meilleur ou pour le pire. Sans aucun jugement, ou une quelconque idée que tout cela va quelque part. Et au delà de la vision claire réside l'unicité.

Ce que vous cherchez est déjà. Ce que vous cherchez est déjà ceci. En fait, toute votre vie il y a eu claire vision. Ce qui recouvre cela est l'identification, comme s'il y avait un « voyant » séparé. Et ce voile aussi est divin.

Il s'agit simplement d'un glissement de la perception de cela à ceci. C'est parfaitement simple, parfaitement direct et disponible. L'illumination est tout à fait disponible. La lumière est tout ce qui est. Toutes ces idées que vous avez de grimper au sommet d'une montagne et de vous mettre à méditer pendant vingt ans, en renonçant au désir... L'éveil n'a rien à voir avec tout ça. La lumière est tout ce qui est. Il n'est rien qui ait besoin d'être fait, simplement parce qu'il s'agit seulement de la vision de ceci. Qui a besoin de faire quoique ce soit à ce propos ? Il y a toujours ceci. Il n'y a jamais que ceci. Où que vous alliez, il n'est que ceci.

N'adoptez pas l'idée que l'éveil ne peut se produire que dans le cas de gens ayant été intensément en recherche durant des années. Il y a pas mal de gens, à la fois ici en Angleterre et aussi en Hollande, qui n'ont jamais suivi une voie quelconque, jamais déployé d'effort ou ne se sont jamais intéressés de quelque façon que ce soit à l'éveil, et chez qui cela s'est produit.

Le mystère de comment la quête prend fin – chez ceux qui font preuve d'un engagement intense comme chez ceux qui se sentent moins concernés – est tout simplement insoluble.

Je ne sais pas si quelqu'un a lu *Superconciousness Revisited*[1]? C'est un ouvrage intéressant écrit par un psychologue qui examine toute cette histoire de l'éveil – ce qu'il pense qui se produit et ce qui lui est arrivé personnellement – il ne parle pas en l'air.

Dans l'un des chapitres, il est fait mention d'un nombre impressionnant de cas où les gens n'avaient pas plus d'idée sur l'éveil que sur le doryphore. Ils ne s'en étaient simplement jamais préoccupés du tout. Et pourtant, cette nouvelle vision s'est produite et s'est installée en eux à demeure.

Ce que je suis en train de dire, c'est que l'éveil n'a rien à voir avec l'histoire. Dans un certain sens, un chercheur chevronné peut fort bien avoir amassé un grand nombre de concepts et être devenu ce que le Christ appelait « un riche ».

Tony, en l'absence de tout l'effort de la recherche, cela ressemble beaucoup à une loterie.

Oui, d'une certaine manière on pourrait le dire. Ce n'est pas le cas, mais c'est ce que cela semble. Mais il est aussi possible de concevoir qu'en fait, l'éveil n'arrive à personne.

Tout cela est très bien – si cela vous arrive à vous !

Oui, c'est l'idée prévalente, mais l'éveil n'arrive à personne, la réalité de la chose est que l'éveil n'arrive à personne. Les gens semblent jouer à la loterie, ils semblent faire quelque chose et gagner, mais personne ne fait « devenir éveillé ».

De toute façon, que vous ayez dans l'idée qu'il s'agit d'une loterie ou pas, que faire ? Si vous pensez que c'est une loterie, alors vous pensez que c'est une loterie. Après que cela soit arrivé, vous vous apercevez que cela n'a rien d'approchant avec le fait d'être une loterie, ou quelque chose qui vous arrive à vous.

Vous voulez dire que toutes ces années d'efforts ont été gaspillées en vain ?

J'en ai bien peur ! (*rire*) Rien n'est jamais gaspillé, bien sûr. Vous savez cela. Rien n'est gaspillé, tout est simplement ce que c'est. Mais quel que soit l'effort que vous y mettiez, cela n'entraîne jamais rien de plus que l'affermissement de quelqu'un mettant de l'effort dans quelque chose, ce qui déjà est le cas.

*
* *

Si vous êtes dans la vision claire et l'absolue conscience, en tant que conscience absolue vous pourriez éveiller qui vous voulez.

Oh non, pas du tout. Il n'est aucun moyen par lequel qui que ce soit puisse déclencher l'éveil de quelqu'un d'autre parce que personne n'est éveillé.

Si bien que vous ne pouvez faire qu'une autre personne s'éveille. Tout ce dont il s'agit est de lâcher le chercheur, et personne d'autre ne peut le faire faire à autrui. Vous pouvez toujours leur dire qu'il n'y a rien à chercher mais ils ne vous entendent absolument pas, cela, je l'ai bien remarqué !

Assurément c'est votre jeu.

Le jeu de qui ? Même après l'éveil, il n'est personne là pour être auteur d'un choix ou pour faire arriver quoi que ce soit. Et il n'est nul besoin de faire arriver quoi que ce soit. Tout ce qui semble arriver n'est jamais qu'une apparence de l'un.

Mais de qui est-ce le jeu ?

Ce n'est le jeu de personne, c'est simplement un jeu. Il n'y a personne – pas plus ici que là-bas ou ailleurs ! Vraiment pas – il n'est personne. Seulement jeu, un point c'est tout.

Mais n'est-ce pas une certaine forme d'intelligence ?

Il y a intelligence, mais ce n'est pas *une* intelligence – c'est simplement de l'intelligence se déployant.

Certes, mais cette conscience...

Un instant, vous parlez de Dieu, n'est-ce pas ?

Pas réellement de Dieu – je parle simplement du fait que c'est quelque chose ; cela est. C'est quelque chose ou ce n'est rien...

C'est à la fois quelque chose et rien. C'est ceci. Il ne s'agit pas d'une conscience en provenance de quelque part – ceci, si vous voulez, est conscience. Ceci est vie. Il y a tout simplement vie jouant la vie, et il n'est rien qui orchestre cela et rien qui choisisse quoi que ce soit. Il n'y a pas de destinée. Il n'y a rien en route pour où que ce soit. Ceci est simplement vie se vivant elle-même.

Et il n'est rien là-bas qui dise : « Vous serez illuminé, » car il n'est personne qui sera jamais illuminé. Vous êtes illumination – vous êtes cela. Ceci est cela. Et il y a simplement une idée que ceci n'est pas cela. Quand cette idée s'évanouit, ce qui est là, constant, est vu, par personne.

Ainsi il n'est personne qui puisse faire arriver l'illumination ou la vision claire à une autre supposée personne.

Toute cette idée de pouvoir éveiller quelqu'un ou de pouvoir lui conférer l'illumination provient en droite ligne de l'esprit manipulateur de ceux qui laissent entendre que cela peut se produire à travers eux et pour ceux qui le voudraient avec suffisamment d'intensité.

Parce que c'est une idée très attrayante, les gens vont aller vers des enseignants qui clament qu'ils vont les illuminer. Cela n'arrive jamais – cela ne peut se produire, car il n'est personne ici pour faire quoi que ce soit à qui que ce soit d'autre là.

Vous êtes totalement seul ; vous avez toujours été totalement seul. Et dans une certaine mesure, c'est pour ça que l'on peut parler de secret car c'est apparemment un secret tout à fait personnel, dans le sens où tant qu'il y a chercheur, il y a un secret en train d'être offert. C'est l'invitation. Et, pour ce chercheur, l'invitation est tout à fait unique.

Tout ce qui vous arrive, tout ce qui se passe pour vous, pourrait être compris comme une invitation totalement singulière qui vous serait destinée, débouchant sur la découverte qu'il n'y a qu'unicité. Mais aucune autre personne ne peut vous en rapprocher, quoi qu'elle puisse jamais faire.

Elle ne peut choisir de vous mener plus près de ce que vous êtes déjà. Personne ne le peut car c'est une affaire éminemment singulière. La création entière est à votre intention. C'est absolument vrai – entièrement et uniquement pour vous.

Vous êtes donc seul mais pas esseulé ?

Il n'y a pas de sentiment d'isolement, excepté bien sûr avant la survenue de l'éveil. Ensuite il y a solitude, mais vous vivez dans l'amour. Par conséquent il n'y a pas isolement car l'amour s'est enfin produit – vous êtes en amour avec tout et toute chose. L'amant parfait a été trouvé car tout est amant parfait. Et tout cela est unicité.

Au plan de l'énergie, réellement tout ce qui se produit, c'est que dans cette pièce le rien qui se tient par là, si vous voulez, voit et rencontre le rien qui est ici. Et au plan énergétique, il y a expansion, une dilatation en ce rien. Mais tout ce que réellement vous voyez est ce que vous êtes. Il n'est rien provenant d'ici pour faire une quelconque différence là.

Tout ce qu'il y a là est la vision de ce que vous êtes. Et d'une certaine façon, parce que cette énergie est incroyablement libératrice, cette liberté est vue et se prête à une vaste expansion. Il s'agit d'un élargissement dans l'amour, en vérité. Mais il n'est personne pour se l'approprier. Rien de tout cela n'est *possédé* par qui que ce soit. C'est simplement voir ou ne pas voir.

En fait, comment pourriez-vous jamais vous en éloigner – vous vivez dans l'invitation, dans cette imminence, dans cette intime proximité. Vous *êtes* cette imminence.

Mais il peut y avoir une plus grande ouverture à cela dans un endroit comme celui-ci.

Bien sûr, car venir ici est comme une prière, comme la seule et unique prière possible qui est : « Muez- moi en rien » si vous voulez.

« Que je ne sois rien et qu'advienne la vue claire ». En venant ici avec cette prière, il y a une certaine imminence.

*

* *

Lorsque vous parlez d'invitation, Tony, cela engendre l'idée de quelque chose pouvant être accepté ou rejeté, or ce n'est pas cela puisque personne ne peut rien faire, n'est-ce pas ? Il ne s'agit donc pas d'une invitation qui pourrait être acceptée ou rejetée.

Certes, pourtant d'une certaine façon, elle l'est. L'invitation se trouve être presque continuellement rejetée car l'esprit ne la voit pas – l'esprit *ne peut pas* voir l'invitation parce qu'il y a cette image d'un « moi » qui vit en lui, et qui est ancrée dans le temps. Et l'on pourrait dire que l'invitation n'est pas acceptée parce qu'elle est au delà de la temporalité. Nous vivons dans un déni d'amour quasi permanent. Un autre mot pour l'invitation pourrait être la grâce.

Mais quand il y a acceptation... y a-t-il acceptation ?

Encore une fois, nous entrons ici dans quelque chose qui tient du paradoxe car tout ce qui se passe réellement est que la personne supposée ou l'être séparé imaginé qui relève l'invitation disparaît tout simplement. L'acceptation de l'invitation est la disparition du chercheur.

Mais tout ce qui survient est l'invitation à voir que ce que vous êtes est l'un. La plupart du temps nous passons à côté. Nous sillonnons le monde occupé à nos petites affaires et engagé dans la poursuite de l'illumination sans remarquer que les pas qui nous mènent vers notre prochaine retraite sont en réalité l'invitation même, qu'ils sont en fait les pas de l'un. Le rejet ou l'acceptation de l'invitation ne peut être choisi ou décidé, cela advient tout simplement.

« Invitation » est l'un de ces mots qui me font prendre la tangente.

C'est le mot le plus proche que je puisse trouver pour cela qui ne peut être exprimé. Mais d'une façon ou d'une autre, pendant tout le temps où il y a quelqu'un en train de chercher quelque chose, tout invite à voir qu'il n'est nul besoin de chercher quoi que ce soit. Si, vous pouvez suggérer un autre mot, pourquoi pas, mais en ce qui me concerne je n'en ai pas d'autre, peut-être à l'exception de la grâce... Nous vivons dans une grâce constante.

Diriez-vous que c'est une invitation à ne pas *s'identifier à quoi que ce soit ?*

Pas vraiment, non. C'est l'amant qui se dévoile et cela peut être vu ou pas. Ce n'est pas une préconisation – il s'agit d'une simple invitation.

La prière que vous mentionniez, à qui l'adressez-vous ?

À personne. En réalité le chercheur adresse sa prière à lui-même ; à ce qui est. Le chercheur prie sa véritable nature : « Révélez-vous, je vous prie » pourrait-on dire, « Je suis prêt à tout abandonner pour cela. » Les gens viennent ici sans nécessairement penser qu'ils sont prêts à tout lâcher, pourtant c'est bien ce qui va se produire en fin de compte. Ce dont il s'agit ici, c'est précisément de tout lâcher. Ou, pourrions-nous dire, de lâcher l'investissement dans une apparence. Mais c'est une espèce de mort, et cela prend un aspect menaçant tellement nous sommes habitué à vivre dans cette chose que nous croyons connaître, le « moi ». De ce fait, cela semble bien plus que lâcher une apparence…

*
* *

L'esprit s'accroche à l'idée que ce qu'il cherche est un état. Ce qu'il cherche est quelque chose à quoi il puisse s'agripper et en quoi il puisse se retrancher. La méditation est une des façons par laquelle l'esprit tente d'établir un tel état. La théorie stipule – à juste titre, semble-t-il – que si vous méditez, il vous devient possible d'atteindre un état en lequel il n'est plus de méditant. Vous pourriez donc dire que vous atteignez un état où il n'est pas de « moi ». Certains peuvent prendre une assise, méditer dans les règles de l'art et découvrir qu'il existe un espace où il n'est pas de méditant, où il n'est plus personne là. La durée de cet état peut se traduire en heures, en minutes, en secondes ou en ce que vous voulez.

La difficulté, c'est qu'au bout d'un moment l'apparent méditant est de retour, se lève et va dans la cuisine pour se faire une tasse de thé, et il y a frustration car l'état qui était là n'est plus forcément présent. Il y a aussi une méditation où l'on peut créer un état de félicité qui peut être très plaisant, mais qui, lorsque l'on se remet à vaquer à ses occupations, n'est plus forcément là non plus.

La théorie est que plus vous pouvez inciter cet état de félicité ou dépourvu de méditant, plus il y a de chances qu'il s'installe à demeure et que vous puissiez vivre à jamais dans la félicité ou le

« personne là ». Mais en fait toute l'histoire est artificielle dans le sens où elle est fondée sur l'idée que l'illumination est quelque chose à part de ce qui est ordinairement vécu. « Il existe un état nommé 'personne là' qui est l'illumination. Par conséquent si je peux m'en emparer, je pourrai le mettre en sécurité, le clôturer en quelque sorte, et peut-être réussirai-je à m'y installer pour y vivre. » La frustration engendrée par la méditation est qu'elle est semblable au sable dans la main, il ne fait qu'en couler sans que vous puissiez le retenir. Ce genre de tentative pour figer quelque chose est comme celle d'écrire sur l'eau.

Ce dont nous parlons ici est quelque chose qui, en réalité, est déjà. Ce dont nous parlons ici est quelque chose qui n'est jamais venu et ne part jamais. Il s'agit de présence, de tranquille immobilité... Les mots ne peuvent l'exprimer, mais ce n'est pas un état et ce n'est pas quelque chose qui est là et ensuite plus là. C'est en fait tout ce qui est.

Ce qui fait obstacle à la connaissance de cela, c'est vous, c'est l'esprit, c'est le « moi », le « moi » qui veut trouver cet état qui n'en est pas un. Et aucune quantité de méditation, aucune quantité de sacrifice ou de purification, rien de ce genre ne permettra jamais que cela émerge, car cela n'a pas besoin d'émerger. Et aucune somme de méditation, d'effort ou de purification ne détruira jamais l'illusion « moi », car tout l'effort tourné vers la destruction de l'illusion « moi » continue à raffermir le déploiement de « moi ».

Si l'on met de côté l'emploi de la méditation comme méthode de purification et tout le fatras connexe, ne conserve-t-elle pas une valeur, dans le sens où il y a ce rien, où il y en a une sorte de reconnaissance, où il y a – on ne peut vraiment l'appeler une expérience – mais ce qui cependant s'apparente à une expérience de la vision du rien ? Cela ne procure-t-il pas une sorte de confirmation en quelque sorte ?

Oh, absolument, bien que cette vision du rien puisse survenir en toutes circonstances. Il est certain que si la méditation va se produire pour que cela soit vu, alors ce sera ce qui va se passer. Ce que je suis en train de dire, c'est qu'il n'est aucun moyen de s'approcher subrepticement de soi, vous ne pouvez saisir l'illumination par surprise. Il n'existe aucune méthode qui vous permette de vous mettre en route vers ce qui déjà est.

Ce qui se produit souvent, c'est que vous arrivez bien à en saisir comme ça un avant-goût, si l'on peut dire, mais le fait que vous étiez en train de vous astreindre à une technique engendre perfidement l'idée qu'il y a quelque chose à accomplir. Et cela devient, alors, un véritable supplice de tantale car vous savez qu'il y a bien quelque chose là, mais la notion que ce n'est pas ce que vous êtes déjà se trouve renforcée par le fait que vous vous astreigniez à une technique dans le but de l'obtenir.

Absolument. Et le conditionnement de nos vies est tel que cette idée est pleine d'attrait. Pour devenir un bon joueur de tennis, il vous faut vous entraîner tous les jours et exercer votre revers jusqu'à ce qu'il devienne puissant et naturel. Et si vous courez cinq heures tous les jours, vous allez devenir un excellent coureur de fond. C'est comme tout le reste – nous sommes conditionnés à croire que l'effort apparemment procurera n'importe quel résultat.

Ce même danger n'est-il pas également présent ici, en ce moment ? Il y a encore une fois un groupe de chercheurs assis ici devant quelqu'un qui n'a pas de système, ou dont le système est de ne pas en avoir.

Tout à fait. Mais si nous en parlons, si c'est exprimé, il y a alors une possibilité que l'esprit ne se fasse pas piéger si facilement. Tandis que dans l'atmosphère de la méditation et des écoles de méditation ou ces genres de systèmes, tout l'élan est canalisé vers l'obtention de l'éveil. Qu'il soit clair que ce qui est suggéré ici n'est pas d'avoir ou de ne pas avoir de système, mais de voir qu'il n'est bien personne pour choisir.

En pensant à ce que vous dites, il m'est venu que l'éveil c'était l'esprit au repos et qu'il s'agissait simplement d'être.

L'esprit ne se met pas au repos – la nature de l'esprit n'est pas d'être au repos.

Mais il m'a semblé que vous disiez que l'esprit devenait docile, ce qui est exactement ce que j'avais déjà entendu concernant la méditation.

L'esprit trouve sa juste place et sa fonction naturelle. Il ne se met pas au repos, mais il prend sa place en réalité comme outil de fonctionnement, plutôt que se prévaloir d'une position de grand gourou.

Lorsque j'ai commencé à méditer, c'était très difficile au début à cause de tout ce fatras mental, tout ce « penser » en constante ébullition. Et puis, vint un moment où tout cela n'était plus là et où l'esprit se tenait simplement très tranquille. De ce que vous dites, je ne sais pas s'il s'agissait seulement d'un état induit... Je ne dirais pas que c'était la félicité, c'était simplement le calme intérieur et il était beaucoup plus facile d'être, dans cette quiétude.

Il n'y a rien de bien ou de mal à cela – simplement, ce que vous avez au bout du compte, c'est une personne qui a l'esprit plus calme.

En quoi serait-ce différent de ce que vous décrivez ?

L'idée de quelqu'un ayant l'esprit plus calme n'a aucun lien avec l'éveil. C'est sans rapport, il n'y a tout simplement pas de liaison entre les deux. C'est comme la thérapie. Vous pouvez vous engager dans une thérapie et pardonner à votre mère, et vous êtes alors une personne qui a apparemment pardonné à sa mère. Ou vous pouvez vous retirer et méditer pendant des années et vous retrouver avec un esprit apaisé – vous êtes alors une personne qui a apparemment un esprit plus calme. L'un comme l'autre sont des possessions. L'éveil apporte la pauvreté totale et la richesse absolue.

Avoir un esprit plus calme facilite la vie, vous vous entendez mieux avec les autres et avez moins de disputes. On pourrait dire que l'on vit une vie plus harmonieuse…

Lorsque vous avez quelqu'un qui apparemment vit une vie plus harmonieuse, vous avez quelqu'un qui apparemment vit dans un état d'harmonie. Évidemment, l'éveil peut également survenir, mais il n'est personne là qui ait engendré cet état ou qui puisse le maintenir.

*

* *

Pour quelqu'un qui n'a pas l'expérience de ce qui s'est produit en vous, le grand danger est de vouloir faire arriver l'éveil et de s'y évertuer. Or, il n'est rien que nous puissions faire pour changer le cours des choses. Cela semble sans espoir.

C'est sans espoir. C'est complètement et totalement sans espoir. C'est même pire que sans espoir – car « sans espoir » semble impliquer qu'il y ait quelqu'un là pour être sans espoir.

*

* *

Il me semble que vous souhaiteriez que nous puissions tous sauter le pas, ou quelle que soit la façon dont vous décrivez cela.

Je ne le souhaite pas – restons précis, et ne vous emballez pas !

Mais j'ai toujours eu le sentiment qu'en ce qui concerne Michael et Roger, vous vous réjouissiez que cela se soit produit.

Il y a une grande joie que cela se soit produit, mais il n'est personne ici qui puisse les rendre comme cela, ou qui pourrait vouloir qu'ils le soient.

Mais il y a de la joie.

Certes.

Par conséquent si cela devait se produire aujourd'hui pour tous ceux ici qui ne le connaissent pas encore, il y aurait une joie immense.

Oui, tout à fait.

Et c'est tout ce que nous pouvons en dire.

Oui, sauf que je doublerais le prix d'entrée ! (*rire*)

*
* *

À l'éveil, l'ego se dissout-il ou est-ce qu'il est toujours là et simplement transparent ?

Tout est là.

Car j'assimile l'ego au besoin.

Oui, le besoin est également là, au sein du personnage, comme dans l'ensemble de la manifestation, le jeu de l'un, et je suis cela.

Bien, c'est quelque chose qui n'était pas clair pour moi, particulièrement lorsque vous avez dit qu'il n'est personne là pour avoir besoin des autres. Mais le besoin demeure, n'est-ce pas ?

Oui, le besoin est toujours là. Vous pourriez dire qu'il n'y a que présence et qu'en cela tout surgit, y compris le besoin. Mais il n'est plus de figure centrale en, disons, Tony Parsons qui ait besoin de quelque chose pour satisfaire ce qui déjà est là, au sens que cela pouvait comporter avant l'éveil. Il n'y a donc personne là de façon centrale qui ait besoin de quoi que ce soit, mais le besoin surgit. Le centre qui était là avant et qui voulait que tout lui revienne n'est plus là. Mais Tony Parsons a besoin de dîner ou d'autre chose – quoiqu'il survienne.

Ceci ne veut peut-être pas dire grand-chose mais il me semble que ce pourrait être décrit comme la pendule qui vient juste de s'arrêter.

Oui, c'est la même chose – il n'y a plus de facteurs temps en jeu, par conséquent il n'y a plus le sens d'un futur ou d'un passé.

L'autre chose à propos de cela, c'est qu'il ne s'agit pas de quelque chose présentant un caractère personnel. Se situer dans la présence, c'est être tout et toute chose, et si c'est être toute chose, à l'évidence, cela comprend l'émergence du besoin. Et pas uniquement dans ce corps/mental-ci, mais dans n'importe quel autre qui se trouve présent, qui se trouve être dans cette conscience. Je suis donc toute chose dans cette pièce... Il n'est qu'unicité, par conséquent, ce que je suis – qui est unicité – est tout ce qu'il y a dans cette pièce. Et il y a le besoin dans cette pièce.

Cette histoire de besoin n'est pas claire pour moi. Si l'on prend pour exemple votre besoin de dîner pour apaiser une impression de faim dans le corps/mental, pour moi cela semblerait indiquer qu'il demeure quelque chose de central réclamant quelque chose pour se satisfaire, quelque chose provenant de l'extérieur...

Oui, je vois bien, c'est le point essentiel : il n'y a rien de central. Ce qui surgit, c'est le besoin de satisfaire une pulsion de faim – pas de satisfaire *ma* pulsion de faim. Nous utilisons le langage d'une façon telle que nous personnifions le besoin ou la souffrance : « Je souffre, j'ai faim. » Dans la vision claire, il n'est personne qui souffre et personne pour avoir faim, mais la faim survient.

Tony, si tout ce qui se présente à chaque instant ne fait que surgir et disparaître aussitôt, pour recommencer l'instant d'après et ainsi de suite, y a-t-il une quelconque continuité, un lien quelconque entre tout cela, en termes de dualité ? Y a-t-il aucune loi qui gouverne ce qui se produit dans la dualité ?

En fin de compte, bien évidemment, rien ne se passe du tout – mais dans l'apparence de choses semblant arriver, oui, il y a des lois naturelles pour les gouverner.

Qu'entendez-vous par là ?

Par exemple, la loi de l'attraction – ceci surgit et est attiré par cela. Cette loi est la façon dont la manifestation fonctionne ; elle fonctionne dans le cadre des lois de la nature. Si vous couper une tomate en deux avec un couteau, elle va se partager en deux, il y a une loi à l'œuvre là-dedans. Toutes les lois naturelles continuent encore apparemment à fonctionner.

Et il y a encore des points de référence.

Il y a uniquement voir. L'éveil ne comporte aucun point de référence, absolument aucun.

Mais il faut bien que vous ayez le point de référence de votre corps/mental pour satisfaire cette pulsion de faim… J'ai vraiment du mal avec ça.

Si vous souhaitez l'appeler un point de référence… Mais tout ce que c'est, c'est la *vision* de la faim surgissant et de la faim en train d'être satisfaite. Si vous voyez le corps/mental comme un point de référence, cela n'engage que vous.

Mais ce n'est pas vu ici comme cela. Tout ce qui est vu est un corps, l'existence apparente d'un corps qui peut sentir la faim, manger et ensuite ne plus la sentir.

Je crois qu'elle veut dire que si la faim se manifeste, comment allez-vous savoir que la nourriture doit aller dans cette bouche plutôt que dans cette autre ?

Vous ne le savez pas – cela se fait, tout simplement. Le fonctionnement a lieu, et a lieu, en fait, cent fois mieux que précédemment. Mais, il n'y a aucun point de référence – seulement des choses se produisant qui sont vues.

La difficulté tient en cette notion de localisation. On aurait tendance à penser que si le corps de Tony Parsons a faim puis absorbe de la nourriture et qu'ensuite il n'a plus faim, il s'agit d'un événement se produisant localement. Mais en réalité, tout ce que c'est, c'est l'unicité apparaissant en tant que faim et satisfaction. Et c'est très difficile au début, lorsque tout cela commence à se produire, car il y a encore un tel conditionnement imposant l'idée qu'il s'agit de quelque chose de local. C'est si puissamment ancré. Nous sommes tellement accoutumé à ce sentiment de localité – nous ne réalisons pas que ce n'est pas local du tout – que c'est tout. Notre corps est le bien-aimé, « corps-ant » et la chaise là-bas est le bien-aimé, « chaise-ant ».

La puissance de ce sentiment de localité provient du fait que nous trimballons ce corps/mental depuis la naissance, et je trouve sidérant que cela puisse s'évanouir avec le corps/mental encore là. La disparition de cette notion de localisation doit être un tel réajustement de perspective...

Certes, c'en est un. Mais voyez, vous venez d'employer le mot « là » - le corps encore là. Mais en réalité le corps n'est pas là – le corps est, simplement. Quand vous dites « là », d'où est-ce proche ? C'est proche de la personne que vous croyez être. Quand il n'est personne, il y a simplement corps, et il n'est pas « là ».

Et qu'arrive-t-il quand part la localisation ? Je ne vois pas comment il pourrait ne pas y avoir de point de référence.

Je sais – il n'y a pas de limites, pas de point de référence. Il y a simplement ceci.

Il n'y a pas d'ici, alors ?

Pas d'ici. C'est ce que j'essaie de dire. Il n'est pas d'ici, pas de là, il y a simplement ce qui est. Ici, là et les points de référence sont de simples apparences, comme la gravité.

Parler comme cela peut faire entendre qu'il y a un corps continu, or il n'en est pas ainsi – le corps apparaît et disparaît tout le temps.

Oui, par exemple en cet instant, vous êtes conscient de votre corps. À trois heures du matin, lorsque vous dormez, il n'y aura pas de corps. Même dans la journée, il y a de très nombreux moments où il n'y a pas de corps.

Quand ?

Oh, allons ! Lorsque quelqu'un entre dans la pièce ou que vous êtes plongé dans la lecture d'un livre ou encore totalement captivé par un film… Vous êtes dans autre chose, et il n'y a pas de corps.

*

* *

Apparemment Tony, en prenant l'analogie de la vague, en vous entendant il y a quelques instants, j'avais l'impression que je suis simple-

ment une constriction passagère tour à tour apparaissant et disparaissant. Mais comment se fait-il que lorsque je réapparais cette réapparition ne s'opère pas sous votre forme par exemple ? Comment se fait-il, au sens matériel, j'entends, que c'est toujours sous cette forme-ci ? Il semble étrange que la vague se représente toujours sous cette forme...

Oui, c'est miraculeux !

Cela fait-il partie du mystère ?

Oui, cela fait partie du mystère et du mélodrame continuel de cette histoire à propos de l'existence de quelqu'un qui serait un individu séparé de tout le reste.

Cette extraordinaire magie de la singularité qui fait qu'il n'y a personne de semblable à vous dans le monde entier – lorsqu'elle est clairement perçue – est une véritable célébration. Mais pendant tout le temps où elle est perçue en termes d'individualité, cela génère un trouble. Cela continue à confirmer qu'il y a, en fait, quelqu'un là ; qu'il y a là un individu séparé.

Le fait qu'il n'y ait personne d'autre comme vous renforce, d'une certaine manière, l'idée que vous êtes séparé. C'est divin, bien sûr, comme je m'applique à le faire remarquer ce matin, c'est évident ! C'est divin car c'est le bien-aimé présentant une situation menant ce chercheur à l'amour.

Chaque jour, chaque matin, la vague se forme et dit : « Voyez, voyez comme cela se passe dans ce monde de la séparation dans lequel nous avons décidé de jouer ! N'est-ce pas un jeu merveilleux ? » Et après l'éveil, il y a une célébration de la singularité de cette création, et il n'y a plus aucun besoin de se pencher sur la question. Il n'y a plus d'interrogations à ce propos – c'est seulement ce qui est.

Mais pouvez-vous continuer à célébrer le personnage ?

Oh, absolument ! Et ce, pour la première fois, car la célébration est tellement libre. C'est une merveilleuse célébration, d'abord de Tony Parsons et partant de là, de tous les autres, naturellement. Ce sont les deux commandements du Christ : « Aime Dieu et aime ton prochain. » C'est de cela dont il parlait, il parlait du secret ouvert : « Voyez que vous êtes tout ce qui est, et aimez ce qui apparaît en cela. »

*

* *

Je me souviens d'une fois où vous parliez de la clarté opposée à une sorte d'accueil intime, ou quelque chose comme ça. Je ne peux m'en souvenir suffisamment bien pour l'exprimer en mots.

À un certain moment, je parlais de la relation entre hommes et femmes apparents et de l'énergie masculine et féminine. Une relation dans le cadre de laquelle l'élément masculin craint le feu pendant que l'élément féminin craint l'impersonnalité.

C'est cela, oui.

Ce qui peut se produire avec l'éveil, c'est un glissement dans quelque chose que je pourrais appeler « détachement » ou « non-identification ». Il ne s'agit pas vraiment de l'éveil, mais, pourrions-nous dire, d'une ouverture sur l'éveil. Et en celle-ci, il y a une conscience neutre des objets qui surgissent. On vit dans une conscience très détachée de tout ; totalement non-identifiée. Mais insidieusement, il y a encore quelqu'un là conscient des objets qui surgissent, par conséquent d'une façon très subtile, il y a encore un dualisme.

Cela peut survenir plus couramment dans le cadre d'une énergie masculine, car le masculin se complaît dans la tour d'ivoire d'une froide conscience non-identifiée. Souvent, la masculinité peut s'y établir à demeure car c'est sécurisant et sans contact intime avec les choses, comme dans une tour d'ivoire.

Et ce qui peut se produire dans une telle situation, c'est que la vie peut soudain mettre bas cette tour d'ivoire, cette cage de verre, comme je l'appelle parfois. Elle la détruit avec le feu de la passion. L'aspect féminin qui représente la terre, le feu et l'intimité brise la non-identification glaciale dans laquelle peut parfois se complaire le masculin. Et si ce refuge de verre peut être démoli, ce qui émerge alors, c'est la libération – qui est amour inconditionnel, bien sûr.

La libération n'a rien à voir avec la non-identification ou le détachement – il s'agit d'une histoire d'amour. L'histoire d'amour suprême. Le mariage de la glace et du feu. Mais il faut bien savoir que cela surgit en la conscience même et que par conséquent, il n'est pas nécessaire de se trouver en relation à cet effet. La relation n'est qu'une représentation de l'éveil qui se trouve en amont et qui embrasse toute relation. L'apparent corps/mental est constitué des deux polarités, masculines et féminines, comme toutes choses.

D'un autre côté, l'énergie féminine, pourrions-nous dire, est propice à la survenue d'une expérience d'un genre très émotionnel, très puissante et qui a toute la coloration et le feu de l'amour, de l'amour dévotionnel. Mais quelque part, l'impersonnalité, qui est l'apanage de l'énergie masculine, en est absente. Et donc, encore une fois, ce qui peut se produire en présence d'un véritable mariage entre la clarté et la passion, c'est la libération.

En vérité la libération est tout simplement mariage. Pas simplement un mariage, mais *le* mariage. Le feu et la glace s'éteignent l'un l'autre, et le résultat, c'est le rien s'éveillant au tout.

Qu'arrive-t-il à quelqu'un qui se trouve coincé dans le feu, si le côté glace est comme la tour d'ivoire ou la cage de verre ?

Les personnes dans ce cas ont tendance à demeurer dans un état hautement émotionnel (qui ne se traduit pas forcément par de grands débordements). Il y a la marque d'un immense amour, mais pas d'une grande clarté. Et ils ont tendance à communiquer comme ça.

Le problème avec la situation « à mi-chemin » est que dans une certaine mesure il demeure encore insidieusement quelqu'un là, et il peut arriver bien souvent que des gens parviennent à ce point, pensent que l'illumination a eu lieu et commencent à parler en public. Ils le font très souvent de la façon la plus sincère, mais la difficulté est que lorsqu'il y a encore quelqu'un là, il peut se trouver encore habité d'une intention, de desseins, et ceux-ci sont projetés sur ceux qui apparemment sont instruits et écoutent ce message. Et, alors que dans une situation de totale libération, l'énergie simplement coule, coule et coule encore, dans la situation du mi-chemin, elle peut se mettre à couler vers le dehors puis opérer un retour vers la personne avec ses desseins. Naturellement, tout cela est entièrement expression divine.

Qu'en résulte-t-il éventuellement ?

Oh, c'est ce que c'est, simplement le jeu divin. S'il se trouve en quelqu'un le désir d'être sec... ou avide de puissance ou une maman ou un papa gâteau, alors, c'est ce qui arrive. S'il y a des gens qui ont besoin de se rapprocher de l'une de ces apparences, c'est l'invitation dont il a besoin. C'est totalement parfait.

Mais cela ne veut pas du tout dire qu'un homme a besoin d'une femme ou qu'une femme a besoin d'un homme. Il n'est pas nécessaire de vivre en couple... Même si vous vivez seul, l'énergie mâle et femelle est présente de toute façon dans le corps/mental. Ce mariage peut avoir lieu et a bien effectivement lieu au sein d'un unique corps/mental, car en chacun de nous, il y a la polarité mâle et femelle. Nous avons tous le feu et la glace en chacun de nous. Et peu importe votre orientation sexuelle – cela n'a absolument rien à voir.

*
* *

Je viens juste de voir pour la première fois quelle était la grande question que je porte en moi : « À quoi ressemble d'être illuminé ? » Je croyais avoir plein de questions, mais vraiment cela se résume à celle-là.

Cela ne ressemble à rien, car toute la question vient de : « À quoi cela ressemble pour Tony Parsons d'être illuminé ? » Or, Tony Parsons n'est pas illuminé – personne ne l'est. Ce n'est pas un état. Ce n'est pas quelque chose qui serait comme quelque chose. En fait, le plus près dont vous puissiez l'approcher, c'est en disant que cela ne ressemble à rien. C'est sstrien.

*
* *

Les intervalles apparents – entre les pensées apparentes – qui semblent se produire au cours de longues périodes de silence ont-ils trait à quelque chose en particulier ?

Non, ce sont les intervalles apparents entre les pensées apparentes. Ce qui se passe, c'est que l'esprit veut une formule : « J'ai entendu dire que si l'on pouvait devenir conscient de l'intervalle entre deux pensées, on tiendrait là un chemin vers l'illumination. » C'est sans queue ni tête ! Il y a peu de choses qui soient plus dénuées de sens. Les gens se torturent pour parvenir à plonger dans ces intervalles. « Hier, je me suis fait six créneaux ! Et vous ? » « Oh, zut, pour moi ce n'était que quatre. »

C'est mettre la charrue avant les bœufs, n'est-ce pas ?

Vous avez tout à fait raison – c'est mettre la charrue avant les bœufs, car l'éveil n'est rien, mais quand vous êtes sur l'autre bord vous voulez savoir comment c'est. Or, il n'y a pas moyen que vous sachiez jamais comment c'est. Et quand c'est là, il ne reste plus personne pour savoir comment c'est.

Voyez-vous, la réponse à toutes questions est réellement : « Il n'est que ceci, la vision de ceci, tel que c'est. » Alors, lorsque quelqu'un est là à voir tranquillement ce qui est, c'est parfait. Mais il arrive que l'esprit s'invite insidieusement et commence à dire : « Oh, tout ça, c'est très bien – la simple vision de ce qui est, mais n'y a-t-il pas là autre chose d'un peu plus conséquent ? » L'esprit en veut toujours plus. Mais s'il vous arrive que le monde s'arrête et de voir ce qui est, et en même temps, de voir *aussi* l'esprit s'inviter au bal en décrétant : « Il faut que ce soit plus que cela. », alors, vous avez sous les yeux la trame du drame qui se déroule en permanence ; ce jeu de voir ce qui est simplement, suivi de l'intervention de l'esprit décrétant : « Ce n'est pas assez, il m'en faut plus. Ce ne peut être l'illumination – il m'en faut plus. »

Et alors que l'agitation de l'esprit est vue, elle commence à se dissiper par le simple fait d'être vue. Par le simple fait de voir l'immixtion de l'esprit qui commence à dire : « Il y a plus – il faut qu'il y ait plus que simplement être assis sur un siège. » C'est à ce moment-là que cette agitation commence à se dissiper, tout bonnement parce que voir l'activité de l'esprit la ralentit petit à petit.

Puis, il y a simplement vision de ceci, et un sentiment de douceur à ne voir rien de plus que ceci. Cette impression de suavité provient du fait que le temps s'arrête – il n'y a pas de temps, il y a simplement voir ceci, établissement en ceci. Cela s'entend comme un processus, mais il ne s'agit que du temps, à jamais apparent, rencontrant l'intemporel.

*

* *

En ce moment, en écoutant ce que vous dites, j'éprouve un incessant sentiment d'insécurité qui me met vraiment les nerfs à vif, car d'une part, ce que vous dites fait naître un sentiment de confort et de l'autre cela provoque l'impression d'être plus inconfortable que jamais.

Absolument, car vous êtes sur le fil, tout au bord de l'intemporel. Lâcher le mental et répudier l'esprit, ou simplement le voir dans ses tentatives d'agitation et vous tenir simplement en ceci, c'est menaçant.

Cela demande une grande confiance en tout cas, car il semble que je sois en train de perdre une grande partie de ce sur quoi je m'appuyais jusqu'ici.

Oui, vous perdez tout ici. Nous avons confiance en ce que nous dit l'esprit, nous l'écoutons et nous le laissons nous guider car nous imaginons qu'il est hautement intelligent. L'esprit est un escroc très habile, en réalité. Nous l'écoutons, et il nous réconforte et nous rassure bien. Ce qui se passe maintenant, c'est que tout ça est en train de vous lâcher.

Il semble que je ne puisse pas faire grand-chose à ce propos.

Non, mais là encore, voyez. Voyez simplement cette peur, cette peur devant la menace. Voyez simplement cela – c'est une chose de plus qui se présente. Alors, il y a ceci – il y a l'esprit qui décrète : « Oh, ce n'est pas si important que cela » et il y a la vision de l'esprit en train de prétendre : « Oh ce n'est rien - qu'est-ce que c'est au juste ? » Et puis aussi il y a de la peur – l'esprit effrayé à l'idée de répudier l'esprit. Pour une fois nous voyons l'esprit tel qu'il est en réalité : une histoire dans le temps, tentant de nous entraîner à nouveau dans le monde du temps où il peut mener la danse.

J'ai vraiment le sentiment de ce « pas assez » - c'est vraiment une impression très forte.

L'esprit veut l'illumination ou ce que nous en sommes venu à croire être l'illumination, et le chercheur craint que ce qu'il va trouver ne soit complètement ordinaire. Et ça l'est – il ne s'agit pas de quelque chose d'extraordinaire du tout. Ce n'est pas ce que l'esprit voudrait découvrir… Mais d'une manière subtile, le chercheur sait que ce dont il est en quête est totalement ordinaire, immédiat et naturel.

C'est comme dans une de ces histoires zen où quelqu'un cherche un lion et trouve une souris.

Oui, absolument. Toutefois, il sera découvert qu'il s'agit de la merveille des souris !

Totness

Septembre 2002

Une conversation à propos de l'enseignement

Le sujet des instructeurs spirituels me plonge dans une profonde confusion depuis un bon moment. Tant de différentes personnes, qui dans une certaine mesure sont dans la même position que vous – ils sont assis sur la chaise de devant, nous sommes placés ici ; ils écrivent les livres, nous les lisons.

Cette possibilité qu'ils nomment l'illumination me fascine depuis des années et des années. Je me suis livré à une certaine somme de recherches sur le sujet – lisant les livres, écoutant les enregistrements, allant voir différentes personnes et ainsi de suite. Je me rendais à la librairie spirituelle du coin tous les jours pour y lire les livres, car je ne puis me permettre de les acheter. Ils n'y voient pas d'inconvénient. Ils ont même là-bas une liseuse très confortable à cet effet ! Et je m'y asseyais tous les jours, lisant tous ces livres, tentant de discerner à quoi pouvait bien rimer cette histoire d'illumination.

Cela représente beaucoup pour moi, et j'ai eu moi-même toutes sortes d'expériences paradoxales avec ça. J'étais avec Andrew Cohen pendant quelques années, j'ai donc déjà fait l'expérience d'être avec un de ces instructeurs… Et je suis plus confus que jamais.

Oui, cela ne me surprend pas !

Je vais vous dire, l'embarras que j'éprouve tient en ceci. Ayant tenté d'y voir clair, je n'ai pas l'impression que beaucoup de ces instruc-

teurs soient de simples imposteurs, que rien ne leur soit arrivé et qu'ils soient là à nous jeter de la poudre aux yeux...

Non, non.

Je n'ai pas l'impression qu'ils soient convaincus que quelque chose leur soit arrivé alors qu'en fait, ce ne serait pas le cas – ce qui est une autre possibilité. Je crois que quelque chose leur est bien arrivé. C'est pour cela qu'ils sont dans la chaise, qu'ils pondent tous ces livres et que des gens se massent autour d'eux.

Dans un sens, je peux voir qu'il y a une sorte de lien entre ce qui leur est arrivé à tous ; et d'un autre, ils semblent tous en désaccord, vous y compris, sur pas mal de choses. Mais on dirait bien qu'il y a un lien entre ce qui est arrivé à tous ces gens. Il semble qu'il se soit produit à un certain moment un épisode bouleversant leur vie – qui me paraît avoir été cet effondrement de leur précédente identité...

Ah, oui... Bon, continuons. Il y a un petit hic ici, mais cela ne fait rien, poursuivez.

En d'autres termes, je ne dis pas que ce sont tous des imposteurs ; je ne pense pas que ce soient des charlatans. Il y en a probablement quelques-uns par-ci par-là – je n'en suis pas vraiment sûr – mais quelque chose semble avoir ébranlé le sentiment de ces gens sur qui ils sont et ce qu'ils sont. Et il me semble qu'à la suite de cet épisode, ils sont totalement différents de ce qu'ils étaient auparavant. À ce point, ils commencent fréquemment à enseigner.

Souvent, il me semble que ce qui attire les foules n'est pas tant ce qu'ils disent ou écrivent, mais plutôt le fait qu'être assis auprès d'eux et se tenir en leur compagnie puisse déclencher toutes sortes d'effets étranges sur les gens. Et j'en ai fait personnellement l'expérience un certain nombre de fois. Je pense que c'est probablement ce qui m'a poussé en premier lieu à m'impliquer là-dedans.

Alors, fondamentalement, là où j'en viens, je suppose, c'est : y a-t-il différentes sortes d'illuminations ? J'en suis pratiquement venu à considérer que chaque personne qui se soit jamais illuminée est un modèle totalement différent de la chose. Ce qui n'est pas du tout ce que j'avais présumé au départ. Au contraire, il m'apparaissait qu'ils auraient tous dû être exactement semblables. Or, j'en suis venu au point où il semble que chacun sans exception est un spécimen entièrement différent.

Et porteur d'un message différent, pensez-vous ?

Eh bien, comme je l'ai dit précédemment, je continue à penser qu'il y a un certain fil conducteur central entre tous ces enseignements, mais il y a une quantité de choses sur lesquelles ces instructeurs semblent bien être en profond désaccord. Par exemple, votre point de vue sur la méditation tel que je l'ai lu dans vos livres s'opposent totalement à celui de certains instructeurs qui pourraient dire : « Vous devriez méditer trois ou quatre heures par jour. »

Et l'on pourrait continuer… vous n'avez pas besoin d'égrener toute la liste.

Non, il s'agit simplement d'un exemple. Je me demande si vous pouvez clarifier un peu tout ça ?

À l'évidence, pour nombre de gens, il y a une sorte d'expérience spirituelle personnelle qui les persuade qu'ils sont devenus ce qu'on appelle : « une personne illuminée. » Il n'existe rien de ce genre, mais malgré tout, souvent, ils dispensent un enseignement d'accomplissement personnel et clament qu'ils peuvent en aider d'autres à atteindre un état similaire.

Restons sur la méditation pour le moment, et disons qu'un grand nombre d'entre eux ont médité ou se sont impliqués dans un processus quelconque. Ce qui se produit alors est qu'ils semblent se départir du sens de l'existence d'un « moi » et semblent entrer dans un état de profond détachement. Pour beaucoup, c'est la phase d'ouverture initiale vers l'illumination. Il n'en va pas obligatoirement ainsi pour tout le monde, mais disons, pour rester simple, que la non-identification peut survenir chez la plupart des gens.

Il s'agit d'une expérience bouleversante, comme vous le faites très justement remarquer, et elle est *presque* totalement libératrice – presque. Il est alors vu que le monde se manifeste sous la forme d'objets, se présentant et disparaissant, remplacés par d'autres, surgissant pour re-disparaître à leur tour. Cela correspond à un profond détachement et représente une ouverture vers l'illumination. La difficulté réside dans le fait que ces gens ne savent pas qu'il est encore un lâcher-prise ultime à venir et donc ils se précipitent pour donner des *satsangs*. Ils se mettent à apparaître en public pour dire, en substance : « J'ai fait ceci ou cela pour atteindre l'illumination. Et si je l'ai fait, vous pourriez en faire autant. »

Il y a des quantités de méthodes enseignées pour atteindre l'illumination : purifier ses chakras, être chaste, être pur, être incroyablement honnête, mourir pour l'illumination, ne pas se soucier de l'illumination… Presque autant de façons de l'atteindre qu'il y a de gens s'imaginant l'avoir atteint. Cependant, ce qui s'est produit ne s'est pas intégré.

Soit, alors qu'elle est la prochaine étape ?

Nisargadatta l'a magnifiquement bien exprimé. Ce qu'il a dit est au cœur de votre question : « Savoir que je ne suis rien est sagesse… » Ils ont donc atteint le point de la sagesse. Je ne dénigre pas cela – il s'agit de quelque chose de grand. Je peux vous le dire, lorsque cela vous arrive – ce n'est pas rien ! C'est stupéfiant ! Mais il existe une autre étape conduisant en amont de la sagesse – qui est amour absolu. Et Nisargadatta a enchaîné avec : « Savoir que je suis tout est amour. »[1] C'est la totale désintégration de toute notion d'un « moi » permanent ou fixe.

Pendant le détachement, il demeure encore un subtil parfum de quelque chose qui serait conscient de tout. Vous regardez tranquillement la manifestation se déployer et il y a ce sens de quelque chose là de détaché ayant un regard neutre sur tout cela. Alors, quand vous sortez du rang et commencez à enseigner, vous parlez aux autres de quelque chose qu'ils peuvent atteindre, qui va leur procurer la fabuleuse libération consistant à simplement regarder le monde apparaître. Et c'est merveilleux. C'est un profond détachement, une non-identification. C'est merveilleux et cela semble totalement libre – mais, insidieusement, il y a encore quelqu'un là. C'est ce que j'appelle la cage de verre du détachement.

L'autre face de l'illumination est la dévotion. Vous avez donc des instructeurs qui ont développé une forte énergie émotionnelle liée au cœur sans le contrepoids de l'impersonnel. Ces « instructeurs spirituels » peuvent souvent affecter le centre émotionnel des gens.

Et pratiquement tous les enseignements font miroiter à quelqu'un quelque chose qui pourrait être atteint.

Lorsque l'amour paraît et pulvérise cette cage de verre, il ne reste plus qu'amour. Il n'est plus alors aucune communication vers qui que ce soit ou une quelconque possibilité d'enseigner quoi que ce soit à qui que ce soit. Parce que la vision est que tous sont absolument divins tels qu'ils sont. C'est cela l'amour inconditionnel.

Alors, comment quelqu'un pourrait-il vous engager à méditer, à chanter des mantras, à être sérieux, honnête ou quoi que ce soit du même genre ? Comment pourrait-on vous dire cela, alors que vous *êtes* déjà cela ? Tout ce qui se passe ici est que je vous dis qu'il en est déjà ainsi ; vous êtes déjà unicité ; vous êtes déjà cela.

Là réside la différence. Et il y a une poignée de gens dans le monde qui parlent comme cela, qui sont cela.

La raison pour laquelle j'éprouve un intérêt si soutenu et depuis si longtemps pour ces personnes illuminées est ce désir de devenir illuminé moi-même.

Oui, absolument. Devenir cette chose impossible par nature… Une personne illuminée…

J'ai essayé le bouddhisme et ne fus pas convaincu. Puis, j'ai essayé Andrew Cohen, et cela s'est horriblement mal passé. Ensuite, cela a été : « Que diable vais-je tenter après cela ? » Alors pendant quelques années, j'ai simplement cherché à me renseigner sur la question, essayant de voir à quoi rimait toute cette histoire. Et ma démarche a été principalement de chercher à savoir à quoi ressemblent ces personnes illuminées. Si bien que depuis un certain temps déjà, je me suis plus intéressé aux récits de ce qui leur était arrivé, cherchant à voir comment ils sont.

Cette espèce d'enquête – que diable se passe-t-il donc pour ces personnages illuminés ? – a atteint, il y a quelques mois, une certaine apogée accompagnée d'un genre d'accélération et c'est la raison de mon assiduité à la librairie spirituelle, lisant tous les jours des livres, dont certains même m'ennuyaient. C'était comme : « Qu'est-ce qui se passe là ? Qu'est-ce qui est arrivé ? Où ? Pour qui ? Je veux savoir, je veux comprendre toute cette histoire. »

Étrangement, un des livres qui m'est tombé entre les mains au détour d'un rayon se trouvait être l'un des vôtres : The Open Secret[2] *et cela m'a ouvert une toute nouvelle perspective, très différente de cette interrogation intellectuelle à propos de ce qui se produisait au juste. Il se passe tout autre chose entre vous et moi ici, en ce qui me concerne tout du moins…*

Mais il est quelque chose que je voudrais mentionner, qui se fait jour à travers ce dont nous avons parlé et ceci en toute ingénuité et d'une certaine façon un peu emphatiquement – qui est la question de savoir si oui ou non je veux toujours être illuminé… Je n'en suis plus sûr.

Ça, c'est excitant !

Oui, ça l'est ! Et j'ai commencé à réaliser des choses sur moi et sur la façon dont j'avais considéré ces instructeurs illuminés comme des modèles de rôles à suivre, presque des modèles parentaux. Et il est très intéressant que certaines des choses qui se disaient ici, ce matin même comme : « Vous êtes déjà parfait. », « C'est déjà tel que c'est. » ou autre, s'avèrent être en conflit total avec ce chercheur qui veut devenir illuminé, qui veut être autrement que ce qu'il est déjà. Et mon pauvre esprit écartelé se répète : « je peux voir les deux côtés, je peux voir les deux arguments ! »

Mais par ailleurs, ce qui est vraiment intéressant est que The Open Secret[3], *a éveillé un profond écho en moi du premier mot de la première page jusqu'à la toute dernière ligne... Au point de me dire : « Bon Dieu, celui-là, je l'achète ! »*

Hourrah ! Encore sept livres sterling d'engrangées ! (*rire*)

Pour le moins, il faisait écho à ma propre expérience, car j'ai eu des expériences, et au sentiment que quelque chose en moi savait déjà cela. J'avais cette étrange impression, alors que j'entamais la lecture de votre livre, que c'était presque comme si je l'avais écrit moi-même.

J'ai déjà entendu cela : « Je suis en train de lire mes propres mots. »

Oui, l'impression de se reconnaître. Et sans aucun doute, cela a provoqué chez moi, de façon moins mystérieuse, la remémoration de mes propres expériences les plus élevées ou les plus profondes. Voilà pourquoi je n'ai pas eu besoin de me livrer à de savantes intellections pour savoir si oui ou non c'était vrai. Cela allait simplement de soi. Je savais cela.

La partie que je sens ne pas être de l'ordre de ma propre expérience, et qui ne l'a jamais été, c'est lorsque vous vous mettez à parler de ce submergeant amour irrépressible.

Lorsque vous avancez ou écrivez : « Il n'est pas vraiment de 'moi' », ou ce genre de chose, ou lorsque quelqu'un en discute, j'en ai réellement un certain entendement. Je vois bien où vous voulez en venir. Vous venez de dire que la différence entre un type d'instructeurs et un autre avait à voir avec l'amour...

Oui, effectivement.

Et, dans un sens, je sens que c'est ce qui ne m'est pas arrivé. Il y a presque comme de la sécheresse dans ma propre sagacité, si vous voulez. En lisant The Open Secret[4], *je crois que c'est ce côté de l'amour qui m'a réellement touché au cœur et m'a tant ému.*

Pour en revenir à, si oui ou non, je désire être illuminé, et si oui ou non je suis parfait tel que je suis, la raison pour laquelle les gens veulent devenir illuminés, c'est qu'ils souffrent.

Oui.

J'ai traversé des angoisses épouvantables. Je sais ce qu'est le désespoir et combien une dépression peut devenir sérieuse et tout ce genre de chose. Et s'il est une chose qui me donne l'impression d'avoir manqué à ma vie intérieure – un manque qui est la raison de mon implication dans tout cela – c'est l'amour ; ma condition est une absence d'amour. Et je pense que lorsqu'on entend des instructeurs illuminés parlant d'amour et de cet amour inconditionnel, c'est le genre de chose qui vraiment…

Alors, une fois encore, j'en reviens à dire que vous avez quelque chose que je n'ai pas.

Non. Arrêtons-nous ici un instant, car c'est l'inverse. Vous avez quelque chose que je n'ai pas. Ce que vous avez, c'est la quête. Vous avez là encore un apparent quelqu'un en quête de quelque chose. L'éveil est simplement l'évanouissement de la quête. Ce qui s'évanouit, c'est celui qui cherche quelque chose. L'éveil est absolument, purement et simplement la découverte qu'il n'y a rien à chercher. Et de cela – et il n'est rien que vous puissiez y faire avant que cela survienne spontanément – de cette absence de recherche et de la réalisation que c'est *ceci*, naît l'amour. Il n'est nulle part où aller, vous savez. C'est *ceci*, un point c'est tout, et c'est ce que vous êtes. Je contemple l'amour ; je contemple l'expression divine. C'est tomber amoureux… C'est cela qui se produit.

Mais en ce moment, il y a encore quelqu'un là-dedans en quête de ça. Par conséquent, l'amour n'est pas encore devenu apparent. Lorsque vous avez mentionné la sécheresse, ce genre de désert aride, vous évoquiez en fait le lieu où s'enlisent beaucoup de gens, car il est encore quelque chose de sec, même dans cet établissement dans le monde du détachement. L'amoureux n'est pas là ; l'amour n'est pas. L'amour n'a pas totalement anéanti cette subtile impression de « moi en quête de quelque chose ».

Où que vous alliez, quel que soit le nombre de livres que vous lisiez là-bas…

J'ai arrêté, soit dit en passant !

Mais la plupart de ces livres s'adressent à un présumé « quelqu'un » ayant besoin d'atteindre ou de trouver quelque chose. L'éveil, cependant, n'est rien de plus que l'évanouissement de celui qui est en quête de quelque chose.

Et comment cela se produit-il ?

Je ne peux dire – il n'est personne qui puisse le dire. Petit enfant, vous ne cherchiez rien, vous baigniez dans l'amour total. Tout était simplement ce que c'était. Puis débuta le jeu de la séparation. Et, dès ce premier moment de séparation, vous n'avez cessé de chercher : « Oh, je l'ai perdu ! Où est-ce passé ? » Vous cherchiez l'amour, vous étiez en quête de ce que vous êtes. Et à présent, vous en êtes venu à découvrir que vous n'avez plus besoin de chercher car tout ce qui vous tombe sous les yeux est cela. C'est absolument aussi simple que ça, et il n'est personne là qui puisse faire quoi que ce soit à ce propos.

Et ça, c'est l'autre chose – il n'est personne. Lorsque vous allez voir quelqu'un d'autre qui vous dit : « Voyez, vous pouvez choisir de faire ceci ou cela pour trouver l'amour que vous cherchez », laissez tomber ; c'est simplement n'importe quoi. Ces gens sont sincères, il n'y a pas de doute, mais il y a encore un malentendu car il demeure un « moi » subtil. Ainsi, ils parlent toujours à un « moi » et leurs enseignements sont tournés vers un devenir. Le secret ouvert parle à « Je suis ».

C'est intéressant, cette idée de recherche opposée à la non-recherche. J'ai eu plusieurs conversations fascinantes ces derniers mois avec des amis de longue date qui sont là-dedans, et cette question a surgi sans coup férir à chacune de ces discussions. En gros, je me suis toujours retrouvé du côté enclin à la recherche et eux au contraire du côté de la non-recherche. Et ceci en dépit du fait d'avoir lu votre livre et tout ce genre de chose. Je m'en tiens encore à ce que je ressens...

Permettez que je vous interrompe ici. Ce dont je parle est au delà des deux. Ce dont je parle, c'est de la réalisation qu'il n'est rien que vous puissiez faire à propos de chercher ou de ne pas chercher. Ce que je suis en train de vous dire, c'est qu'il n'est personne là. Et si la recherche se poursuit, si la purification des chakras se poursuit, si « être honnête » se poursuit, c'est ce qui va se produire.

Il n'y a aucune façon de découvrir cela... Ce n'est pas tant qu'il n'y a pas moyen de le faire, *mais qu'il n'est personne pour le faire*. Il n'est personne là pour être comme ci ou comme ça. Alors oubliez donc tout ce qui a trait à cette recherche et non-recherche.

Je continue à dire que l'éveil est l'évanouissement de celui qui s'imagine qu'il y a quelque chose à trouver. Mais je ne dis pas : « Arrêtez de chercher. » Je ne peux pas vous dire : « Arrêtez de le chercher. » - il n'est personne là-dedans à qui je pourrais m'adresser ayant un pouvoir de choix quelconque.

La recherche peut être considérée simplement comme quelque chose d'autre qui survient ?

Oui, la recherche est simplement une chose survenant parmi d'autres. Il n'est personne là-dedans pour qui cela survient, mais si je vous enjoignais à chercher, en fait, je serais en train de renforcer l'idée qu'il y a quelqu'un là-dedans qui puisse faire un choix. Et si je vous disais d'abandonner la recherche, je serais également en train de raffermir l'idée qu'il y a un quelqu'un là-dedans !

Vous avez dit, à propos de The Open Secret *qu'il y avait un certain nombre de choses dans ce livre que vous changeriez peut-être car elles pourraient être de nature trompeuse. Pourriez-vous en dire plus à ce propos ?*

Eh bien, je pense que n'importe quel livre, n'importe quel mot, réellement, est de nature à égarer. Tout mot, quel qu'il soit, égare, car les mots ont tendance à exprimer la forme sujet-objet. En lisant ce livre, vous vous apercevriez qu'il donne encore l'impression, en quelque sorte, que la présence ou quel que soit ce dont nous languissons est quelque chose d'atteignable ; est semblable à un objet qui est atteignable. Et, dans une certaine mesure, ce qui se dégage de certains passages pourrait donner l'impression que je choisissais que les choses se produisent – dans la description de la traversée du parc, par exemple, lorsque je « choisis » de regarder mes pieds. Alors qu'en réalité, je n'ai fait qu'*apparemment* choisir de regarder mes pieds.

À présent, lorsque je lis ce livre, il me paraît bien dans l'ensemble, mais il a encore des passages qui ne sont pas vraiment clairs. Aucun mot écrit n'est clair – il n'est jamais qu'une tentative de pointer en direction de quelque chose situé au delà de lui.

Pour en revenir à la recherche opposée à la non-recherche, je pense que la raison pour laquelle cela ne cesse de surgir dans les conversations est qu'il y a de nombreux livres qui mettent cette question en avant. J'ai parlé avec pas mal de gens qui sont engagés dans tout cela d'une façon ou d'une autre. Ils me disent qu'ils ont cessé de chercher et ont l'impression que je suis un peu idiot car je suis toujours en quête. Et bien que, sans aucun doute lorsque vous parlez de non recherche ou que je lis dans un de vos livres ce que vous écrivez à ce propos, je capte merveilleusement le sens de ce que vous voulez dire, ce que j'ai trouvé chez la plupart des gens avec qui j'ai parlé, c'est qu'eux, ont mis un terme à leur quête.

C'est un autre but, ils sont encore habités par la poursuite de quelque chose.

Ils n'ont rien trouvé. Et habituellement, parce qu'une quelconque autorité spirituelle ou autre les a poussés dans ce sens, ils ont arrêté la recherche. Cela les a simplement laissés sur leur faim, en ce qui me concerne. Et, en fait, je ne les crois pas vraiment.

La recherche s'est peut-être interrompue afin qu'ils puissent trouver quelque chose !

Oui, il y a quelque chose de pas tout à fait juste là-dedans. C'est pourquoi je me suis trouvé, de façon étrangement paradoxale, à me faire l'avocat du diable en défendant l'autre côté dans ces conversations et en leur disant : « Écoutez, si vous voulez arrêter la quête, c'est parfait, mais vous n'avez pas trouvez trouvé ce que vous cherchiez. »

En réalité, d'une autre manière, il n'existe pas une chose semblable à un « non-chercheur ». Tout le monde est en quête de quelque chose, et ce qu'ils cherchent en fin de compte, c'est l'unicité, ce qu'ils cherchent c'est l'amant, ce qu'ils cherchent c'est la chose pour laquelle ils se savent éprouver un irrépressible désir. Mais ils cherchent cela de différentes façons : par des quantités d'argent, des quantités de petites amies, quantité de ceci ou cela... Tout le monde est un chercheur et ce qui est cherché, c'est l'absence.

Tout le temps où il y a un « moi », il y a sentiment d'inquiétude, d'insatisfaction.

Tony, je présume qu'à vingt et un ans lorsque vous avez traversé le parc... Cet événement a été totalement intégré à ce moment-là ?

Non, non. Cela a pris des années pour que se produise l'intégration ! Mais cela peut aussi arriver d'un seul coup. Il y a des gens pour lesquels toute l'histoire est terminée l'espace d'un unique regard, spécialement ces temps-ci, ces apparents temps-ci.

Nous parlions d'instructeurs il y a un moment et vous disiez qu'il y a un éveil qui arrive à certains d'entre eux qui est incroyablement libérateur et, plus précisément, qu'à partir de là, ils se mettent à avoir un impact incroyable sur les autres et que c'est la raison pour laquelle ils se mettent à enseigner. Et du point de vue du chercheur qui débarque et qui tombe sur quelqu'un comme ça (comme moi-même suis arrivé à Andrew Cohen il y a quelques années), la qualité de discrimination qu'il faudrait avoir pour ne pas être aspiré dans ce genre de... avec le recul, il semble que cela aurait été impossible.

C'était totalement divin. C'était exactement ce qui avait besoin de se passer – même si cela veut dire qu'il s'en dégage de la confusion. Si de la confusion est censée en sortir, il en sortira de la confusion, et ensuite la clarté prendra le relais. Tout cela est divin, tout cela est l'un.

Et, bien entendu, la chose la plus séduisante pour l'esprit est l'idée de faire quelque chose. Alors si vous êtes en relation avec le genre de gens qui se situent dans cet entre-deux, émanant cette sorte d'énergie et vous enjoignant à *faire*, vous entendez un message bien plus gracieux que celui-ci. Ceci n'est pas un message attrayant. Ce qui explique pourquoi des gens comme Eckhart Tolle ont une audience aussi gigantesque. Son message originel est au demeurant très simple, mais il s'agit encore d'un enseignement tournant autour de quelque chose que vous pouvez apparemment faire[5].

Une des choses également qui semble inhérente à tout cela est, il me semble, que dans une relation entre quelqu'un comme moi et comme Andrew Cohen (j'utilise simplement ceci à titre d'exemple) il y a toute cette affaire de supériorité et d'infériorité. J'en suis venu récemment à me rendre compte – ceci probablement lié à la rencontre avec vous – de certaines de mes propres raisons et motivations m'ayant poussé à rentrer là-dedans en premier lieu. Et, je n'en aime pas vraiment certaines, car elles sont colorées par toute cette histoire de vouloir être supérieur à ce que vous êtes et à ce que sont les autres qui vous entraînent dans toute cette folie du qui est plus illuminé que qui !

C'est tellement puissant ! « D'une manière ou d'une autre, je suis spécial et ma place est auprès du plus spécial des gourous, le plus important, car c'est comme cela que je veux être ». Bien sûr, l'autre jeu, c'est que votre maître est si spécial que vous ne pourrez jamais être comme lui ou elle – et par conséquent vous pouvez confortablement rester disciple et ainsi totalement esquiver l'éveil.

Et même au sein de la structure d'un même instructeur, il y a des étudiants plus spéciaux que d'autres ; des complexes d'infériorité ; des complexes de supériorité… C'est une vraie foire. Mais je crois que j'ai commencé à réaliser récemment que certaines pulsions à l'origine de ma propre quête, qui s'est entamée lorsque j'étais tout jeune, ne sont certainement pas étrangères à ce désir d'être un être supérieur.

Oh, oui, cela ne fait pas de doute – l'attrait de se joindre au Club des Illuminés.

Et d'être un instructeur ou un gourou. Dans l'esprit de beaucoup de gens – y compris le mien, sans doute, jusqu'à peu – être illuminé et être gourou sont synonymes. Je pense qu'en fait, ce que certaines personnes veulent plus que tout, c'est être le gourou – l'adulation…

L'idée maîtresse pour moi était cette notion de recevoir quelque chose de quelqu'un qui avait déjà ce quelque chose. Or, depuis que je vous ai rencontré, jamais cette idée ne m'est venue. Vous n'avez jamais suggéré à qui que ce soit que ce pouvait être le cas.

Précisément dans l'éveil, il ne s'agit pas de prendre quelque chose. Nous grandissons avec l'idée d'acquérir. C'est un puits sans fond. Nous entendons parler d'illumination et nous nous imaginons que c'est quelque chose que nous pouvons obtenir. Or l'illumination ou l'éveil, ce n'est pas acquérir quelque chose – c'est tout perdre.

La subtilité de tout ça est une véritable source de confusion. Car certains de ces instructeurs que nous venons d'évoquer vont parler avec une grande clarté des sujets que nous venons d'évoquer, et de la même façon que vous le feriez.

Oui, je sais.

Et, pour un individu ordinaire ne pas se perdre là-dedans... Vous pouvez aussi bien dire que c'est impossible. C'est virtuellement impossible, je pense.

Vous n'avez pas besoin. Il n'est pas nécessaire qu'il en soit ainsi.

Également, on découvre que ce que vous dites, les autres l'ont dit aussi. Alors, ce n'est pas aussi simple que : « Maintenant je sais, car Tony Parsons va me dire ce qu'Andrew Cohen ne m'a jamais dit. »

Oh, oui, absolument. Pas mal d'entre eux, par instants, parlent de manière non dualiste.

Andrew Cohen, par exemple, vous dira que vous ne gagnez pas l'éveil. Il vous dira, par exemple, que vous perdez tout – vous ne gagnez rien ; ce n'est pas vous – il n'est pas de « vous » et tout le reste. Tout ça se promène dans son enseignement également.

Oui, et il est très courant d'entendre de soi-disant « instructeurs » utiliser un langage non dualiste et contredire l'instant d'après la véritable signification du non dualisme en préconisant des processus et des pratiques à de présumés individus. Nombre de gourous et d'instructeurs, présents et passés, tenus en haute estime, sont catégorisés comme des dispensateurs de la tradition *advaita-vedanta* par de non moins soi-disant experts et par le grand public, quand en réalité leur enseignement est dualiste. Ce type de contradiction est soit ancré dans une profonde ignorance de la nature de la libération, soit provient d'un besoin de satisfaire un dessein personnel.

Puis-je clarifier clarifier quelque chose que je crois que vous avez dit ? Il semblerait que certains qui vous ont approché approché soient devenus semblables à vous.

Certes, il n'est qu'unicité, mais en langage simple, oui, l'éveil s'est produit en eux.

Alors ça marche ?

Vous pourriez le dire comme cela. Il y en avait plusieurs à la dernière retraite et j'en ai prié deux de se lever et de parler. L'un d'entre eux le fait de toute façon ; l'autre n'est pas vraiment rompu à cet exercice, mais il est en train d'y venir[6]. Nathan Gill en est un autre ; il tient ses propres réunions à Londres. Jan Kerschott en Belgique… Et il y en a une quantité d'autres qui ne sont pas des orateurs – à l'évidence tout le monde ne va pas se précipiter pour communiquer cela – mais il y a un ancrage dans l'unicité.

Ils ont donc trouvé ce qu'ils cherchaient. Pour être très franc avec vous, si ce que vous dites est vrai – et je ne doute pas de vous – c'est unique, pour autant que je sache.

Je ne crois pas que cela soit nécessairement le cas. Je crois que cela arrive en fait aussi ailleurs.

Je ne connais nul autre endroit.

Oh, mais si. Cela se produit de plus en plus en ce moment.

Une chose que j'ai remarquée à propos de certains de ces instructeurs, gourous, ou quoi que vous vouliez les appeler, y compris chez certains de ceux que j'admire... Je crois que de terribles loupés se sont produits lorsqu'ils ont parachuté des gens pour enseigner. Des erreurs ont été commises.

Remarquez, c'est divin, cela *aussi* est divin.

Oui, mais il faut en parler ! J'en étais venu à un point, où après ma propre période de rodage avec Andrew Cohen, je ne voulais plus entendre parler de gourous. En dehors du fait que j'ai fait une horrible expérience traumatisante avec l'un d'entre eux[7] *et ensuite lu des tonnes de livres à propos des expériences traumatisantes d'autres gens auprès d'autres gourous, j'en suis venu à la conclusion que cela ne marchait pas.*

Eh bien, vous avez raison, cela ne marche pas. Et cela ne marche pas ici non plus.

Que voulez-vous dire ?

Il n'est rien qui puisse marcher. Tout ce qui se passe ici est la possibilité que vous puissiez tout perdre.

Amsterdam

Avril 2002

Il y a ce vieil ami – notre amitié remonte aux bancs de l'école et cela fait déjà pas mal d'années... Nous avons été amis toute notre vie. Il y a toujours eu une proximité entre nous, même s'il pouvait s'écouler quelques années sans nous voir. Nous partagions une amitié désintéressée. Nous pouvions nous parler d'une façon qui n'était pas forcément celle que nous aurions adoptée avec qui que ce soit d'autre. Il y a peu de temps, il est mort.

Un après-midi, quelques semaines avant sa disparition, je suis passé le voir. Nous nous sommes assis devant une tasse de thé et il y avait quelque chose qui se passait en lui. Il était empli de colère. C'était une personne charmante et heureuse de bien des façons, mais cet après-midi là, il était en colère. À cette dernière rencontre, quelque part, il savait qu'il allait mourir. Cela ne lui avait pas été annoncé, mais quelque part à l'intérieur, il savait. Il éprouvait le besoin d'exprimer colère et ressentiment et le fit.

Il avait connu une quantité de gens célèbres et pendant le service funèbre beaucoup de gens prononcèrent des discours sur lui. À la fin, mon ami était un saint, un saint complet, sans aucune trace de colère ou de jugement envers qui que ce soit.

Je vous raconte cela pour illustrer cette façon que nous avons de toujours vouloir créer des héros. L'esprit adore cette idée de héros. Les personnes de l'assistance voulaient en faire un saint qui aimait tout le monde, et qui aurait été en permanence plein de compassion et à l'écoute des autres.

Hier soir nous évoquions Ramana Maharshi, Nisargadatta et tous ces gens merveilleux car là aussi l'esprit fabrique des héros sur la voie de l'illumination. Et ce qui est merveilleusement astucieux dans cette création de héros, c'est que l'on est sûr de ne jamais pouvoir être comme eux. Les gens qui créent des héros vivent dans le circuit mental du : « Cet être est réellement stupéfiant ! Jamais je ne pourrais être comme cela. À quoi bon se préoccuper d'éveil... »

La création de héros est une façon qu'a l'esprit d'esquiver l'éveil. Il y aura toujours des figures pour être de grands héros spirituels. Celui qui décide d'enseigner et de devenir un maître commence à parler à quelques-uns, qui très vite en font un héros spirituel. Ils en parlent à d'autres qui se mettent à venir à leur tour... Et tout le monde projette sur tout le monde. Les disciples magnifient le gourou, et ce faisant, rehaussent en même temps leur propre statut. La terminologie qu'ils emploient est étonnante. Je rencontre des gens qui me disent : « Je viens juste de me rendre auprès d'un grand maître. »

Maître/disciple – tout un état d'esprit. Nous allons renforçant l'idée : « Je suis là en bas, vous, vous êtes tout là-haut. » Fondamentalement, en ce qui me concerne, il s'agit uniquement d'un jeu d'esquive. Nous voulons un papa ou une maman qui va le faire pour nous car nous ne nous en sentons pas capable. Naturellement, l'autre problème est que nous pensons qu'il y a quelque chose qui puisse être fait... et surtout qu'il est quelqu'un pour le faire. C'est entièrement un jeu de l'esprit. L'esprit crée cette figure que nous allons vénérer et en laquelle nous prenons refuge dans le but de voir émerger l'éveil.

Le changement majeur dont je suis témoin de nos jours est que certaines personnes communiquant ce message le font simplement en amis. Ce sont des gens ordinaires, des amis. Il est bien plus difficile de projeter sur eux cet héroïsme spirituel... Un de mes amis qui communique cela, Nathan Gill, est jardinier. Il est très ordinaire, il a un accent *cockney* prononcé et prend le thé ou partage son repas avec ses visiteurs... Rien d'exclusif là-dedans, cela se place sur un simple plan amical.

Il est ainsi plus facile pour les gens, je pense, de réaliser que la personne qui communique ce message n'a rien qu'il n'aient pas.

Il n'est personne ici qui ait quoi que ce soit de plus. En fait, réellement, ce dont il s'agit est de n'avoir rien. Beaucoup qui viennent à ces rencontres sont riches – riches de concepts. L'éveil, c'est être sans rien.

Vous suggérez qu'il y a moyen d'éviter l'éveil. Mais s'il n'est aucun moyen de le provoquer, il ne peut pas non plus y avoir moyen de l'éviter ?

Tout à fait. Il n'est personne pour faire cela, mais je remarque que l'esquive se produit. Je ne suggère pas un instant que quiconque puisse faire quoi que ce soit à ce propos, car le point majeur dans ce qui est dit ici, est qu'il n'est pas de choix délibéré, pas de libre arbitre, et qu'en fait, essentiellement, *il n'est personne*.

Y a-t-il simplement des différences dans les niveaux de communication de l'état d'éveil ou y a-t-il différents niveaux d'illumination ?

Il n'y a aucun niveau d'illumination. Il y a simplement vision claire ou pas. Il y a unicité absolue - qui n'est pas un état – ou bien il y a apparente séparation.

Dans cet état d'illumination, nous ne résistons à rien qui se présente – névrose, préférences, colère – et nous ne faisons qu'être là, témoin de ce qui arrive et de ce qui arrive et de ce qui arrive…

Non, pas du tout. Pour commencer, comme je viens de vous le dire, il ne s'agit pas d'un état. Il n'est personne qui ait cette vision claire ou non, et il n'est personne qui accepte ou résiste. Il y a simplement ce qui survient. Et dans ce « ce-qui-survient » il peut y avoir colère, résistance ou tout ce que vous voulez l'appeler, mais il n'est plus personne là. Je suis cela, et en cela il peut surgir résistance, colère, ego, et toutes sortes d'autres choses. C'est ce qui survient et c'est ce qui est célébré. Il n'est personne faisant quoique ce soit.

Mais initialement, comme vous l'avez fait remarquer tout à l'heure, il y a un regard là-dessus.

Initialement, oui, il y a encore apparemment une alternance et des choses qui se produisent ici et d'autres là-bas. Ou des choses se passant ici et rien ne se passant là-bas. Tout ce qui arrive est que l'équilibre change et que l'être prend apparemment le pas sur le déploiement du « moi ».

C'est simplement que précédemment vous avez parlé de l'établissement de cela et il m'est venu que si l'on avait quoi que ce soit à faire… Enfin, j'ai remarqué que cela m'aidait vraiment de mettre l'attention sur la conscience plutôt que sur les affabulations de l'esprit.

C'est bien. C'est comme cela pour ce corps/mental-là. Mais ce ne peut être une recommandation générale. C'est simplement comme cela pour ce corps/mental – et il est bien entendu qu'il n'est personne choisissant cela. Il se peut qu'en ce qui concerne ce corps/mental, survienne une méditation sous une forme ou une autre. Mais cela ne veut pas dire : « Mettons-nous tous à méditer. » C'est simplement la façon dont cela fonctionne dans votre cas, - la manière dont se produit l'ouverture. À certains, je dis : « Soyez très intimes avec cela » et en certains, quelque part, cela résonne et ils s'ouvrent à une profonde intimité avec l'être ou avec ceci. En d'autre, cela n'a aucun écho.

Une jolie petite métaphore surgit dans cette prise de conscience : vous êtes en quelque sorte comme ces gens qui murmurent à l'oreille des chevaux. L'esprit chuchote continuellement : « C'est moi, et je vais te conduire quelque part. Nous allons maintenant nous atteler, toi et moi, à un grand projet… » Il y a un murmure continuel. Et puis nous rencontrons celui qui murmure à l'oreille des chevaux, sous la forme de

Tony Parsons, qui contre-murmure, affirmant sans relâche : « Ce chuchotement de l'esprit est... » Et maintenant je cale !

En fait ce n'est pas « contre » ; c'est au delà du « contre ». Le chuchotement s'évanouit dans un grand trou.

Oui, bien sûr – vous le poussez dans le trou.

Pas du tout. Je ne fais rien. Il n'est personne là faisant quoi que ce soit. Il n'est aucune intention ici, absolument aucun but. Il n'y a rien là.

*

* *

Lorsque vous dites qu'il n'est pas d'évolution, êtes-vous en train de dire que dans le contexte de cette pièce emplie d'apparences, il n'est pas d'évolution ?

Il apparaît seulement qu'il y ait évolution – ce n'est qu'une apparence de plus. Comme pour vous convaincre que les choses vont quelque part. Et si les choses vont quelque part, alors vous aussi pouvez aller quelque part. « Viens, » susurre l'esprit « je vais t'y conduire. Ce que raconte ce type, Tony Parsons, est excellent. Mettons-nous ensemble, toi et moi, je peux t'y conduire – la semaine prochaine... Ou peut-être l'année prochaine. »

L'évolution du monde est un jeu merveilleux pour nous convaincre qu'il y a un cheminement. Il n'en est rien. C'est un jeu, un film, un film appelé « Le Monde. » Et le film semble avoir un sens. Vous êtes dans un film, et vous en êtes la vedette, et nous sommes tous les personnages qui donnent la réplique à cette vedette de l'écran. C'est ainsi qu'il y paraît.

Et si vous arrêtez le film, il y a seulement une chose survenant après l'autre ?

Il y a juste une seule chose.

Diriez-vous que nous sommes l'écran sur lequel le film est projeté ?

Vous êtes la lumière qui permet le film. Et si vous vous mettez à voir tout cela d'un autre point de vue, vous commencez à vous ouvrir à la possibilité de laisser tomber l'idée d'une progression en direction d'un quelque part que vous n'atteindrez jamais. Vous n'y parviendrez jamais – vous y êtes déjà. Et donc, d'une certaine façon le film est sacré. Il vous dit que vous êtes cela....

L'idée que vous êtes « en route » est en train de vous être ôtée de la tête, mais ni moi ni aucune autre entité supérieure ou quoique ce soit n'y investit un quelconque intérêt. La considération que je veuille – ou même que *quelque chose* (pas moi) veuille vous sortir de cette idée ne pourrait naître que dans l'illusion du rêve.

Quand il y a simplement présence, tout sens s'abolit. Le sens est toujours rattaché à une histoire : « Nous sommes en route pour la lumière. »

*

* *

Vous avez dit quelque chose comme « reconnaître que la vie est une profonde désillusion conduisait à une détente car on n'allait plus s'infliger la tension de tenter de faire marcher les choses ». Mais la vie n'est pas toujours *une profonde désillusion.*

Oh, non, pas du tout... pas du tout.

Vouliez-vous dire que, de toute manière, cela allait être décevant en fin de compte et que par conséquent, il ne valait pas la peine de s'en occuper ?

Celui qui se croit encore dans le film va généralement penser – pas toujours, mais la plupart du temps – qu'il va finir par réussir.

Mais cela ne vous empêche pas de participer pleinement?

Après l'éveil, pour la première fois, il y a véritablement participation. Avant, vous êtes toujours en train de tenter de parvenir quelque part. Vous êtes en affaire, vous êtes engagé dans une transaction. Les chercheurs sont en permanence enferrés dans une transaction – les découvreurs abandonnent toute transaction. Ils laissent tomber la négociation, ils laissent tout tomber pour *ceci*. Et ce tout, c'est la fuite du temps, l'idée que vous y parviendrez la semaine prochaine...

Laissez tomber – c'est *ceci*. N'est-il pas merveilleux de laisser choir cet épouvantable et cruel cheminement et cet objectif que vos pères et mères ont décrété que vous deviez atteindre? Oubliez tout cela. Vous y êtes.

Il s'agit alors d'une simple reconnaissance de ce fait.

Et c'est terrifiant pour l'esprit. Nous parlons de l'inconnu. « Que raconte ce type? Laisser tout tomber? J'ai une maison, une femme, trois maîtresses, et je vais tout lâcher? » C'est terrifiant. « Qu'est-ce qu'il raconte? – Stop! C'est tout ce qui est? Il n'est que ceci? »

« Il est plus difficile au riche d'entrer au royaume des cieux... » La richesse n'a rien à voir avec argent ou possessions – elle a trait aux concepts. Tout ce que vous laissez tomber est l'idée « moi ». Et cela peut paraître tout.

Tous ces concepts semblent me promettre la sécurité. Sans eux, je me sens très exposé.

Oh, oui. Remarquez, vous n'avez jamais été en sécurité, vous n'avez fait que le croire. Lâchez cela, et vous lâcher tout. « Quel avantage un homme aura-t-il à gagner le monde entier, si c'est au prix de son âme... »[1] Il n'est pas d'âme, mais autrement il s'agit bien ici aussi du dénuement total et absolu.

Le royaume des cieux est comme la perle dans le champ et le fermier doit tout abandonner pour elle. Nous devons absolument tout abandonner pour ceci – tout. Mais nous ne pouvons pas le *faire* ! C'est un soulagement, n'est-ce pas ! Quelque part nous le savons, et quand cela émerge, alors ce lâcher-prise est susceptible de se produire.

Et pour l'esprit, c'est vraiment effrayant car tout s'effondre. Tout ce que vous pensez être s'effondre – le temps, les petits arrangements et les transactions avec la vie... Tout. Il y a simplement ceci. Vous vous retrouvez sans rien. Absolument rien. Et vous avez tout. Car vous êtes absolument tout. C'est aussi simple que cela !

*

* *

Opter pour l'ordinaire plutôt que pour l'extraordinaire est une proposition qui engendre la détente.

Vous décrivez comment cela se passe pour vous. Et en fait, il en va de même pour moi, j'adore le côté ordinaire de tout cela. C'est très agréablement ordinaire. Et cependant, il y a une magnificence à tout cela... Claire[2] le décrit comme un doux « Ohhhh ! »

En fait, il n'y a rien à craindre – il n'y a vraiment rien. Il n'est nulle part où vous pourriez être plus en sécurité. C'est la seule sécurité qui soit. La présence est la seule constante sûre.

Où que se porte mon regard, c'est toujours teinté d'un « Que puis-je en tirer ? » ou lié à un « moi » qui veut quelque chose. Je ne vois donc jamais la véritable essence de ce qui est.

Non, bien sûr, car vous vivez dans la tractation, vous êtes perpétuellement en affaire, alors tout ce que vous y voyez est une relation d'affaire.

Penser que vous voulez ceci ou que vous ne le voulez pas a-t-il une quelconque importance ?

Non, pas du tout. Soyons clair à ce propos – cela n'a rien à voir avec vous. Cela n'a rien à voir avec comment vous devriez être – le vouloir ou ne pas le vouloir... Il y a des gens qui enseignent qu'à moins d'être absolument sérieux, profondément engagé et sincère, cela ne se produira jamais. Il y en a d'autres qui affirment que si vous êtes honnête jusqu'au tréfonds de vous-même, si vous avez un réel désir de tout lâcher pour cela, cela se produira à coup sûr. C'est la ritournelle habituelle, le jeu bien connu de l'esprit. « Il vous faut être comme ceci avant de pouvoir recueillir vos diplômes. » Tous ces enseignements sont issus de la mentalité-gourou, ancrée dans une profonde ignorance de la nature de l'absolu.

Ceci est l'expression divine. Ce qui est – exactement en cet instant – n'est pas autre chose. Tenez-vous simplement là, et soyez la vie.

C'est que j'ai eu une réaction de refus *lorsque j'y suis parvenu. Comme si je n'en voulais pas.*

Eh bien, laissez-moi vous dire quelque chose de surprenant – ne pas le vouloir c'est s'en approcher de très près. Réellement ! Il y en a qui prétendent que vous ne l'obtiendrez que si vous le désirez éperdument et il y a quelqu'un d'autre à Bombay auprès de qui on peut entendre : « S'il se trouve que vous ne vous en préoccupez pas et que vous vous preniez à laisser choir toute cette idée d'atteinte et d'accomplissement, c'est que ce n'est pas loin... » Alors qui croire ? L'esprit peut devenir fou en s'efforçant d'intégrer toutes les versions possibles de l'histoire. Tout ce qui survient en cet instant est que vous êtes assis sur une chaise. C'est tout ce qui est. Il n'est que cela. C'est si profondément simple.

Y a-t-il un intérêt quelconque à savoir cela ?

Il y a un intérêt à la clarté, oui. Il est bon d'être clair là-dessus. S'il y a clarté, tout ce qui fait obstacle à ce que soit purement et simplement *ceci* s'abolit. Alors, oui, vous pourriez dire qu'il y a un intérêt à la clarté, mais pour personne.

*

* *

Une des difficultés avec ce sentiment qu'il n'est que des choses survenant est ce sens de la personne. La partie délicate pour permettre aux choses d'être de simples survenues est cette personne que vous croyez être. Nous sommes tellement accoutumés à cette personne que nous promenons partout avec nous – nous la tenons pour réelle. Alors, lorsque nous débouchons sur la possibilité que ce personnage soit seulement une chose se produisant parmi d'autres, cela peut décoiffer.

Tant de gens me disent : « Eh bien, je suis encore là – il subsiste un 'moi'. » Il y *a* un personnage, une personnalité, si vous voulez.

Les mots sont délicats – pour certains le terme « personnalité » semble encore être lié à l'ego. Mais il y a bien une personnalité : Tony Parsons est affublé de certaines caractéristiques et se comporte d'une certaine façon. C'est très bien ainsi, il s'agit simplement encore d'une chose qui apparemment se produit. Il n'y a pas de doute que Tony Parsons soit en train de se produire. Mais tout comme la voiture qui vient de passer ou la lumière du soleil. Ces choses là aussi se produisent et il n'est personne à qui elles se produisent. C'est aussi simple que cela. Bien entendu tout ça est apparence.

Alors, autorisez-vous le fait que tout ça soit encore un peu confus, que ce soit quelque chose qui va simplement émerger.

Laissez vivre le sentiment que tout ce qui est ressenti dans le corps ou toute pensée qui se présente est absolument sans problème. Il n'y a rien de mal à penser. Il n'y a rien de mal à penser dans le temps, à planifier, à se faire du souci, à éprouver la peur – à éprouver quoi ce soit. Commencez simplement à essayer de laisser cela être en tant que tel, en tant que quelque chose qui survient, sans aucun jugement, sans chercher à y mettre un sens quelconque.

Laissez tomber la recherche de sens et laissez ce qui se produit simplement être là, les sentiments, les pensées... Même la résistance ou le refus de ce qui arrive est encore une chose qui survient.

Je suis persuadé qu'une quantité de gens ici ont un sentiment de présence. Pour beaucoup, plus ils sont dans cette sorte d'ouverture, plus ce sentiment de présence est là, et c'est très doux. On me dit souvent : « Mais ensuite, cela s'en va parce que je me contracte. » En fait, cela ne s'en va pas – ce qui se passe, c'est la survenue d'un sentiment de contraction. La présence est tout ce qui est, et le sentiment de contraction, le sens de « moi » émerge au sein de la présence.

C'est merveilleux lorsque vous appréciez votre personnalité, mais dans le cas contraire, ce n'est pas si merveilleux que ça !

Je sais, mais qui ne l'apprécie pas ? Ce qui ne l'apprécie pas, c'est l'ego qui veut obtenir quelque chose – comme devenir un pur Tony Parsons, Dieu nous en garde ! L'ego pense que le personnage, la personne devrait devenir méritoire. Et ce qui est fou, c'est qu'elle ne le deviendra jamais car il n'en est nul besoin, c'est déjà divin tel quel...

Au sein de la présence, ce que vous êtes est divin – y compris toutes les choses que l'esprit tient pour viles ou névrosées. Ces choses sont divines. Toutes ces nodosités sont divines et peuvent demeurer là pour toujours. Il se trouve simplement qu'une fois que s'est opérée une ouverture sur ce que vous êtes, ces traits névrosés ont tendance à se mettre en sommeil, à s'estomper. Ils n'ont plus la même virulence qu'auparavant. Toutefois, il s'agit d'une survenue secondaire, périphérique.

Ce dont nous parlons n'a rien à voir avec le devenir, devenir ceci ou cela, devenir digne, méritant. Ce que vous êtes, en ce moment même, est parfaitement adéquat... est le jeu divin.

Et comme je l'ai mentionné précédemment, une autre chose qui se fait jour, est qu'une fois que vous-même êtes embrassé par ce que vous êtes, il en va de même en ce qui concerne ce que sont apparemment les autres. Quand le Christ apparaît sur terre, il dit: « J'abolis les dix commandements et vous en donne deux: aimez Dieu et aimez vos semblables. » À son époque il devait le dire ainsi. Ce qu'il entendait réellement était: « Voyez qu'il n'est qu'unicité et tout découle naturellement de cela. » - y compris l'amour pour *ceci*, qui est aimer cela: aimer vos semblables comme vous-même. Car en fin de compte, ce que je vois lorsque je vois Pierre, c'est moi-même. Tout ce que vous voyez est vous-même.

Mais tout cela survient spontanément en son temps. Vous ne pouvez rien y faire; vous ne pouvez le provoquer. Cela surgit de façon naturelle de cette vision claire.

Je me dis parfois: « Il doit y avoir en toi une tendance à être un bon à rien très tenace, dans le sens où tu n'as jamais fait bon usage des dons qui t'étaient échus. Tu aurais pu en tirer un bien meilleur parti. »

Tout ce qui s'est apparemment passé dans votre vie est absolument et parfaitement approprié. Pas une chose n'aurait pu être différente. C'est ainsi que ce devait être. Si, par exemple, vous livrant à une rétrospective sur votre activité professionnelle, vous vous dites: « J'aurais pu mieux agir avec cette personne. ». En fait, ce qui convenait à cette personne était exactement cela – pas une autre chose qui aux yeux de l'esprit pourrait sembler meilleure – et correspondait à sa parfaite invitation. L'invitation est présente et est re-créée à chaque instant. Et lorsqu'il semble que quelqu'un se soit mal conduit envers un autre ou qu'il aurait pu « faire mieux » à son égard, en fait, ce qui s'est passé à ce moment moment-là était totalement approprié.

« Ne pas être à la hauteur » est une chose avec laquelle nous grandissons; cela fait partie du mélodrame. Nous grandissons, pour la plupart, avec le sentiment de démériter, d'être incapable d'affronter le monde, de ne pas être à la hauteur et de ne pas soutenir la comparaison avec nos projections de perfection. Notre quotidien est émaillé de toutes ces images de gens qui nous apparaissent meilleurs que nous, et quand nous abordons ce qui nous intéresse ici, nous nous sentons évidemment encore moins à la hauteur. Nous considérons des gens comme Ramana Maharshi et pensons : « Jamais nous ne serons comme ça. »

Tout cela est une façon d'éviter la réalité que ce que nous sommes est bien au delà de ce que nous pensons être ou ne pas être. Il n'y a aucune raison pour que qui que ce soit doive être autre que ce qu'il est. Ce que vous êtes est l'un, l'absolu, la présence, l'immaculée conception.

Vous venez de dire que les choses étaient parfaitement appropriées, mais pour qui ?

Pour personne. Ce n'est pas parfaitement approprié pour l'esprit – l'esprit ne trouvera jamais quelque chose parfaitement approprié. Il est perpétuellement en train de tenter de parvenir quelque part ou à quelque chose. Il y a toujours un endroit que l'esprit veut atteindre. Il vit dans la division, dans le temps. Dans le monde, nous voyons ce qui apparaît comme une division, et nous vivons dans cette division du bien et du mal, du bon et du mauvais ou ce que vous voulez. C'est l'immaculée conception apparaissant en tant qu'immaculé égarement. Mais en ce qui concerne la présence, tout est, ce que c'est.

C'est approprié à *ce* que vous êtes plutôt qu'à *qui* vous êtes, ou pensez être. Car en fin de compte, voyez-vous, rien ne va nulle part. Rien n'a jamais été et rien n'ira jamais nulle part. Il y a simplement ceci. Alors, rien n'a besoin d'être différent ou n'a besoin de devenir quoi que ce soit. Personne ne doit être différent ou devenir quoi que ce soit. Ce qui est, est ceci, un point c'est tout.

*
* *

Puis-je vous demander quelque chose au sujet du processus de la pensée ? J'ai trouvé que ce matin, et plus particulièrement cette nuit, j'avais l'esprit complètement éteint par mes tentatives de résoudre tout ça. La nuit dernière c'était l'arrêt complet de la ratiocination.

C'est bien l'idée ! Le recadrage de l'esprit. Ce qui se passe ici, est que l'esprit est remis à sa place, dans sa fonction naturelle – résoudre des choses comme, par exemple, trouver le vol le plus avantageux possible pour se rendre aux Etats-Unis. Là, l'esprit est replacé dans son élément naturel. Et il semble un peu effrayant ou alarmant qu'il ne puisse rien faire de ceci, qu'il n'aboutisse nulle part avec ceci. Il ne le fera jamais. Ce n'est pas dans l'ordre des choses, ou de son fonctionnement naturel.

Il me semble que lorsque l'esprit tourne son regard vers cette simplicité absolue, il se trouve nez à nez avec un mur de brique, et cela crée un sentiment d'inconfort. D'une certaine façon, ici, l'esprit se heurte en permanence à un mur de brique. Il est en permanence dans le : « Oui, mais… » et se heurte à chaque fois au mur.

Il ne nous fournit rien à quoi nous raccrocher !

Non, il n'y a rien.

C'est ce qui est si inconfortable. Normalement j'aime penser de façon logique : si je fais cela, il va en résulter ceci… Mais ce n'est pas ainsi que cela se passe.

Non, il n'y a pas de résultat.

Et vous pouvez même penser à ne pas y penser, mais c'est la même chose à l'envers. Il n'y a rien à quoi s'agripper.

Non, il n'y a pas de résultats. Il n'y aura jamais d'enchaînement causal ici. Pas de continuation. Il s'agit du rien. Et vraiment quand cela prend, ce qui risque de se passer est que soudain il y ait simplement ceci – être assis sur une chaise. Pour beaucoup de gens, il y a des discussions à foison et un grand échauffement mental – il suffit simplement de lâcher tout cela et tout ce qui se produit alors est être assis sur une chaise. Et voilà – c'est ceci. Reposez simplement en ceci. Oubliez les mots et la logique. Revenez à ceci sans cesse.

Tout ce qui arrive est que le bien-aimé ne fait que dire : « Reviens. » C'est le propos de tout cela – « Reviens, simplement reviens. » « Oui, mais qu'en est-il de… ? » « Ah oui, oui, d'accord, - reviens, reviens. » Il ne s'agit que du retour « chez soi ».

*

* *

Lorsque je suis en compagnie de quelqu'un de très timide, par exemple, et que je me demande : « Quelle est la différence entre lui et moi ? » je réalise qu'il n'y a en fait aucune différence – excepté qu'il y a là l'idée qu'il devrait être timide ; qu'il y a quelque chose de dangereux à ne pas être timide. Je peux voir qu'il n'y a pas de différence dans un certain sens, c'est simplement une idée. Si je rapproche cela de l'éveil, là aussi il s'agit probablement d'une idée qui en entrave la survenue.

Oh, totalement. C'est la pensée « je » amenée à jouer un certain jeu pour se protéger.

Mais je ne vois *pas encore qu'il ne s'agit que d'une idée.*

L'idée que vous êtes une personne est une chose adoptée au temps où vous étiez enfant, et depuis elle s'est raffermie jusqu'à ce que vous la preniez très au sérieux. Vous prenez très au sérieux cette idée de départ que vous êtes séparé et que vous êtes un individu. Vous avez passé des années dans l'affermissement de la croyance en votre existence séparée. Il y a un tel investissement dans ce que vous pensez être – vous en venez à penser que c'est la réalité. Vous prenez cette idée de la personne très au sérieux et pendant des années et des années, vous vous êtes livrés à la création et au maintien d'une vie qui nourrisse et serve cette personne. (Elle ne le fait pas, en fait, mais c'est ce qui se passait et ce que vous vous imaginiez). Pendant d'innombrables années, vous avez protégé cette personne et tout fait pour satisfaire ses besoins.

Et la croyance est que si cette personne n'est pas là, c'est la fin de tout. La grande peur est que si la personne n'est pas là tout va prendre fin. Et l'autre crainte qui survient pour certains, semble-t-il, est qu'en l'absence de cette personne, ils vont perdre l'esprit et leur équilibre. Il est certain que pour la plupart c'est perdre ce qui dans un certain sens est le plus précieux : le sens de « moi ».

L'éveil ne vous tombe pas dessus – il y a simplement la lumière. L'obscurité apparente qui voile la lumière est l'idée qu'il y a là un vous, une personne, idée qui s'est renforcée au cours de ce qui semble être une longue période de temps. Mais cette impression qu'il y a quelqu'un là peut s'évanouir instantanément. C'est ce qui se produit chaque nuit de toute façon, et elle peut disparaître dans votre journée en un éclair – car c'est seulement une idée.

Et c'est ce qu'est l'éveil : la réalisation qu'il n'est personne à éveiller. La libération intervient lorsqu'il est découvert qu'il n'est personne à libérer.

J'ai du mal à imaginer le « personne ».

Vous ne le pouvez pas. Vous, qui apparemment êtes quelqu'un, ne pouvez concevoir « personne » - c'est impossible. La seule chose que je dise en définitive (à part « tout ce qui est, est ceci ») est « Essayez, en quelque sorte, de vous ouvrir à la possibilité et à la perception que ce qui est en mouvement est simple mouvement. » Pour le présenter autrement : tout ce qui arrive, simplement arrive, et n'arrive à personne. C'est totalement, totalement simple. En d'autres termes, au lieu d'une personne, qu'il n'y ait là rien d'autre que ce qui est.

Il y a de l'activité et vous associez cela à une personne nommée Pierre ou autre. Mais tout ce qu'il y a là est une simple activité. Et il n'est aucun moyen pour que je puisse faire voir cela à quelqu'un et il n'est aucun moyen pour que vous puissiez le provoquer. Mais cela arrive – cela arrive ici et cela arrive ailleurs.

D'ores et déjà, pour vous, c'est cuit – vous êtes perdu. Vous n'auriez jamais dû venir ! Je peux vous dire que cela va se produire. Et ce pourrait se produire dans cinq minutes – pour être dans la façon qu'a l'esprit de tout situer dans le temps. Il n'est aucun doute que cela puisse se produire car cela se produit constamment, cette abolition du sens qu'il y ait quelqu'un. C'est infectieux.

Vous n'avez pas besoin d'y croire, vous n'avez même pas besoin de le comprendre. C'est si simple, cela n'a pas besoin d'être compris. Voyez seulement qu'il y a activité. Laissez émerger la vision de l'activité. Tous dans cette pièce le font en fait – la seule chose qui se passe dans cette pièce est la vision d'une activité. Mais d'une façon ou d'une autre, il y a l'idée qu'il y a un « vous » ayant cette vision et que « vous » le faites ou que cela s'offre à « vous ».

La plupart des gens s'imaginent que ceci a trait à quelque chose de très spécial. Beaucoup pensent qu'ils peuvent participer à quelque chose de ce genre et y trouver quelque chose de spécial qui les fera sortir du lot. Et si, d'une façon ou d'une autre, une *expérience* marquante survient, que se passe-t-il ? Des gens viendront à vous : « J'ai entendu que vous étiez illuminé. Voudriez-vous venir voir certains de mes amis ? » Et vous allez voir les amis, et retournez les voir et en peu de temps il n'y a plus assez de place pour qu'ils vous voient confortablement, alors vous dites à votre ami : « Trouvons une salle de réunion – il y aura plus de place ! » Et maintenant, il y a soixante-cinq personnes. Et ils ont encore un peu de difficulté à bien vous voir, alors vous faites bâtir une plateforme… C'est le jeu de l'illumination.

Deux prêtres catholiques se recueillent devant l'autel, lorsque soudain l'un d'entre eux se redresse et lance passionnément : « Oh Seigneur, je ne suis rien comparé à Ta gloire ! Vois que je ne suis rien ! » Avec un léger décalage son compagnon se met à proclamer avec une égale ferveur : « Je ne suis rien ! Je ne suis rien ! »

L'homme de peine, alors occupé à balayer le fond de l'église, s'en trouve tellement touché qu'il se met au diapason et commence à psalmodier à son tour : « Je ne suis rien, Seigneur ! Je ne suis rien ! »

Sur ce, l'un des deux prêtres se tourne vers l'autre : « Pour qui se prend-il celui-là pour proclamer ainsi qu'il n'est rien ? »[3]

Amsterdam

Juillet 2002

Les gens viennent ici avec l'idée que s'ils sont attentifs aux mots, s'ils parviennent à comprendre ce qu'ils sont réellement, ils réussiront à s'y établir pour de bon. Mais cela ne fonctionne pas comme cela, car ce que nous sommes est totalement au delà de la compréhension. En fait, c'est la compréhension qui tombe avant que survienne la vision claire. La vision claire n'a rien à voir avec la compréhension.

La seule chose qui puisse se produire ici, en termes de compréhension, est la disparition des idées que vous pouvez nourrir à propos de l'illumination et de ce que vous pensez être. Ces notions peuvent s'évanouir et vous laisser sans idées, sans rien. Et lorsque vous vous retrouvez sans rien, ce qui émerge est *ceci*. Ce qui émerge est l'invitation. Tous les messages sensoriels qui vous parviennent – toucher, sentir, voir – sont l'aimé vous invitant à voir qu'il n'y a qu'unicité.

C'est absolument simple et totalement immédiat. Vous baignez sans discontinuer en ce que vous êtes. En fait, vous êtes ce qui est.

Et cela n'a rien à voir avec qui vous pensez être. Vous n'êtes qu'un personnage dans une pièce. La pièce ne va pas changer – rien ne va devenir meilleur ou pire – mais ce qui émerge est la vision claire - simple regard neutre sans personne là pour voir.

Pendant tout le temps où le regard émane du point de vue de l'être séparé, nous ne voyons pas ce qui est réellement là, nous voyons à travers un voile. Quelque part, nous sommes encore en train de tenter de tirer quelque chose de ce que nous voyons –

nous regardons et écoutons dans l'intention d'en retirer quelque chose. Dans la vision claire, il n'est personne là pour vouloir quoi que ce soit, et par conséquent ce qui est vu est la réalité. La réalité : c'est qu'il n'est qu'unicité.

Vous ne pouvez pas vous débarrasser de « vous ». Il n'est personne là – il n'y a jamais eu qui que ce soit là qui puisse lâcher ou choisir quoi que ce soit, il n'y a donc rien qui puisse être fait. Mais il est quelque chose, juste derrière vous, vous regardant assis là me regardant. Ce qui est vu, c'est ce personnage qui n'a jamais eu besoin de devenir quoi que ce soit de mieux, qui est totalement et absolument parfait dans son rôle. Cela n'a pas besoin de changer pour qu'advienne cette clarté ; cela ne se peut pas. Il n'est nullement question que vous deviez changer pour qu'advienne la libération. La libération n'a rien à voir avec vous.

Tous ceux, dans le monde entier, en qui l'éveil ne s'est pas produit se sentent aliénés. Que la guerre fasse rage aux alentours ou que vous habitiez un magnifique penthouse à New York… tout le temps où règne le sens de la séparation, il y a quelque chose qui manque. Après l'éveil, l'apparente histoire de la vie se poursuit, mais l'identification avec elle, a totalement disparu.

Donc, en bref, nous sommes spectateurs de notre propre feuilleton ?

En quelque sorte, mais cela va plus loin que cela. Il n'y a plus ici de spectateur du feuilleton « Tony Parsons ». Il n'est qu'unicité et Tony Parsons apparaît en cela. Exactement comme ce verre. Dans les premiers temps, quand les gens s'ouvrent à cela, il peut subsister le sens d'un témoin de ce théâtre de la vie. Cela aussi finit par s'évanouir.

Tony, peut-il y avoir pleine réalisation dans le non non-savoir lorsqu'il y a encore là une croyance au « moi ». » ?

Non. Toute croyance s'évanouit. La croyance est reliée à un « moi ».

Un état de non non-savoir n'est donc pas compatible avec un « moi » ?

Non. Mais la difficulté est que l'esprit tombe dans le piège de penser en termes de permanence, d'une permanence au sein de laquelle existe l'éveil et dont est absent le rêve du « moi » dans ces oeuvres. L'esprit veut s'imaginer qu'après l'éveil, le sens du « moi » n'est plus possible. Mais ce n'est pas la réalité. L'unicité n'a que faire du temps. L'idée que le « moi » ne devrait jamais plus émerger est un autre emprisonnement : celui du « moi » ne devant jamais réapparaître.

Une autre difficulté de l'esprit est qu'il tend à personnaliser l'éveil. L'unicité n'a rien à voir avec qui que ce soit et la totalité embrasse tout ce qui apparaît, ego et croyance compris.

Et savoir ?

Et savoir. La libération ne dénie rien. Savoir et ego ne sont pas autre chose que l'unicité occupée au rêve de l'ego et du savoir. Tout cela est l'apparent déploiement de la danse. L'un jouant au jeu du deux.

*

* *

Et si le personnage au sein de cette unicité est malheureux ? La thérapie est-elle utile ?

Ah, la difficulté avec les mots. Il n'est plus de personnage pour être malheureux – il y a simplement unicité, et en l'unicité tristesse ou malheur peuvent surgir. Mais, il n'y a plus aucune identification avec une personne qui est malheureuse, il n'y a donc pas de raison de tenter de changer cela. La question de la nécessité d'un changement quelconque n'est plus d'actualité, mais, bien sûr, des changements apparents peuvent intervenir.

Alors que faire de la douleur ?

Voyez simplement qu'il y a de la douleur qui surgit. Mais non pour quelqu'un – l'éveil est l'abandon de celui qui s'approprie quoi que ce soit. C'est la simple vision du déroulement de la vie – incluant douleur, joie... quoi que ce puisse être. Ce que je suis embrasse tout cela, sans aucune idée qu'il y ait besoin de le changer.

Alors tout ce que vous avez à dire, c'est : « Sentez la douleur » ?

Non, car dès l'instant où vous dites cela, vous êtes à nouveau dans l'idée qu'il y a là une personne qui puisse la sentir. Étrangement, nous vivons un paradis, mais qui ne correspond pas à l'image que s'en fait l'esprit. C'est une liberté totale et une acceptation de tout ce qui est, sans aucun sentiment que cela doive être transformé.

Personne ici *(pointant sur lui)* n'embrasse quoi que ce soit. L'unicité n'embrasse rien car cela ne lui est pas nécessaire. L'unicité est tout. L'unicité est tout ce qui est. Et en tout ce qui est peut surgir un mal de tête. Mais l'unicité ne dit pas : « Oh, voilà une migraine – je vais embrasser la migraine ! » L'unicité « migraine ». Le mal de tête est unicité « migrainant ».

La libération n'est pas libération si elle ne peut embrasser et accepter la non libération. Le concept que nous avons sur l'illumination est simplement une autre prison bâtie par l'esprit.

Mais n'est-il pas possible que certains aient besoin de nettoyer leur personnalité ?

L'esprit serait enclin à le penser, oui.

J'ai le sentiment qu'il y a des choses en moi que j'ai besoin d'examiner. Autrement, je ne saurais même pas qu'elles sont là, ce qui ne les empêcherait pas d'exercer quand même leur influence sur moi. Cela me fait me sentir mieux et plus libre quand je prête attention à certaines parties de « moi ».

Il n'y a aucune objection à ce que vous examiniez votre vie et à ce que vous vous en sentiez mieux. Mais tout ce qu'il y a au bout du compte, c'est quelqu'un qui se sent plus à l'aise avec sa vie parce qu'il l'a examinée. Cela n'a aucun lien ou rapport avec l'unicité.

J'ai le sentiment que ce faisant des étapes sont franchies.

Des étapes peuvent être franchies, mais il n'est aucune étape à franchir en direction de ce qui EST déjà. Ce n'est pas là-bas – il *n'est* qu'unicité. Vous ne pouvez pas progresser vers ce qui est déjà.

*

* *

Comment savez-vous que vous êtes éveillé ?

Vous ne le savez pas.

Mais vous dites que vous êtes dans l'unicité...

Non, je ne suis pas *dans* l'unicité – il y a unicité.

Vous ne savez pas ce qu'est l'illumination ?

Je ne pourrais le mettre en mots. Il n'y a vraiment aucune raison pour que qui que ce soit se mette en quête de savoir ce qu'est l'unicité. L'unicité est naturelle. L'unicité est tout ce qui est. C'est comme se demander comment savoir quand le soleil brille.

Pourquoi Tony Parsons veut-il exprimer tout cela ?

Tony Parsons ne cherche pas à exprimer tout cela. D'une façon ou d'une autre, l'un – jouant au jeu du deux – joue au jeu de la redécouverte. C'est le scénario du mélodrame. Le scénario, c'est qu'il n'est qu'unicité qui se manifeste en tant que deux pensant qu'elle s'est égarée et voulant se retrouver. Alors, elle va trouver Tony Parsons. Une communication fuse, permettant à l'invitation d'être perçue et l'unicité est là, à nouveau.

Alors vous souhaitez que nous voyions cela ?

Non, je ne le souhaite pas.

Pourquoi communiquez-vous cela ?

Je ne le fais pas. La communication survient d'elle-même.

*
* *

Être ici, maintenant, et ce que vous dites à propos de l'invitation parvenant à travers les sens – n'est-ce pas semblable ?

Cela parait l'être, oui. Mais tout enseignement engageant à être ici, maintenant, s'adresse à une personne apparente jouissant d'un pouvoir de choix. L'enseignement visant au lâcher de la pensée et s'appuyant sur la considération que la pensée est une maladie – tout cela se fonde sur les prémisses erronées qu'il est quelqu'un pouvant choisir. Ce n'est pas le cas – il n'est personne.

La notion que nous vivons dans une grâce totale, ou invitation totale, transcende l'idée que quiconque puisse faire quoi que ce soit à ce propos. Je n'ai pas suggéré un instant que vous deviez entrer dans votre corps et sentir vos sens, ou qu'à travers le toucher, vous tentiez d'entrer en contact étroit avec quelque chose, car il n'est personne là qui puisse faire cela. Mais d'une certaine manière très directe, la sagesse qui est là sait. Ce qui se produit, c'est que les intellections qui voilent la perception se dissipent, et il demeure simplement le sentiment de ce qui est, tel que c'est.

Entendre, sentir et tout cela, se produit dans le moment présent.

En ce qui me concerne, il n'est rien de tel qu'un « maintenant ». « Maintenant» implique un avant et un après – et vous revoilà dans le temps. « Maintenant » est ce moment-ci – mais il n'est pas de moment. Il n'est que ceci. Ni maintenant, ni alors. C'est intemporel. Il y a un abysse entre les deux concepts.

Les gens qui adoptent cette idée d'être dans le temps présent entendent cela et s'accrochent fiévreusement au « maintenant » pendant au moins trois jours, puis tout s'effondre. Cela me rappelle cette touchante caricature d'une jeune fille devant son miroir prenant la résolution de se remettre à être « ici et maintenant » dès le lendemain matin. Tout ça n'est jamais qu'une autre recette.

Alors tout ce qui reste est de s'éveiller hors de cela et de ne pas s'y investir?

C'est encore une autre sorte de « faire ». Il n'est personne là pour choisir cela. Ce message est entendu ou il ne l'est pas. Dans le cas où il est entendu, il se pourrait que la dernière pièce du puzzle tombe soudain en place.

Se peut-il que lorsque vous ne faites rien, la vie vous conduise à l'éveil?

Elle ne vous conduit pas à l'éveil – il n'y a aucune possibilité que vous puissiez être conduit à ce qui est déjà.

Mais, si vous ne le voyez pas et que vous ne fassiez plus rien – quoi alors?

Eh bien, il est possible que vous atteigniez un endroit appelé rien ; il ne vous reste rien. Il est très périlleux d'écouter tout ceci car ce vers quoi vous êtes conduit, c'est le rien. Il n'est rien à faire, il n'est nulle part où aller. Lorsqu'il y a « rien », il devient possible que *ceci* se révèle.

J'étais quelqu'un de très entreprenant mais ce n'est plus le cas et à présent il m'arrive d'être désespéré par l'ennui et le désintérêt. C'est terrible à vivre.

Il arrive que pour certains, dans l'éveil, il y ait des périodes de plat et d'aridité.

Je n'avais jamais réalisé jusque-là que l'ennui pouvait être un plus.

En un certain sens, le désert – ou la survenue de l'ennui – est le signe qu'il y a un abandon, un lâcher prise.

*

* *

Je connais cette unicité – elle s'est produite il y a vingt ans, et à nouveau il y a cinq ans pour toute une semaine.

Elle n'a jamais cessé de se produire – c'est la seule chose qui soit. Mais le sens « moi » ressurgit et le problème est que nous pensons que la réapparition du « moi » est mauvaise, en quelque sorte. En fait, l'émergence du « moi » est absolument parfaite – il est nécessaire que le « moi » revienne. Cela fait entièrement partie du processus qui conduit à voir que l'émergence « moi » est simplement ce qui se produit. Ce n'est pas que l'arrivée du « moi » ait poussé l'unicité dehors – ce qui s'est produit, en fait, c'est que l'un se présente maintenant en tant que « moi ». « Moi » est unicité « moi »-yant[1]. L'esprit scinde toujours tout en deux. « J'ai eu un aperçu d'unicité et ensuite l'ego a réapparu » - comme s'il s'agissait de deux choses séparées.

*
* *

Pouvez-vous dire quelque chose à propos du choix ? L'autre jour, j'ai soudain choisi d'aller dans la salle à manger et j'ai trouvé les rideaux en feu. Le chat qui était là aurait pu être tué. Qu'est-ce qui s'est passé ?

Le choix est une apparence. Par moments, l'idée qu'il y a quelque chose qui vous conduit à agir, comme rétablir la situation dans une pièce où il se passait quelque chose de mauvais, peut sembler très convaincante. Mais en fait, qu'est-ce qui n'allait pas dans cette pièce ? Où est le bien, où est le mal ? Cette idée que quelque chose n'allait pas et que vous avez été conduit à intervenir pour sauver la situation, est une vue de l'esprit. Si vous étiez resté dans l'autre pièce, cela demeure simplement ce qui survient. Les rideaux s'enflammant… le chat tué… cela est ce qui est.

Mais toute cette affaire de choix est très puissante, et nous vivons constamment dans l'idée que nous opérons des choix et qu'ils mènent à quelque chose. D'une certaine façon nous éludons notre propre nature en permanence. Nous sommes constamment en train d'inventer ce petit « moi » vivant dans cette chose nommée une vie, simplement pour esquiver la découverte que nous sommes l'un. La découverte qu'il n'y a qu'unicité est très effrayante pour un « moi ». « Moi » ne veut pas de cela – il veut garder son chat en vie et il veut être illuminé, ce qui correspond pour lui à « tout va bien ». L'esprit ne tient pas du tout à ce que se produise une découverte de l'unicité – ça, c'est vraiment effrayant.

Je demeure confus à propos du choix. Quand le personnage Tony Parsons prend une aspirine parce qu'il a mal à la tête, ce n'est pas un choix mais simplement quelque chose qui survient ?

Personne ne choisit jamais rien. Si vous examinez réellement ce que vous pensez avoir choisi hier soir ou ce matin, vous découvrirez que vous ne l'avez pas choisi. Ce fut apparemment choisi à travers vous. Il n'est personne là qui choisisse. Il y a seulement une apparence de choix…

Alors nous n'avons pas choisi d'être ici ?

Non. Au final, il n'y a de choix à aucun niveau. Il n'est pas de Dieu choisissant, pas de Dieu vous guidant – il n'y a rien qui vous dirige. Rien n'est choisi. Il n'est que ceci.

Alors, si tout émerge encore en Tony Parsons, cela inclut-il aussi le déni d'unicité ?

Cela peut se présenter. Il serait très difficile que cela émerge maintenant, car la source de toute chose ne peut être dénié. Cela n'a rien à voir avec le doute ou la croyance – il y a simplement unicité.

*

* *

L'intuition naît-elle de l'esprit ?

Non, je pense qu'elle provient de la sagesse qui est là. Et je crois que cela a vraiment à voir avec l'intuition. Vous n'allez jamais comprendre le mystère ou le résoudre – c'est un saut, un saut soudain.

N'est-il pas important de mener une vie vertueuse ?

Dieu du ciel, non ! Toute cette histoire de mener une vie vertueuse n'est qu'une idée reçue, un conditionnement de l'esprit. Si vous regardez les différentes manières de « mener une vie juste » recommandées par les gens, vous vous apercevrez qu'elles sont souvent très opposées. Pour certains, une vie vertueuse c'est télescoper les tours du World Trade Center en avion. C'est l'ignorance, le mental dans ses œuvres.

Toute cette apparence n'est autre qu'un simple reflet du désir lancinant de trouver cet amour situé totalement au delà des concepts de bien et de mal. L'idée de bien et de mal n'est qu'un reflet de la véritable nature des choses. La véritable nature de l'unicité est l'amour inconditionnel. C'est un amour totalement inexpugnable, dénué de tout sens de quoi que ce soit d'autre. Notre idée du bien et du mal en est un bien terne reflet.

Alors la façon dont vous vous comportez avec vos enfants, par exemple, n'a pas d'importance?

Rien n'a d'importance. Ce dont nous parlons ici est totalement au delà de l'individu et du comportement – au delà d'être bon, au delà d'être sérieux à propos de l'illumination... toutes ces choses que certains vous disent être si importantes. Toutes sont cadenassées dans l'idée qu'il y a quelqu'un là qui est ou n'est pas comme ci ou comme ça.

Tout ce que je peux dire est que le personnage qui est là a le comportement qu'il a. Ce qui ne veut pas nécessairement dire frapper les enfants. Mais si quelqu'un est conduit à cela, c'est alors l'unicité frappant l'unicité. Et la totalité de cette manifestation, de cette apparence, est tenue en parfait équilibre. Enfants battus ici s'équilibre avec enfants heureux là-bas.

*
* *

La sagesse est-elle que vous connaissez l'objet parce que vous êtes l'objet?

Non, vous exprimez encore une autre sorte de formule. C'est totalement au delà de qui que ce soit étant l'objet et par conséquent le connaissant. C'est totalement au delà de toute idée de ce genre.

Qu'est-ce que la sagesse?

Eh bien, le sagesse est le plus près que l'on puisse approcher de la clarté, de la vision claire. Ce qui se passe ici est que la vision claire communique avec la vision claire qui est enfouie sous les marmonnements de l'esprit. La vision claire là-dessous dit: « Oui! » Les marmonnements de l'esprit font: « Non! » ou encore: « Oui, mais. »

Alors, à quoi rime tout ce show?

C'est l'éternel mélodrame du jeu de l'Être. Je suis l'un apparaissant comme deux – incluant, dans l'apparence, le sens de la séparation.

Mon esprit veut savoir pourquoi.

Parce que c'est merveilleux de découvrir que vous êtes un, après avoir été deux pour un temps. Allez vous cogner la tête contre le mur pour un moment, puis arrêtez. Réellement. C'est aussi simple que cela.

Pourquoi éprouvons-nous le besoin de nous cogner la tête?

C'est pour le fun... c'est le jeu, c'est le scénario de la pièce. En fait, vous n'êtes pas en train de vous cogner la tête contre les murs en permanence. Vous appréciez bien d'être deux, n'est-ce pas? Regardez à quel point vous prisez cela. À l'évidence presque personne ne veut l'unicité dans cette pièce. Il y a un immense attachement et une profonde fascination à être deux en quête d'un. C'est merveilleux, c'est divin, c'est magnifique – J'adore! Je me promène en ville voyant des gens vraiment, vraiment résolument attachés à leur séparation et à leur identité. Ils essaient tous réellement d'être des individus séparés. C'est prodigieusement fascinant!

*
* *

Des parents sont venus me consulter parce que leur fils prenait de la drogue et qu'ils avaient besoin de mon aide. De ce que vous dites, le fils prenant de la drogue est simplement quelque chose qui survient. Mais cela semble une échappatoire un peu facile.

Tout le temps où vous vous identifiez à la situation, il y a un « moi » qui essaie de la transformer. Il n'est pas de dessein à l'oeuvre ici – je ne suis nullement investi dans quoi que ce soit ici. Il n'est personne ici qui ait un investissement quelconque en ceci, il n'est donc aucun besoin d'édulcorer ce qui est dit là. Il n'y a absolument aucun désir de faire des concessions dans l'idée de plaire à certains ou d'en aider d'autres. Car il n'est qu'unicité, il n'est personne ici tentant de transformer autrui en un – tous sont déjà un. Il n'est personne ici, tentant d'aider qui que ce soit. Aucune aide n'est requise.

L'amour le plus élevé est de partager la clarté et de révéler l'illusion. Mais il n'est personne qui partage cela et il n'est personne qui en ait le moindre désir. Il y a simplement clarté, vision claire. Ce que je suis voit l'apparence émerger et sait que cela n'a aucun sens. Partager cela est compassion – plaire à l'esprit est manipulation. Et dans un cas comme dans l'autre, c'est simplement ce que c'est...

*
* *

Y a-t-il eu un changement dans l'énergie déployée dans vos réponses ? Éprouvez-vous de l'impatience devant les questions qui vous sont posées ?

Je ne sais pas à propos de l'énergie, mais au cours des années, il semble que ce qui est communiqué se soit beaucoup simplifié.

Plus direct et plus simple. Mais, il n'y a pas d'impatience car il n'est personne cherchant à parvenir quelque part. Il n'est nulle part à atteindre. Chaque apparente question et chaque apparente réponse est totalement unique et nouvelle... C'est ce qui est.

*
* *

Il semble que ce soit le processus de pensée qui crée le « moi ».

« Moi » est l'un « moi »-yant. Tout est un – il n'est rien qui ne le soit. Sans aucun doute, le processus de penser est un outil très efficacement utilisé pour renforcer le sens du « moi ». L'esprit est comme un prisme traversé par la lumière de l'absolu et qui décompose cette lumière unique en arc-en-ciel.

Il est dit que l'inattention génère la pensée, alors il semblerait que tenter de demeurer vigilant...

Ça, c'est comme le verrait l'esprit, mais qui est-ce qui va choisir d'être vigilant ? Il n'y a personne. L'inattention survient – l'inattention est l'un étant inattentif. Le problème avec l'esprit est qu'il en revient toujours à la présomption qu'il y a quelqu'un qui peut choisir d'être d'une certaine façon qui est mieux qu'une autre. Cela relève d'une totale ignorance, et presque tout notre conditionnement, presque toutes les Écritures et jusqu'à bien des enseignements contemporains s'expriment depuis ce point de vue.

*
* *

Parfois, lorsque vous parlez, je me mets à approuver de la tête de façon appuyée. Je me méfie profondément de ces hochements de tête approbateurs. Je ne pense pas que ces approbations proviennent d'une quelconque sagesse – ils semblent plus être le fruit d'un effort obstiné visant à comprendre.

C'est un geste accompagné de l'idée ou de l'espoir que la compréhension va surgir ?

Oui, je ne peux laisser tomber cette tendance à chercher à comprendre.

C'est difficile, car l'idée de comprendre quelque chose est très attrayante. Et elle vous écarte également de *ceci*. Avoir cette merveilleuse tâche de comprendre la nature de ce que je suis, m'écarte du simple ceci. « Je ne veux pas revenir à la vie – je veux rester cloîtré à l'école de la compréhension. »

Vous en viendrez à voir que ce qui est communiqué ici, est au delà du cœur et de l'esprit de « vous ». Cela vous amène à voir qu'il n'est rien à comprendre.

N'y a-t-il aucune manière d'utiliser l'esprit pour aller dans une autre direction ?

Non, car l'esprit ne peut vivre que dans le temps. Il refuse l'existence du non-temps. Il lutte contre l'existence du non-temps car en l'absence de temps – ce que nous sommes de façon naturelle – il cesse d'occuper le trône et de tout régenter.

D'où vient la pulsion de survivre, de se nourrir…

Tout cela fait partie du mélodrame. Il est éternel – alimenté par le sens qu'il y a quelqu'un là qui peut faire marcher sa vie. C'est ainsi que le drame perdure, et trouver à se nourrir pour de pas mourir de faim en fait partie. Le mélodrame est sans fin. Les Twin Towers et l'Irak continueront à jamais, simplement perpétuées sous d'autres noms.

Lorsque vous prenez cette position – par exemple au sujet du 11 septembre – cela fâche profondément beaucoup de gens.

Oui, parce que c'est très menaçant. La plupart des gens veulent que leur vie soit la chose la plus importante au monde. Mais la vie est sans dessein. C'est là sa beauté.

On dit que chaque année, plus de cinquante milles personnes sont assassinées aux États-Unis.

La mort est une célébration. C'est la lampe qui s'éteint à la venue de l'aube. (J'ai lu ça quelque part. C'est beau, non ?) La mort physique est la vision qu'il n'est qu'unicité, bien que cela puisse survenir avant.

*

* *

J'ai l'esprit empli de lassitude et d'ennui…

Il est toujours en train de chercher quelque chose, n'est-ce pas ? Cela me rappelle l'histoire de ce mendiant qui se montre à la porte principale du palais de l'empereur et dit aux gens de maison qu'il met l'empereur au défi d'emplir son bol. L'empereur entendant la conversation depuis son jardin s'approche du mendiant : « C'est ridicule, je suis si riche, je vais le remplir sans problème. » Il envoie un des serviteurs chercher des bijoux et comme il les place dans le bol, ceux-ci s'évanouissent. Il se saisit d'autres joyaux, d'or en barre et de lingots d'argent et à chaque fois ils disparaissent. À la fin, il ne lui reste plus rien.

– Comment cela se produit-il ? » demande-t-il au mendiant, « Qu'est-ce que ce bol ? »
– Le bol » répond le mendiant, « est l'esprit. »

L'esprit est toujours en quête de quelque chose de plus – « Que va-t-il se passer l'instant d'après ? » Ce dont nous languissons, nous imaginons que nous pouvons l'atteindre à travers l'esprit.

Ainsi l'esprit n'a de cesse de projeter toutes sortes de richesses et aucune d'entre elles ne le satisfont jamais. Lorsque vous approchez des gens dont l'enseignement tourne autour de ce que l'on dit être la nature de l'illumination, ceux dont l'enseignement préconise un processus quelconque se font encore l'écho des méandres de l'esprit. C'est très populaire.

La nature de ce que nous sommes est totalement et parfaitement simple. C'est ici, tout de suite. C'est ceci, la vision de ceci. Il n'y a rien de compliqué, rien qui ait besoin d'être fait. Mais l'esprit veut le processus de la découverte de notre propre nature compliqué afin que nous ne la trouvions pas. L'esprit désire continuer à être employé. Et il est prêt à poursuivre son activité *ad vitam æternam*. Nous continuons à emplir le bol avec l'activité du mental et ne sommes jamais rassasiés – jamais il ne sera rempli. D'où vient donc l'idée des vingt-sept niveaux d'illumination ?

Le plus fou de l'histoire, c'est que ce qui est cherché est juste devant nous. Ce que nous recherchons est ce qui se tient exactement en ceci.

Alors que peut-on faire d'un esprit qui s'ennuie ?

Laissez advenir la vue d'un esprit qui s'ennuie. Qui, en fait, me dit que l'esprit s'ennuie ? Ce qui voit. Retournez donc à ce qui voit et voyez simplement tout ce qui peut se présenter. Ce n'est pas vous le voyant – il y a simplement voir. C'est si simple, tellement immédiat... C'est tout ! C'est le propos de toutes les religions et de toutes les Écritures – simplement voir *ceci*.

La seule chose qui soit constante, la seule chose qui ne parte jamais, c'est ceci. Vous pouvez sortir d'ici, descendre dans la rue et il y aura toujours ceci. Peu importe où vous allez ou ce que vous faites, il y aura toujours ceci. Vous ne pouvez jamais échapper au bien-aimé, à l'absolu, au rien. Vous ne pouvez jamais échapper à l'un, car vous êtes déjà l'un. L'un est tout ce qui est.

Tout ce dont il s'agit, tout le propos de ce dont nous parlons ici aujourd'hui, est l'abandon de toute idée qu'il y ait qui que ce soit où que ce soit. Il n'est personne, par conséquent il n'est rien à faire, il n'est rien qui puisse être fait. Cherchez « moi » - où est « moi » ? Nulle part. Tout ce qui est, est ceci. Tout ce qui est, est vision de ceci. Quoi que ce puisse être… avoir chaud, entendre un son, être assis sur une chaise, se sentir en colère, se sentir frustré – toutes ces choses sont simplement des sensations. Il n'y a aucune donné fixe appelée « moi » là-dedans – il n'y a là que la survenue de sensations.

Peut-on esquiver l'un ?

L'être apparemment esquive l'être – quoiqu'il n'y ait rien à esquiver, bien sûr.

Alors on peut aussi ne pas l'esquiver ?

Il n'est qu'être et par conséquent l'esquive est également le jeu de l'être.

Comment cela marche-t-il ?

C'est un mystère paradoxal. D'une certaine manière, nous sommes revenus à notre point de départ. L'abandon de la quête pour l'unicité, n'est pas esquiver l'unicité. Mais il n'est personne qui puisse le faire arriver – cela se produit de soi-même, tout simplement. Ce n'est pas que surgisse la grâce – c'est que tout ce qui est, est grâce.

Que vous ne compreniez rien à tout cela n'a aucune importance – en fait, il est mieux de ne pas le comprendre. Quelque chose d'autre sait ceci, quelque chose d'autre y est ouvert. À la mort du corps, lorsque l'esprit qui maintient l'idée de continuation et de séparation disparaît, il y a seulement lumière. Vision d'amour – qui est tout ce qui est. Tout ceci n'est qu'amour apparaissant dans le mélodrame en tant que division. Quand la comédie apparemment cesse, tout ce qui est, est amour. Mais, un amour au delà du cœur de l'homme, au delà de toute imagination que nous nourrissons à propos de l'amour.

Est-ce cela que voulait dire Osho lorsqu'il affirmait : « Jamais né, jamais mort. » ?

Oui. Une bonne façon de se représenter cela est d'imaginer la lumière d'un projecteur de cinéma et un film appelé « Tony Parsons ». La bobine se dévide entièrement, le film prend fin... et il reste la lumière. C'est elle qui permet au film d'être. Il n'y a que lumière. Nous pourrions pousser un peu plus loin et souligner que ce ne sera pas vous qui verrez la lumière, car il n'est que lumière. Ce n'est pas vous qui vous éveillez – c'est vous qui prenez fin, et il y a lumière. C'est une autre façon de tenter d'expliquer l'inexplicable.

*

* *

Lorsque j'étais à la poissonnerie ce matin, il y avait la délicieuse impression qu'il n'y avait que cela. C'était très apaisant en somme.

Quand il y a seulement ceci, il s'en dégage une sorte de douceur. Nous nous interposons et cherchons à en faire autre chose. Et cela encore est ceci. L'esprit part sur l'idée de transformer ceci en quelque chose de mieux, ou d'en faire autre chose, et s'en empare... et nous voilà reparti dans la course folle. Et c'est O.K., c'est divin. Ce qui se passe, c'est que lorsque cela est vu, il y a une échappée hors de l'apparente prison, et en cela il y a un parfum de liberté assorti d'une grande douceur.

Alors, chercher la vérité est un peu comme faire l'amour dans une tentative de découvrir la virginité – en fait c'est la dénier.

Oui, chercher la vérité, c'est la dénier. La quête de l'un est un perpétuel déni de la réalisation que l'un est tout ce qui est.

*

* *

Lorsqu'il n'y a personne, il y a vision claire. Tout est simplement vu tel que c'est. Durant tout le temps où il y a un chercheur, le chercheur regarde ce qu'il croit être des objets dans le dessein d'en tirer quelque chose. Lorsqu'il porte son regard sur les choses, il est chargé de flèches. Lorsqu'il n'y a personne, ce qui paraissait ailleurs, au lieu d'être cantonné au loin, s'en retourne avec légèreté au rien. Dans la recherche, il y a une projection vers l'extérieur. En l'absence du chercheur, tout est vu comme dérivant doucement vers l'intérieur, et est accepté exactement tel que c'est. C'est ce que c'est, et c'est totalement accepté… par personne.

Au final, il n'y a même plus le sentiment d'un individu vers lequel flotterait quoique ce soit, il n'y a aucune idée de quelque chose de vu. Tout émerge au sein de l'amour, tout est amour. Quand il n'est personne, il y a simplement cette unicité. Il n'est pas question que quoi que ce soit ait besoin de changer ou ait besoin d'être mieux ou pire – c'est simplement ce qui est.

C'est ce que j'entends lorsque j'emploie le terme « bien-aimé ». Ce qui est vu est vu simplement comme l'émergence du bien-aimé. C'est à ce point que l'unicité est vue par personne. C'est le naturel dont nous nous languissons tous. Et en fait, c'est ce qui est déjà là. Nous pensons que ce ne l'est pas. Nous escomptons une sorte de prix, nous imaginons une espèce de cadeau nous attendant dans ce qui est là-bas. Tout le temps de cette poursuite, nous ne voyons pas ce qui déjà est là. L'éveil est simplement l'abandon de cette poursuite de quelque chose. C'est l'effacement de celui qui cherche. C'est tout ce que c'est.

Et lorsque cette acceptation est là, elle est accompagnée par l'acceptation du personnage dans la pièce, le « moi ». Il y a acceptation de ce corps/mental qui s'agite sur scène. Il est simplement vu et accueilli, accueilli dans l'amour. À partir de là, il y a acceptation également de tous les autres personnages apparents. Et il est alors vu qu'il s'agit simplement de la totalité de l'un manifesté.

C'est vraiment ce qu'est l'amour inconditionnel. L'amour inconditionnel provient de ce qu'il n'y a personne. Il jaillit du rien. Tout le temps où il y a quelqu'un là, il y a une idée sur la façon dont nous devrions aimer ; il y a une technique pour aimer les gens, leur pardonner et tenter de les comprendre. C'est la tentative de l'esprit pour atteindre un amour situé au delà de la notion d'une technique d'amour. L'éveil est simplement la vision claire, la vision de ce qui est.

En quelque sorte, ce qui se passe ici est une communication avec la vision claire, avec la sagesse qui est en chacun de nous. Lorsque la clarté absolue est entendue par la clarté absolue recouverte de confusion, la clarté absolue peut reprendre la main et la confusion se dissoudre. L'idée que quoi que ce soit puisse être fait à propos de l'abandon du « moi » tombe d'elle-même, et ce qui tombe aussi avec, c'est le « moi »

J'ai fait une merveilleuse expérience ce matin – il y eut une soudaine acceptation du « moi » dans ses œuvres. Il y avait une réelle acceptation que le « moi » et le deux se superposaient sur l'unité originelle. Cela s'accompagnait du sentiment : « J'ai été occupé à faire le « moi » toute ma vie, alors pourquoi diable devrais-je changer ? C'est une habitude, exactement comme fumer. Laisse donc le deux prévaloir si ça lui chante. » C'était très apaisant.

Je crois qu'une des choses les plus difficiles à ce propos est le sentiment d'identité. Il est plus facile de voir un arbre et de le laisser simplement être arbre ou même être le bien-aimé « arbr-ant ». Mais, lorsque nous sommes face à cette identité, cette chose que nous pensons être « moi » C'est le plus difficile. Lui permettre d'être là sans aucune idée qu'il devrait en être autrement.

Languissons-nous après la pure innocence ?

Oui, absolument. En fait, nous baignons dans l'innocence. Nous sommes comme des enfants déambulant dans la merveille de *ceci*. Mais nous avons embarqué l'état d'adulte, qui cherche à tirer quelque chose de ceci, qui tente de négocier avec ceci. Et c'est parfaitement O.K., c'est le jeu divin. Mais nous n'en sommes jamais vraiment heureux ; il y manque quelque chose ; cette négociation recouvre quelque chose que nous savons être en toute chose. Nous *savons* que tout est apparence de l'ineffable.

L'ego et l'esprit sont-ils une même chose ?

Eh bien, ils tendent tous deux à être des identités. Nous avons tendance à considérer l'esprit, le mental, comme une chose – réellement, c'est un ensemble de pensées. Une des pensées est : « Je suis une identité séparée », ce que vous pourriez nommer la formation d'un ego. L'ego est l'idée qu'il y a une identité séparée. Et il n'y a rien de mal à cela. Dans un sens, la liberté est de tomber amoureux de cet ego permettant à ce sens d'identité d'être là, simplement. Vous vivez avec un ego, vous vivez entouré d'autres ego apparents – laissez-les être.[2]

Pouvez-vous dire un mot à propos de comment cela fonctionne ?

Lorsque nous sommes bébé, fondamentalement, il n'y a qu'unicité, mais sans que ce soit réalisé. Il n'y a que paradis, mais il n'y a pas le savoir d'être au paradis. À un certain moment, notre mère nous dit : « Tu es Marie » ou « Paul », et il s'ensuit une chute dans le sentiment qu'il y a là quelqu'un en train de regarder quelque chose d'autre appelé une maman. C'est le premier moment de séparation.

La peur prend racine dans la séparation. La peur – la plus puissante émotion que nous éprouvions – est, à vrai dire, instiguée par le sens de la séparation. La séparation est la racine des apparentes souffrances, pertes, attentes et envies.

Tout ce qu'il y a est le rien étant tout. Et en tant que partie de ce tout, apparaît la croyance et l'expérience au quotidien d'être un soi séparé – un individu apparent disposant d'une volonté, d'un pouvoir de choix et d'une capacité à agir qui lui seraient propres. Ceci est spécifique à l'homme et est appelé conscience de soi. La plupart des gens prennent cela pour la réalité.

Le chercheur, au fil des ans apparents, va raffermissant la notion « moi ». Il tente de créer un monde qui est confortable, sécure, prévisible et connu. Au fur et à mesure que se construit ce monde-là, ce « moi » se contracte de plus en plus. À un point ou un autre – à la mort ou avant – ce qui se produit, c'est que ce « moi » contracté explose soudain et est à jamais perdu et dispersé en toutes choses. C'est à ce point qu'il est vu que tout est « moi ». C'est ça l'éveil.

Je me demandais comment fonctionne l'esprit ?

L'intellect est seulement un outil employé par l'un pour tout scinder en deux. L'esprit est le diviseur. Il vit dans le temps et la division. Otez temps et division et il n'y a plus d'esprit. Nombre de religions suggèrent que c'est là la voie de l'illumination, mais, dans l'unicité, l'intellect peut encore fonctionner.

Des pensées viennent à l'esprit de Tony Parsons ; elles ne sont pas générées à partir d'ici. Toute existence émane de la génération de pensées par l'unicité. Cette pièce même est une pensée-forme. L'unicité crée la pensée pièce, et une pièce apparaît. Et en fait, il ne s'agit pas d'une unique apparition continue – c'est la manifestation en train d'être créée et dé-créée. Pièce – pas de pièce, pièce – pas de pièce, pièce – pas de pièce… c'est en fait ce qui se passe ici, en ce moment même. Mais pour le « moi », il semble qu'il y ait une pièce ici. Quand la vision claire est là, ce qui est vu est pièce et pas de pièce. Ce qui est la même chose que dire que ce qui est vu est *tout* et *rien*.

Puis-je poser une question personnelle ?

Ah, cela promet d'être excitant !

Vous avez parlé de tomber amoureux de votre propre personnage et ensuite de tomber amoureux des autres personnages. Lorsque vous avez rencontré votre épouse… qu'est-ce qui vous a poussé à demander sa main ? Comment une préférence se produit-elle ?

Tout cela a lieu dans le cadre de la manifestation. D'une façon ou d'une autre, un personnage de la pièce fusionne avec un autre personnage de la pièce. Dans un certain sens, une telle rencontre est inévitablement plus puissante ou plus merveilleuse que tout autre.

Certains personnages ne s'accordent pas avec d'autres personnages apparents ; et il n'y a rien de mal à ça. Il n'y a rien de mal à ne pas aimer ou ne pas s'entendre avec quelqu'un. Quand il y a vision claire, ne pas aimer un autre personnage est accepté en tant que ce qui survient. Mais ce que vous êtes est totalement au delà de ça. Ce que vous êtes est *ce* en quoi émerge ce désamour pour un personnage ou un trait de caractère.

Ni bien, ni mal – c'est ce qui se produit. C'est uniquement l'esprit qui institue que l'éveil signifie totalement aimer et accepter autrui. C'est son idée de ce à quoi devrait ressembler la perfection. Nous ne débattons pas ici de perfections. Nous parlons de vision claire – une totale acceptation de ce qui est, y compris ne pas aimer quelqu'un.

Le personnage ne s'adoucit-il pas après l'éveil ?

Oui, attirances, aversions et préférences ne sont plus nécessairement aussi puissantes. Cela n'a simplement plus d'importance.

Je peux voir mon esprit en train de dire : « Mais comment fais-je pour tout accepter ? » Il est très fort pour tout transformer en quelque chose débouchant dans le futur. Mais en même temps en étant assis ici avec vous, j'ai l'impression que la chaîne de ma bicyclette a été ôtée et que je pédale allégrement dans le vide…

Ce qui est communiqué ici est absolument sans compromission.

C'est effrayant, dans la mesure où cela ne se prête vraiment à aucun investissement personnel. Je ne peux même pas réellement appeler cela de la peur… C'est une bénédiction, en fait; un soulagement. C'est paradoxal – cela comprend une quantité d'opposés. Ceci n'est pas vraiment une question…

C'est magnifique. Pour ceux qui entendent, c'est la fin de tout.

Comment gérer la peur?

Il ne s'agit pas de gérer la peur – toute idée de *négocier*, tombe, ici. Il n'y a pas de marchandage, mais il y a la peur, alors simplement la peur est ce qui survient. Point. Terminé.

Tout le temps où il y a une pensée semblable à: « C'est la peur, j'ai peur, il faut que je fasse quelque chose à ce propos », l'histoire est là et le manège s'en donne à cœur joie – « Il ne m'aime pas » ou ceci ou cela. Mais si vous la laissez être, cette chose là-dedans – c'est là-dedans n'est-ce pas? (*pointant vers le plexus solaire*) – qui brûle, toute noire avec des ronds verts et tout ça… Sachez juste qu'il y a quelque chose là-dedans et simplement voyez-le.

*
* *

J'accepte qu'il n'y ait pas d'apprentissage, pas de processus, mais est-ce qu'avoir eu des aperçus ou des expériences crée une sorte d'environnement dans lequel vous pouvez aisément vous réunifier?

Oui. Ce n'est pas quelque chose que *vous* faites, mais il est certain qu'aussi bien chez ceux qui viennent à ce genre de réunion que chez ceux qui n'ont absolument jamais entendu parler de ce qui se dit ici, ce qui commence à se produire c'est que la lumière dissipe ce qui n'est que ténèbres apparentes. La lumière est la seule chose qui soit ici. Tout ceci est uniquement lumière. Tout ceci est uniquement lumière avec un peu de couleur et de mouvement dedans. Il n'existe rien de tel que l'obscurité – l'obscurité est simplement moins de lumière. Ainsi la lumière dissipe une apparente obscurité.

Est-il possible qu'une idée vienne à l'esprit et qu'il l'étiquette « Dieu » ?

Oui, tout à fait. L'esprit vit dans les références, les petites cases, les noms et les étiquettes. Et même pendant le déroulement de cette conversation, il pourrait y mettre une étiquette et affirmer que l'éveil est en train de se produire.

Et il est acceptable que l'esprit fasse cela ?

Absolument. Tout est acceptable. La seule difficulté est qu'il peut survenir une identification aux informations rassemblées par l'esprit – l'idée peut alors surgir d'adopter une méthode quelconque pour hâter ce qui est déjà en train de se produire. Mais cela n'a pas d'importance.

Alors que je reste au lit ou que je vienne ici est égal ?

Rester au lit aurait été parfait – comme l'est le fait de venir ici.

*
* *

Vous dites que les pensées ou les émotions nous pénètrent, cela signifie-t-il qu'elles entrent au-dedans de nous ?

Tout en réalité surgit uniquement dans la conscience. Être

assis ici, en fait, surgit en cela. Comme il n'est qu'unicité, il n'y a, en fait, ni dedans ni dehors. Nous avons tendance à considérer les choses comme étant au-dehors et cherchons à en tirer quelque chose. Le mur n'est pas là-bas – il surgit en ceci. Il n'y a pas de « là-bas » - seulement conscience en laquelle tout se manifeste. Tout le temps où il y a l'impression d'un corps/mental localisé en un endroit, vous pouvez prétendre que tout se présente seulement à cet endroit. Tout se présente uniquement dans la conscience. Ce mur ne peut être là sans la conscience ; la conscience permet au mur de se produire.

La pensée ne naît-elle pas dans le cerveau ?

Non, à vrai dire, elle provient uniquement de la conscience. Pour moi, le cerveau n'est qu'un ordinateur ; une simple chose de plus qui surgit à la conscience. Il n'y a que l'apparence du cerveau et la pensée surgit dans la conscience. Rien ne peut être, hormis dans la conscience.

Le fait d'être réalisé vous donne-t-il un sentiment de solitude ?

Au début, il y a une impression de solitude, parce qu'il y a la réalisation que ce qui a été vu, apparemment n'est vu par personne d'autre. Et il y a aussi le sentiment qu'il n'y a aucun moyen de le communiquer. Dans un autre sens bien sûr, vous êtes l'un, qui ne peut être seul – tout est le bien-aimé. En fait, tous les autres sont esseulés faute de trouver l'aimé.

Après que Tony Parsons eut traversé le parc, il y eut une sorte de fort mouvement alternant, du dehors vers le dedans. Lorsqu'il y a mouvement vers le dehors, il y a un sentiment d'y être seul. À présent, il n'y a plus aucune impression de ce genre.

Ce qui se produisit dans le parc fut non seulement qu'il y eut la vision : « Je suis tout ce qui est », mais vint aussi : « Tout ce qui est, est ceci. » À la suite de quoi, il se produisit un vif engouement pour ceci de la part de Tony Parsons. Dans le jeu du « moi », il y eut une forte inclination à retourner à l'être. Je continuais encore à penser qu'il y avait un choix possible. Je passais mon temps à ce que j'appelais « me rebrancher », ce qui consistait à me ramener à la conscience d'être assis là sur une chaise ou n'importe quel autre rappel du même genre. Un temps, je m'imaginais que c'était « moi » qui choisissais de faire cela. Pendant un certain temps encore, j'ai continué à penser qu'il y avait quelqu'un là pouvant opérer des choix.

Bien longtemps après, la dernière pièce du puzzle tombait en place. Cela coïncida avec le fait de voir qu'en réalité, ce n'était pas « moi » qui choisissais de se « rebrancher » mais qu'en réalité, c'était l'unicité apparaissant en tant qu'activité à laquelle se livrait Tony Parsons.

*

* *

Pouvez-vous nous donner un conseil quelconque ?

Oui – ne prenez pas de conseil ! Non, vraiment, fondamentalement il n'y a rien. Ceci est un des rares endroits où l'on paye pour ne rien avoir.

Cela se vend bien !

Oui, mais jamais aussi bien qu'un endroit où l'on va pour acquérir quelque chose. C'est bien plus populaire. Ceci est d'une rassurante impopularité !

*

* *

Pourrait-on dire qu'il y a des niveaux de compréhension ?

Oui, cependant l'ultime compréhension est la réalisation qu'il n'est rien à comprendre.

En ce qui concerne la communication, il ne fait aucun doute que la seule communication claire va du rien au rien. Ceci est le rien parlant au rien, et le rien, si vous voulez, se tient là-bas et crie « Hourrah ! » Mais l'esprit qui tente d'habiller cela, fait : « Oh non ! » ou « Oui, mais... » Il n'est qu'une communication : du rien au rien. Toute idée qu'il est différents niveaux depuis lesquels parler aux gens n'est qu'ignorance ou arrogance.

Il fut un temps où, il n'y a pas si longtemps de cela, j'avais une quantité d'expériences d'unicité. Elles s'en sont allées à présent et il me vient parfois à l'esprit que j'en suis plus éloigné que jamais.

Je n'utilise pas le terme expérience car il implique l'existence de « quelqu'un » faisant l'expérience, mais des moments d'unicité peuvent se produire et ensuite apparemment ne plus être là pour un temps. Cela varie de personne à personne. Mais c'est totalement régulé – il n'est qu'une certaine quantité d'unicité que le corps puisse tolérer, et ensuite il lui faut retourner à la contraction, jusqu'à ce que vienne le temps où cela peut être entièrement accepté par le corps. C'est quelque chose de très énergétique.

Est-il important de suivre le désir lancinant pour l'unité que l'on éprouve au fond de soi ?

Non. Il n'y a aucun moyen de *suivre* cela – il y a simplement désir lancinant.

*

* *

Quand Tony est devenu « pas-Tony », n'y eut-il aucune idée de retour en arrière comme, par exemple, demander le pardon de quelqu'un ? Quelque chose de ce genre s'est-il jamais présenté ?

Cela ne s'est pas présenté, simplement parce qu'il fut vu qu'il n'est rien à pardonner, ni personne pour le faire.

Alors, pas de culpabilité ?

Pas de culpabilité, non. La culpabilité et le sentiment d'être la cause de, d'être responsable de, sont très vite tombés – en fait, ils se sont virtuellement évanouis en l'espace d'une nuit. J'ai l'impression que la culpabilité et la responsabilité disparaissent très rapidement pour quantité de gens. Qui est là pour être coupable ou responsable… et pour quoi ? Rien ne se passe.

Amsterdam

Décembre 2002

Quelqu'un aux Etats-Unis a lu *As It Is*.[1] Très pointilleux et très pédant, il nous a écrit toutes sortes de critiques – « Pourquoi avez-vous des illustrations dans le livre ? Comment pouvez-vous illustrer cela ?... Saviez-vous que quelqu'un avait déjà écrit sur le sujet du secret ouvert en 2002 avant J.-C. ? Pourquoi n'en avez-vous pas fait mention dans la préface du livre ?... Vous dites qu'un instant de présence vaut plus que mille ans de bonnes actions. Comment avez-vous calculé cela ? Est-ce exactement mille ans ? »

Quelque chose dans le livre l'avait vraiment effrayé. Quelque part il cherchait à le rejeter en se focalisant sur des choses réellement sans aucune importance.

Une semaine plus tard, il envoyait un autre e-mail disant que de dégoût il avait jeté le livre à travers la pièce mais qu'ensuite il l'avait ramassé et il écrivait : « Je me suis mis à le relire et quelque chose d'horrible est arrivé... le livre s'est redressé et m'a sauté à la figure. »

D'une certaine façon, il s'est brusquement mis à voir ce qu'une semaine plus tôt, il avait totalement refusé. Sa soudaine perception de ce que disait réellement le livre pulvérisa complètement toutes les idées qu'il avait eues à propos de tout ce qui n'allait pas avec l'ouvrage. Il eut ce très joli mot : « Ce que j'ai fait pendant des années et des années est essayer de comprendre l'illumination ; je me suis efforcé d'en saisir tous les rouages pour l'appréhender totalement. Et maintenant, je vois que c'est comme tenter de rapporter l'océan chez soi dans un pot de confiture. » J'aime aussi l'image qu'a utilisée Alan Watts – « Tenter de comprendre Dieu est comme tenter de tomber amoureux d'un kilomètre. »

Alors, ce que je voudrais dire aujourd'hui, c'est que réellement il ne s'agit pas d'essayer de comprendre – il n'y a aucune possibilité que ceci puisse être compris. Ce qui se passe ici est le partage de quelque chose qui est totalement au delà de l'esprit, qui n'est pas du tout du domaine de l'esprit. L'esprit peut comprendre les mots et l'esprit peut nourrir des concepts sur la nature de la réalité ou la nature de l'illumination. Dans ce sens, une communication mentale a lieu ici aujourd'hui. Mais ce qui se passe réellement dans cette pièce, c'est que l'esprit est remis à sa place de simple instrument utilisé par l'unicité – l'unicité utilise l'esprit pour créer deux.

Au fur et à mesure que nous grandissons, nous écoutons le mental et nous pensons qu'il va nous guider. Nous tentons de découvrir comment faire marcher nos vies, utilisant le mental comme guide. Et quand cela ne réussit pas, et bien sûr cela ne réussit jamais – nous pensons pouvoir utiliser l'esprit pour trouver quelque chose qui est au delà de lui-même.

Il n'y a aucune chance pour que l'esprit nous conduise où que ce soit en ce sens, car l'esprit vit dans le temps et ce dont nous parlons ici n'est pas du tout dans le temps. Ce dont nous parlons ici est déjà *ceci*, qui est hors du temps. L'éveil, c'est rencontrer l'intemporel. L'éveil est hors du temps et de l'espace. Mais l'esprit va écouter ce qui se dit ici, en tirer une liste et tenter de le transformer en quelque chose qui puisse être emmené en partant.

Nous dînions hier soir avec un ami et il me disait : « Ce qui est merveilleux avec ce que vous dites, c'est que ce n'est pas du genre portable. On ne peut pas l'emmener, le poser sur son bureau, l'ouvrir et se dire : 'Eh bien, voilà ce dont parle Tony. Voilà ce en quoi je dois maintenant m'investir, ou que je doive suivre ou faire.' »[2]

Il est impossible de se saisir de quoi que ce soit se produisant ici, alors ne tentez pas d'en élaborer une liste mentale, ne vous attachez pas à comprendre les concepts. Il s'agit ici d'un lâcher prise de tout concept ayant trait à un quelconque devenir ou se rapportant à un cheminement spirituel. Fondamentalement, tout ce qui est, est *ceci* – il y a simplement et uniquement *ceci*.

L'illumination n'a rien à voir avec vous, rien à voir avec une transformation personnelle. Ayez la sensation qu'il n'est personne assis là. Ayez le sentiment que tout ce qu'il y a est espace, que tout ce que vous êtes est espace – simple espace, en lequel les choses apparemment se produisent. Lorsque cela commence à prendre le dessus, d'une certaine façon, le soi s'efface – ce n'est qu'un mirage de toute façon – et tout ce qui reste est ce qui est.

Pour l'esprit, « ce qui est » est très ordinaire, sans rien de spécial. Lorsqu'il est vu sans entrave, lorsqu'il est vu simplement et clairement, « ce qui est » se révèle empli de merveille. La simple vision de la manifestation qui survient puis s'efface, apparaît pour disparaître – c'est tout ce qui se passe. C'est un miracle absolu.

Et ce qui survient est sans signification, cela n'essaie d'aller nulle part – un simple parterre de fleurs. Et cela comprend tout – douleur, souffrance, frustration… Toutes ces choses simplement se lèvent et retombent. Lorsqu'elles surviennent dans la vision claire, toutes les inquiétudes et toutes les anxiétés ne font qu'apparaître pour re-disparaître. Il n'est personne pour s'y accrocher – elle ne peuvent adhérer à qui que se soit – il n'y a qu'un regard neutre qui les voit survenir et disparaître.

Toutes les pensées qui m'arrivent ici – m'appartiennent à *moi* – elles n'arrivent pas pour vous ou pour qui que ce soit d'autre. Les pensées qui surviennent en ce corps/mental surviennent uniquement, semble-t-il, pour que ce corps/mental découvre qu'il n'est personne là ayant ces pensées. Mais, oui, les pensées qui surviennent ici ne sont pas comme les pensées qui surviennent là-bas *(pointant vers quelqu'un d'autre)*. Son mur est son mur – votre mur est votre mur.

Mais ce n'est pas qu'elles soient personnelles dans le sens où elles auraient une quelconque signification – elles sont personnelles parce qu'elles sont l'aimé. Tout le temps où il y a une apparente personne là, ce qui arrive est traduit de façon personnelle. Ce qui se produit, se produit de façon singulière et unique pour l'apparent chercheur et fait partie du processus conduisant à la découverte qu'il n'est qu'unicité. C'est l'amour, l'amour inconditionnel, se révélant au chercheur à travers des indicateurs pointant tous en direction de la découverte de l'unicité.

Et il n'est pas de but ?

Non.

Alors, c'est un peu fou ?

C'est l'amour fou. L'amour est fou. L'amour n'a aucune considération pour ce monde.

L'amour envahit et bouleverse ce monde, il l'enserre de son étreinte. L'amour tourne ce monde en un non-sens. La réalité tourne en non-sens la façon dont nous envisageons le monde et l'idée qu'il ait un dessein et qu'il nous mène quelque part. Il n'est nulle part où aller – et il n'en fut jamais autrement. Nous vivons dans une sorte de folie, étant conduit à faire ceci et cela, à tenter de faire ceci et cela, alors que ce que nous cherchons est déjà là. Ce que nous cherchons est en ce qui est, mais nous pensons que nous le trouverons là-bas.

Il n'est que l'un, il n'est que la source, et donc tout ce qui survient est la source. La présence n'est pas quelque chose là-bas, que vous devez trouver – il n'y a que présence. En ce moment même, il n'y a que présence ; tout ce qui est, est l'un. Les pensées qui arrivent sont l'un en train de penser… La quête qui se produit est l'un en quête de lui-même. Tout ce qui apparemment survient est simplement l'unicité se manifestant. Il n'est rien qu'unicité. Alors vous ne pouvez jamais avoir faux.

*
* *

Hier soir, je ne pouvais pas dormir, ce qui est rare pour moi. C'était à la suite de quelque chose que vous aviez dit – cela donnait l'impression qu'une sorte de structure était en train de s'écrouler. C'était si vide et tellement rien... Il n'y avait pas de « moi », et c'était si étrange et effrayant d'une certaine manière.

Au début cela peut être un peu effrayant car cela donne l'impression d'une trop vaste liberté. « Je veux retourner à une sorte de confinement où je conserve l'impression d'être encore en train de diriger le show. »

Oui, être dans le « moi » procure un plus grand sentiment de sécurité – c'est quelque chose qui vous occupe ou vous préoccupe.

Oh, absolument. Je crois que c'est Ouspensky qui a dit : « La chose la plus difficile à lâcher est votre souffrance. » Le « moi » est quelque chose avec lequel nous avons grandi – nous le connaissons bien, nous y croyons vraiment. Alors quand il commence à s'évaporer, c'est comme perdre un vieil ami.

Parfois, je pense que ce que d'aucuns appelleraient des survenues négatives, telles que la peur et la colère, sont, d'une certaine façon, des tentations à revenir au « moi ». C'est comme si elles intimaient : « Reviens ici ! ».

C'est confortable et douillet.

Je trouve qu'il est vraiment difficile de dire « Non merci ».

Il y a quelqu'un en Angleterre qui parle beaucoup de combat, lutter pour trouver ceci. S'accrocher à ce combat, c'est s'accrocher à une identité. Dans son cas, l'identité est, en fait, virtuellement partie, et la chose qui la maintient encore là est la lutte.

*

* *

Quand vous ne pouvez vraiment croire en vos propres souffrances, vous avez également du mal à croire en celles des autres et cela irrite beaucoup les gens.

Oui, c'est menaçant. Ce que vous dites, c'est que la souffrance survient mais sans être approprié par qui que ce soit. Il n'est personne qui souffre. Et ça, c'est une menace pour le monde normal.

Cela rend plus difficile d'avoir une conversation normale, ou ce que les gens considèrent une conversation normale.

Et puis, cela aussi passe, et vous vous mettez à pouvoir avoir des conversations tout à fait normales. J'ai une conversation normale avec mon beau-père chaque fois que je l'emmène faire du shopping. Je passe le prendre le matin et nous avons ces merveilleuses conversations au cours desquelles il dit : « C'est très facile pour ces politiciens, ils peuvent promettre n'importe quoi pour gagner des votes, et quand il s'agit de tenir ce qui a été promis, il n'y a plus personne ! » Et je joue le rôle et rentre dans le jeu pour répondre : « Oui, tu as tout a fait raison. »

Dans un sens, il a raison. Tout le monde a raison... L'esprit essaie toujours de prouver qu'il a raison.

*
* *

D'un côté, il y a ce désir lancinant pour l'éveil et de l'autre, il semble y avoir de plus en plus de résistance. Comment prendre le dessus sur la résistance ?

Il en va de même pour tout le monde en réalité. La plupart des gens cultivent de grands espoirs à propos de la découverte de qui ils sont et ils pensent que l'illumination va être la réponse à tout. En même temps, ils en sont également très effrayés...

En tout cas, *vous* ne pouvez y faire quoi que ce soit – bien qu'il puisse être très clair que tout ce qu'il y a là est résistance ; que tout ce qui survient est résistance. Ne la combattez pas – *vous* ne pouvez rien faire, il n'est personne.

Ce qui peut devenir clair est que rien n'est l'ennemi. Il n'y a pas une chose appelée « résistance » qui lutte contre l'unicité. La résistance est l'unicité ; la résistance est l'un résistant ; l'unicité résistant à sa propre découverte par elle-même. C'est ça le corps du drame qui se joue : la résistance à voir qu'il n'est qu'unicité. C'est ça le jeu qui est créé. Tout ce qui se déroule ici est l'unicité résistant à sa propre découverte.

Personne n'est relégué hors de l'unicité. L'unicité est ce que nous sommes. Tout ce qui se passe ici est la mise en évidence qu'il ne peut en être autrement. Tous, nous sommes l'unicité mais nous ne le savons pas et en éprouvons un désir lancinent. Et ce désir profond est divin. C'est ce qui est merveilleux à ce propos – c'est absolument parfait. Ceci est l'unicité se manifestant. Et quelle qu'en soit la forme, c'est absolument, divinement, parfait. Il n'est nul besoin que cela change.

Cela semble rendre tout cela très paisible.

Pas nécessairement, non. Si l'on ne peut être autrement que paisible, on est dans une autre prison appelée « être paisible ». Bien sûr il y *a* une paix en ceci, il y a quelque chose de merveilleux à vivre en tant que ceci...

La vie va constamment jongler avec vous et vous bousculer – jusqu'à ce que l'unicité reprenne la main et qu'il y ait simplement ceci. La vie se poursuit alors comme auparavant, mais il n'est plus personne pour être bousculé.

Les choses s'intensifient-elles avant qu'intervienne le changement ?

Pour certains, oui, mais il n'y a pas de règle. Il est certain que tout le temps où il y a là quelqu'un en recherche, quelque chose surviendra et dérangera tout cela dans la mesure exacte où il y a besoin que ce soit bousculé. Il y a des gens qui vivent dans ce que j'appelle une cage de verre. Ils sont très détachés, mais c'est en quelque sorte un détachement personnel. La cage de verre est pulvérisée par la vie – et l'amour s'épanouit.

C'est un vrai défi d'aimer ces choses qui rendent une impression de difficulté lorsqu'elles se produisent.

Certes, c'est un défi, mais un défi que vous n'avez pas besoin de relever, parce qu'il n'est personne là pour le relever. Cela survient, simplement.

*

* *

Pouvez-vous dire quelque chose à propos de l'inspiration, telle qu'elle peut surgir pour les artistes ou les compositeurs ? J'ai eu moi-même l'expérience de combien les choses se passent bien quand je ne suis pas là.

En ce qui concerne ce que vous pourriez appeler un artiste ou un compositeur, il peut y avoir claire vision ou sentiment qu'il n'est personne là à travers l'expression du talent. Vous pourriez dire, par exemple, que Mozart n'était plus là lorsque la musique se produisait à travers lui. Mais il semble bien que cela opérait uniquement dans le champ de la musique – je crois qu'il éprouvait beaucoup de difficultés dans d'autres domaines de la vie.

La musique est-elle le chant de l'unicité ?

Tout est le chant de l'unicité. Pas seulement Bach et Mozart – le marteau piqueur l'est tout autant… En aucune façon l'unicité ne s'exprime plus à travers une merveilleuse musique ou par l'art qu'à travers n'importe quoi d'autre. Le rock le plus sauvage est le silence produisant un bruit. Émotionnellement et culturellement vous pouvez penser qu'il y a une différence, mais c'est de l'ordre de l'expérience personnelle et du conditionnement ; cela n'a rien à voir avec l'éveil.

Les gens pensent que l'éveil a trait au fait d'être spirituel. Je connais quelqu'un qui affirme que Turner est plus proche d'exprimer la conscience que Picasso parce que le travail de Picasso provient entièrement de l'ego. C'est absolument n'importe quoi. Des affirmations de ce genre, tendant à faire avaler qu'une chose est plus sacrée qu'une autre, n'ont absolument aucun sens. Autrement on ne devrait contempler que les peintures de Turner et n'écouter que du Mozart – et vous atterrissez pile dans une autre prison.

Alors il n'est pas de place pour l'effort ?

Qui va exercer l'effort ? Trouvez la personne qui peut choisir de faire l'effort. Ce que nous sommes véritablement n'a rien à voir avec l'exercice de l'effort. Dans le monde, vous pourriez souligner que l'effort accomplit des choses – et que par conséquent si l'effort accomplit, nous pouvons accomplir l'illumination. Nombre d'enseignements partent du principe qu'ils s'adressent à quelqu'un qui a un pouvoir de choix et une capacité d'agir autonome, pouvant faire un effort pour atteindre quelque chose appelé illumination. C'est ancré dans une profonde ignorance.

Est-ce qu'au moins cela n'aide pas d'avoir un intérêt pour atteindre l'illumination ?

L'éveil n'est pas atteindre – mais perdre quelque chose. L'intérêt que vous évoquez, n'est pas *vôtre* – il n'est personne là pour avoir un intérêt – c'est simplement *de* l'intérêt qui survient. De l'intérêt pour le sujet peut se produire, mais il y a aussi des gens qui n'ont aucune idée de ce dont nous parlons ici, qui n'y portent aucun intérêt, et l'éveil peut se produire.

Je note que les gens semblent comprendre ce dont nous parlons bien plus qu'il y a quelques années. Que se passe-t-il ?

De nos jours, ce message, si vous voulez, est transmis de façon tout à fait directe. Auparavant, ce l'était d'une façon obscure. Il est très apparent que les gens sont ouverts à entendre ceci très directement. Bang ! Sans rien pour l'enrober ou l'obscurcir.

*

* *

Quelle est la source de tout cela ?

Tout *est* la source. Il n'y a que la source. Cette manifestation est la source se manifestant. Il n'y a qu'être, et émergeant de l'être, il y a « moi ». Vous prétendez qu'il y a un « moi » et vous vous êtes leurré vous-même si longtemps que vous y croyez réellement. Vous êtes en proie à la croyance qu'il y a là quelqu'un.

Pourquoi ?

Pourquoi pas ? C'est l'amour qui déborde. L'amour déborde et se manifeste comme l'un étant deux. Tout ceci n'est que charges négatives et positives apparaissant en tant que murs, poissons et corps. Et la conséquence du deux, c'est le jeu du paradis perdu – nous perdons le paradis pour pouvoir le retrouver à nouveau. C'est un jeu, c'est le mélodrame de l'un se cherchant lui-même.

Du sein de l'unicité surgit le désir de retourner « chez soi » et aussi la fascination de ne pas y retourner. Cela fait partie d'une sorte de rêve appelé « moi, vivant une vie fascinante » en lequel il y a une aspiration à faire marcher cette vie. Parce que lorsque vous avez fait beaucoup d'argent, avez une bonne épouse, une bonne santé et le reste, vous avez créé quelque chose que vous pourriez appeler votre « chez soi ». Une sorte de « chez soi » artificiel. Mais ce n'est jamais vraiment satisfaisant, car toujours, il y a ce désir lancinant d'être un.

C'est le mélodrame, et ce drame ne va absolument nulle part. Il est simplement là et le joueur découvre parfois qu'il est lui-même tout cela, y compris la scène, le public, les lumières… Tout ce qui se produit est dénué de toute signification, mais c'est si captivant, tellement fascinant, que l'esprit est absolument sûr que tout cela a un sens et va mener quelque part. Cela n'y parvient jamais, mais semble toujours y conduire.

*

* *

Tony, il y a des choses que j'aime tant – l'art, la musique… J'éprouve aussi un très fort attachement envers les gens, et j'ai le sentiment que cet attachement est une entrave.

Oui, il peut l'être.

Je pense que c'est douloureux d'être tellement attaché aux gens, aux situations, aux endroits…

La douleur vous invite à voir que ce que vous êtes est au delà de l'attachement. Tout ce qui se produit dans le cadre du mélodrame vous dit qu'il y a autre chose.

Je sens que je ne peux lâcher cet attachement.

Non, vous ne le pouvez pas. Mais d'une façon ou d'une autre, il y a ici l'entente directe qu'il y a autre chose et qu'il n'est personne là, qu'il n'y a en fait aucun attachement, seulement une apparence d'attachement – c'est entendu en direct et quelque chose d'autre commence à se produire.

L'attachement disparaît ?

Au bout du compte « vous » disparaissez. Ce qui disparaît,

c'est « vous », et tout le reste avec. C'est vous qui avez cet attachement – vous êtes le riche. Vous pouvez n'avoir aucun argent du tout, mais être empli d'attachement.

Avec l'illumination, j'ai l'impression que je vais perdre ma famille, que les choses n'auront plus aucune signification pour moi et j'ai peur de cela.

Oui, bien sûr, qui n'aurait pas peur ? Vous allez tout perdre – ce que vous pensez être tout. Pendant tout le temps où il y a là un « moi », ce « moi » conserve un ensemble de choses autour de lui qui le maintient à flot. Et ces choses sont tout pour le « moi ». C'est pourquoi le Christ à dit : « Il est plus difficile à un homme riche d'entrer au royaume des cieux… »[3] Ou, « Quel avantage pour un homme à gagner le monde… ? »[4] Et par « monde », il entendait famille, enfants, musique, etc. – autant de choses qui maintiennent le sens de l'existence d'un « moi ».

Lorsque que tombe le « moi », toutes ces choses tombent aussi ; vous perdez tout. Et dans le lâcher de tout ça – que *vous* ne pouvez provoquer – rien ne subsiste hormis tout. Quand il n'y a plus rien, il y a tout. Et alors, musique, enfants et le reste trouvent leur place en ceci, pourrions-nous dire, plutôt que d'être ce qui maintient le « moi » en place. Pour la première fois – et c'est ce qui est si beau et si merveilleux dans tout ça – il y a un véritable amour pour les enfants, un véritable amour pour la musique au lieu de l'attachement qui maintient le « moi ».

A Londres l'autre jour, quelqu'un a demandé : « Supposé que je vous dise être toxicomane… » Je répondis : « Eh bien, tout le monde dans cette pièce est accro, en fait. » Pas nécessairement aux drogues, au jeu ou à l'alcool, mais principalement au « moi » – nous sommes tous accro à la drogue du « moi » et tout ce qui vient avec. Quand cela tombe et qu'il n'y a plus de dépendance, il reste simplement la vie. Vous n'êtes personne – vous êtes la vie. Une fois qu'il n'est personne, il y a simplement vision de la vie. Libération épousant la vie.

La chute du « moi » semble prendre bien du temps.

Il semble que cela prenne du temps au chercheur apparent. Il n'en est rien en fait, car il n'est point de « moi » – seulement être, et être est au delà du temps.

Parfois il y a une grande clarté, et d'autres fois cela semble brumeux, voilé de poussière…

Il vient un temps où c'est simplement là.

Il vient un temps, dites-vous…

Certes, en ce qui concerne l'esprit. Michael Reid vous dirait qu'il vint un temps où il n'y eut tout simplement qu'être. Il ne fait que vous donner une information. En fait, il sait et je sais qu'il ne fut jamais un temps où il fut quoi que ce soit d'autre qu'être, tout simplement.

Pour moi, j'ai le sentiment que la partie dépendance ne fait que se renforcer.

Cela arrive. Souvent, lorsque les gens se rapprochent de ceci, il semble que l'attrait pour les choses auxquelles ils accordent le plus de valeur devient plus fort, plus présent, comme pour tenter de les retenir dans le rêve. Ce n'est pas comme cela pour tous, mais ça l'est pour certains. Pour d'autres, cela s'évapore, tout simplement.

*

* *

En entendant cela, on est frappé par la simplicité de la chose, et pourtant l'esprit veut que cela soit complexe.

Oui, l'esprit a horreur de ça – il est là et veut en faire quelque chose. Lorsque quelqu'un vient du rien et ne dit rien – ce qui est réellement ce qui se passe ici – les gens s'en emparent, se le mettent en tête et le réinterprètent.

Il est fascinant de voir à quel point cela devient compliqué. Il y a probablement cinq cents écoles de bouddhisme, six cents différentes formes de chrétienté… En fait, la réalité est totalement simple et directe – c'est ceci. Mais dès que l'esprit s'en empare – ou tente de s'en emparer – il doit le compliquer. Il faut qu'il le subdivise en une multiplicité.

Ce jeu de cache-cache auquel nous nous livrons va-t-il dans une direction quelconque ?

Non, il n'y a pas de direction. Il n'y a jamais eu de sens. Il n'y a rien qui aille où que ce soit. Il n'y a pas de destinée car il n'est nulle part où aller. Ce n'est que dans la tête que réside ce qui est appelé volonté de Dieu, ou l'idée que tout progresse dans une direction donnée. Rien ne bouge – rien n'a jamais bougé.

Je n'étais jamais tombé sur un enseignement clair et absolument non duel avant ces temps-ci. Il y eut des enseignants spirituels tels que le Christ, Bouddha, Lao Tseu qui prônaient bien la voie directe, mais dont les enseignements furent recouverts de notions erronées au fil du temps. De nos jours, la voie est totalement dépouillée et ouverte. Vous pourriez dire, si vous pensez en termes historiques, que l'enseignement est devenu maintenant très direct, sans compromission et qu'il est devenu disponible. Pas en beaucoup d'endroits, mais il est accessible.

En fait, tout ce dont vous parlez est apparence. Rien ne se passe – rien ne s'est jamais passé. Ce qui apparaît est l'amour inconditionnel et en tant qu'invitation, il apparaît totalement équilibré des deux côtés. Ce que l'esprit considère comme bon dans le monde est contrebalancé de façon égale par ce qu'il considère comme mauvais. Il n'y a en fait rien de tel, mais c'est ce qui est apparent. Il y a là l'apparence d'une totale neutralité conduisant à la reconnaissance du fait que la totalité de ce qui apparaît est sans but ni direction.

C'est magnifique. C'est absolument remarquable. C'est l'amour inconditionnel disant : « Voyez ! Voilà un monde qui paraît avoir une direction, qui semble en route pour quelque part, et il y a toutes sortes de conflits et de batailles qui grondent, mais, en fait, il ne va nulle part. » Je ne peux faire marcher ma vie et nous n'allons jamais sauver le monde, car il est, déjà tel qu'il est, constamment en parfait équilibre.

Que dit-il réellement ? Il dit qu'il n'est qu'unicité. C'est toute sa beauté. Son absence de sens est sa beauté.

Tout ce que je peux dire, c'est : « Il n'est que ceci. » Ceci est le silence faisant un bruit ; l'immobilité en mouvement. Mais il n'est aucun moyen de l'expliquer – il n'y a aucune possibilité que l'esprit puisse jamais l'accepter ou le comprendre.

*

* *

J'ai dans l'idée qu'il me faut apprendre quelque chose, que je devrais emmener avec moi ce que j'entends ici.

Vous tentez de vous en souvenir, n'est-ce pas ?

Oui.

Ne le faites pas. Ce qui se passe ici est quelque chose de bien plus profond et de bien plus dramatique que les mots. Ce qui se passe est que le « moi » est simplement en train de tomber. Votre présence ici est l'indice du début de cet effacement. Il n'est rien que le « moi » puisse faire au sujet de cette disparition – il disparaît, c'est tout. Vous n'avez pas besoin de savoir tout cela – vous n'avez pas besoin de vous souvenir de quoi que ce soit qui est dit ici. « Vous » êtes en passe d'être investi, relevé de vos fonctions, si je puis dire… Il est trop tard maintenant pour l'esquiver. Quelque chose est entendu au-dedans, qui ne peut jamais être oublié. L'esprit peut tenter de le dévaluer, mais cela sera toujours présent et finalement reconnu.

Pourquoi devrais-je venir ici ?

Il n'est rien que vous puissiez faire à propos de venir ou de ne pas venir. Exactement comme il n'est rien que vous puissiez faire au sujet d'entendre ou de ne pas entendre ce qui se passe ici. N'est-ce pas cool ? Ne vous en faites pas – tout ce qui se passe réellement, se passe totalement en dehors et au delà de vous.

Y a-t-il une sorte de bataille ?

Il *semble* y avoir une bataille entre « moi » et être... Bien que l'être ne soit pas, en fait, engagé dans la bataille – c'est le « moi » qui lutte.

J'ai l'impression que beaucoup ont peur de lâcher le « moi » et disent simplement « oui » à tout ce qui survient.

Je ne parle pas ici d'acceptation ou de dire oui ou non. Dans un sens, parler d'acceptation et d'abandon et de dire oui est une autre sorte d'enseignement. Directement l'esprit saisit que c'est une bonne idée de tout accepter, et il va se mettre à tout accepter – peut-être pour trois ou quatre heures. C'est pareil avec le « Soyez ici et maintenant. » Balivernes, l'esprit s'empare simplement d'une idée – « Dis oui à tout ! »... « Abandonne-toi ! »... – Qui va s'abandonner ? Qui le veut, de toute façon ?

Que peut-on faire, alors ?

Rien. *C'est* en train de se faire. C'est tout. C'est ceci. Il n'est personne là pour faire quoi que ce soit. Quoi qu'il se produise, est ceci. Il n'est rien qui ne soit l'un. Si vous ne pouvez le voir, c'est l'un ne le voyant pas.

Et c'est ça la blague. Lorsque survient l'éveil, il est accompagné de beaucoup de rire. La chose dont on tentait désespérément de se saisir, toute cette recherche... uniquement pour découvrir que déjà il n'est que ceci – c'est une vaste plaisanterie.

Tout le temps où il y a quelqu'un qui cherche, il y a quelqu'un attendant que se produise quelque chose. Après qu'apparemment cela se soit passé, il est vu que rien ne s'est passé. Des gens me disent : « Ce que vous faites ou ce que vous dites a trait à la destruction du chercheur. » Mais il n'est personne qui puisse détruire le chercheur. Tout le temps où il y a un « moi », il y aura quête. Il ne peut en être autrement car la pulsion du « moi » est entièrement tournée sur la découverte de ce qu'il désire si ardemment. Rien ne peut interrompre cela avant que le « moi » ne soit plus, avant que celui qui cherche ceci, soudain s'aperçoive que tout est ceci.

*

* *

À qui parlez-vous ?

Je ne parle pas la plupart du temps. Tony Parsons vient ici, mais en fait cela le traverse... venant de nulle part. Personne ne parle à personne. Il ne s'agit pas d'un esprit s'adressant à un autre – c'est le rien parlant au rien. À l'évidence, il y a des mots, car il y a là un esprit. Une communication s'établit également à ce niveau, mais fondamentalement ce qui se passe, c'est le rien communiquant au rien. Il y a quelque chose dans cette pièce de sous-jacent aux mots.

La difficulté réside dans le fait que les mots provenant du rien sont happés par l'esprit. L'esprit est comme un piège à rêves. Il s'empare des mots et les transforme en quelque chose qu'il peut utiliser pour mettre en avant l'idée qu'il y a quelque part où aller et quelque chose à obtenir. Il est constamment en train de filtrer la réalité et de la transformer en irréalité.

Fondamentalement, c'est ce que nous faisons. Après l'enfance, l'esprit tourne tout en irréalité. L'irréalité est que vous vivez dans un monde de séparation. C'est intentionnel, c'est divin, mais nous prenons cela au sérieux. Nous sommes sur une scène, dans une pièce de théâtre ou dans une parabole appelée « vie », mais nous nous imaginons que tout ça est réel et que cela a de l'importance.

Diriez-vous que ce qui se passe ici est une lente érosion de l'esprit ? L'œuvre de son épuisement ?

Oui, bien que cela ne se passe pas toujours dans la lenteur. Quelqu'un peut venir à quelques réunions et le mental simplement abandonner dans la foulée. Cela peut se produire en un instant, bien sûr. L'esprit abandonne et prend sa juste place. Sa place naturelle de simple outil au lieu de ce qu'il prétendait être, trônant soi-disant aux commandes pour apparemment tout gouverner.

Il abandonne tout effort pour comprendre ?

Oui. L'effort pour comprendre vous maintient sur une voie. Dans un sens, évidemment, il vous faut parvenir à une certaine compréhension qu'il n'est rien à comprendre. Mais parvenu là, où allez-vous ? Vous avez tout perdu, voyez-vous.

Un de nos grands acquis est notre compréhension. Mais vous pouvez totalement perdre tout cela et soudain vous êtes confrontés à *ceci*. Et c'est tout simplement merveilleux.

Comprendre et chercher sont une seule et même chose ?

Oui.

Mais quelque chose de merveilleux qui se produit est tout aussi dénué de sens ?

Absolument. Tout est dénué de sens... et cela reste merveilleux ! Aux yeux de personne. C'est la beauté de la chose, être sans but, ni rime, ni raison. Cela ne va nulle part, ne conduit nulle part – c'est unicité pure, c'est tout. C'est ceci. Cela n'a rien à vendre à personne – c'est simplement ce qui est. C'est la liberté totale. C'est la seule et unique révolution.

Quelle est la différence essentielle entre avant que vous traversiez le parc et après ?

La seule différence essentielle est qu'avant que je traverse le parc il y avait quelqu'un qui cherchait ; il y avait un « moi ». Pendant tout le temps où il y a un « moi » séparé, il y a une inquiétude qui cause ou crée la recherche. Ce qui est divin chez le « moi » est qu'il crée le chercheur, il crée la recherche pour découvrir qu'il n'est point de « moi ». Et en l'absence de « moi », il y a simplement ceci, unicité. Et c'est cela la constante.

Êtes-vous donc à jamais dépourvu de « conscience de soi » ?

Il n'est personne ici pour être conscient de soi ou conscient de l'unicité. Il n'y a personne ici. En fait il n'est personne là, personne dans cette pièce – il n'est simplement qu'unicité. Mais, en cette unicité, le soi peut apparaître.

Votre esprit ne retourne donc jamais au moment où il y avait un Tony Parsons ?

Non, il ne le peut pas. Et d'ailleurs, vous non plus. Vous ne pouvez même pas retourner à hier soir. Vous pouvez me dire ce qui s'est passé hier soir, mais c'est ce qui se produit maintenant, en ce moment même. Hier soir n'existe pas – n'a jamais existé.

Alors vous ne pouvez jamais être précis ?

Non, c'est impossible. Ce que vous dites à propos d'hier soir est ce que vous dites en ce moment même. Ce n'est pas hier soir. Hier soir il y avait *ceci*.

Et si vous me dites maintenant ce qui s'est passé hier soir, il y a *ceci*.

*
* *

Y a-t-il des gens qui ne soient pas en recherche?

Non, il n'existe rien de tel qu'un non-chercheur. Tout le temps où il y a une identité, elle est accompagnée d'un sentiment de perte. En termes très simples: enfant, tout petit, nous sommes être pur, mais sans le savoir. Puis un beau jour, notre mère franchit la porte de la chambre et dit: « Tu es John. » Et soudain vous devenez John et elle devient votre mère. C'est l'instant de la séparation.

Aussitôt qu'il y a séparation, la quête se met en branle. Lorsque débute la séparation, vous êtes hors du paradis. Vous avez apparemment perdu le paradis et aussitôt vous partez à sa recherche.

Ce que vous voyez chez un bébé, c'est ce que vous êtes. La différence est que lorsque ce sera redécouvert, si l'on peut dire, il y en aura un savoir, alors que dans le cas du bébé il y a simplement cela sans aucun sentiment de le savoir.

C'est toute l'affaire. Nous quittons le paradis dans le dessein d'y revenir et de le connaître. Nous ne pouvons le connaître sans l'avoir perdu.

Tout le jeu de l'identité de soi est une activité fascinante. Nous nous frappons la tête contre les murs et nous pensons d'une façon ou d'une autre que nous pouvons en tirer du plaisir. Chercher, c'est vous taper la tête contre les murs – trouver, c'est cesser de se taper la tête contre les murs. Il n'est rien à trouver.

Pourquoi le fait-on alors?

Nous ne le faisons pas – cela se produit. Nous sommes persuadé qu'il n'est rien d'autre au monde que l'identité séparée, la notion "*conscience de soi*" en tant qu'entité séparé. Nous pensons avoir une vie et sommes absolument sûr – ou l'esprit est absolument sûr – que nous pouvons faire marcher cette vie. C'est là la fascination : « Je vais faire marcher ma vie, d'une façon ou d'une autre... »

Lorsque survient finalement la réalisation que nous ne le ferons jamais, c'est le cadeau. La déception, c'est tout le cadeau de la vie, venant du bien-aimé. Lorsque nous réalisons cela, en dernier recours, il ne reste plus que l'illumination. Mais l'esprit s'en empare aussi : « Ah, ah, c'est la dernière chose qui va enfin faire marcher ma vie. Voilà un objet dont je peux m'emparer pour réussir ma vie. » C'est l'ultime jeu de l'esprit. Et nous continuons à nous taper la tête contre les murs.

Pendant que je suis assis ici, il y a tant de frustration qui se lève à propos de faire, à propos de chercher et de tant vouloir parvenir quelque part...

C'est immensément puissant. Cela vous aiguillonne sans relâche.

J'ai le sentiment que je ne peux pas continuer. (l'intervenant est en larmes)

Mais vous ne pouvez vous empêcher de continuer... Quelle est la sensation dans le corps ?

Une impression de chaleur et une envie de bouger.

Donc, tout ce qu'il y a, c'est cela. Je sais qu'il y a tout un fatras de choses sur la quête et la frustration, mais en fait, en termes très simples tout ce qu'il y a, c'est la chaleur, le mouvement. C'est tout ce qui est visible – c'est tout ce que vous avez besoin de voir. C'est ça le cadeau – simplement voir cela.

Si je vous disais : « Remontez dans votre passé et décrivez la quête à laquelle vous vous êtes livré et ce que vous cherchez, dépeignez l'histoire de votre vie. » Nous en aurions pour trois heures et ne parviendrions absolument nulle part. Car tout ce que nous serions en train de faire, ce serait de renforcer l'idée qu'il y a là quelqu'un qui peut parvenir quelque part. Oubliez l'histoire, oubliez les frustrations et la quête – qui en fait, ne se trouve pas ici en cet instant. Ce qui est ici en ce moment même, c'est de la chaleur. Alors voyez la chaleur.

Mais vous appelez cela un cadeau.

Certes, c'est un cadeau. Quoi qu'il se présente est le cadeau – être assis sur une chaise, boire de l'eau, tenir la main de quelqu'un, entendre la voiture qui passe, sentir la chaleur dans le corps... C'est le cadeau, l'invitation à la noce. Et c'est toujours totalement simple. C'est un sentiment, une émotion... c'est un toucher, quelque chose d'entendu... apparaissant et étant vu.

Débarrassez-vous de toute idée de pénétrer dans l'histoire ; c'est l'esprit qui veut s'immerger dans l'histoire. En fait, c'est réellement magnifique ; c'est absolument simple. C'est ceci, point.

Il n'y a jamais qu'une seule chose. Si vous vous arrêtez vraiment, il n'y a qu'une seule chose – vous frotter le front, boire une gorgé de thé, éprouver un sentiment de colère... je parle de quelque chose d'absolument immédiat et direct.

Il y a toujours quelque chose qui reste non impliqué, dites-vous ?

D'une certaine façon, vous pourriez dire que ce n'est pas impliqué dans le sens où il n'y a pas d'investissement. C'est l'énergie de laquelle tout provient. C'est la constante une – la seule constante. C'est l'invariable constant silence de ce que nous sommes.

Soyons clairs à ce propos – c'est un mystère. Vous n'allez jamais en faire le tour. Dans un sens, les mots sont complètement inopérants, inutiles. Tous les mots employés ici sont mensongers. S'il y a aptitude à entendre quelque chose d'autre, quelque chose qui se passe sous les mots, il est alors une disposition à l'entendre. En l'absence de cela, ce ne sera pas entendu. C'est aussi simple que ça. Et l'esprit fera tout ce qu'il peut pour ne pas l'entendre. Absolument tout.

*
* *

Un professeur de mathématique adresse un fax à sa femme qui dit : « Chère épouse, il faut que tu réalises que tu as maintenant 54 ans et que j'ai certains besoins que tu ne peux simplement plus combler. Autrement, je suis très heureux de t'avoir pour épouse, alors j'espère sincèrement que tu ne seras pas blessée d'apprendre que lorsque tu recevras ce mot, je serai au Grand Hôtel avec mon assistante de 18 ans. Je serai de retour pour minuit. »

Arrivé à l'hôtel, un fax l'attendait : « Cher époux, tu as 54 ans toi-même et au moment où tu liras ceci je serai à l'Auberge des Flots Bleus avec le garçon de 18 ans qui s'occupe de la piscine. Étant un brillant mathématicien, il ne t'aura pas échappé que 18 entre bien plus de fois dans 54 que 54 dans 18. Ne m'attends pas en rentrant. »

Berlin

Janvier 2002

Il n'y a que la source apparaissant...

Au cœur du projecteur, il y a la lumière, une lumière constante. Et le film – que ce soit votre vie, le film Tony Parsons ou un autre – défile dans le projecteur. Il se dévide avec tous les personnages qui en font partie et à la fin, il n'y a plus rien. Seule demeure la lumière.

Ce que vous êtes est la lumière, lumière éternelle. La lumière est la non chose d'où tout émerge. Et ce qui également émerge est ce personnage assis ici. Vous êtes la présence, l'absolu, le rien ou la lumière qui permet à ce personnage d'être là.

La lumière a-t-elle un savoir de ce qui se passe ?

La lumière est le savoir.

La lumière crée-t-elle l'histoire ?

Il n'est pas de création et pas d'histoire – seulement un semblant. Voyez-vous, ceci est difficile, car dans un sens l'histoire émane de la lumière, mais la lumière est intemporelle, totalement impersonnelle et immobile. Par conséquent, il n'y a pas quelque chose dans la lumière en train d'inventer et de fabriquer l'histoire. L'histoire, simplement, se manifeste. Ce n'est pas quelque chose qui peut être compris... C'est le divin mystère.

Et ce qui est encore plus dur à admettre, c'est qu'il n'est ni but, ni intention, ni dessein, ni sens, ni raison, ni orientation, ni direction, ni parcours ou progression – rien que ceci. Il n'y eut jamais de commencement et il n'y aura jamais de fin. Il n'y eut jamais un moment où, disons, la source se reposait et ne se connaissait pas elle-même et ensuite voulut se connaître et créa ceci. Cela ne s'est jamais produit – rien ne s'est jamais produit. Il n'est que l'éternel ceci.

Il y a apparemment une histoire – ici Tony Parsons et là-bas, le monde – mais il s'agit simplement d'une image. Et d'une seule – il n'y en a qu'une seule. L'esprit en fait une série d'images et nomme cela une histoire. Mais en réalité, il ne s'agit toujours que d'une image. Lumière... Unicité.

C'est au delà de la compréhension. C'est un mystère – l'esprit ne peut jamais concevoir cela. Je ne peux que confirmer (et vous me le confirmerez quand il n'y aura plus de chercheur) que la lumière se sait elle-même. Il y a un savoir. Et ce savoir se sait lui-même en tant que tout et rien.

Il n'y a pas quelque chose qui est au repos, et puis qui crée quelque chose. En l'éternelle manifestation, il y a le repos, l'immobilité, et le mouvement, le vide et le plein – tout et tout à la fois. Et jusqu'à ce que cela soit vu, il y a toujours cette subtile séparation du « moi voyant la conscience se manifester. »

Il y a une difficulté avec les mots. Plusieurs mots peuvent être utilisés pour ce que je nomme la source – lumière, présence, absolu, vacuité, conscience, le rien qui est tout, le bien-aimé... J'emploie souvent le bien-aimé. Ces mots signifient tous le *un*.

Lorsque je vous dis que vous êtes la source, strictement parlant, ce n'est pas exact. Il n'est que la source. Il n'est personne là qui soit la source. Il n'est que source, il n'est que présence, il n'est que conscience, (conscience pour moi est un autre mot pour source)... Tout cela, ce sont des mots, ils ne peuvent exprimer ce que vous êtes. C'est impossible.

De la source émane l'amour inconditionnel. L'immobilité est la nature de la source et tout dans le monde, ou dans l'apparence, possède cette nature d'amour inconditionnel, de tranquillité, d'impersonnalité.

Encore une fois, il s'agit de mots. Il n'y a aucun moyen pour qu'ils expriment réellement ce qui est. Il faudra donc que vous me pardonniez les mots. Et puis aussi, vraiment, il faudrait que j'emploie « apparent » devant tout ce dont je parle – l'apparent « vous », l'apparent mur, et cætera... Tout cela n'est qu'apparent – une métaphore, une parabole, une suggestion, le reflet d'une possibilité autre.

L'éveil introduit une perception totalement différente. Ce n'est pas « vous » qui avez cette perception. La perception a lieu, point. Il n'est personne là pour s'en emparer. L'éveil est la réalisation qu'il n'est personne là. Et lorsqu'il n'y a personne, tout ce qui a été dit est vu par personne, y compris le personnage de Pierre, Paul, Jacques ou Marie, qui ne fait lui aussi que surgir en cela.

Et tout le temps il n'y a qu'une seule image ?

Il n'y a que la seule image ou rien du tout. Il n'y a que le bien-aimé. Il n'y a que l'absolu apparaissant en tant que particulier ou pas.

Tout le temps ?

C'est intemporel. Ce n'est pas « tout le temps » - c'est au delà du temps. C'est tout ce qui est. Où que vous alliez dans le monde, quoi que vous voyiez, est source apparaissant... Tout ce que vous voyez est le bien-aimé, apparemment en mouvement, apparemment au sein de quelque chose appelé temps. Il embrasse toutes ces choses qui semblent s'agencer en une histoire.

Apparemment à toute vitesse sur l'autoroute, il ne se passe rien ?

Il n'y a que l'apparence d'un déplacement à vive allure sur quelque chose appelé autoroute.

Y a-t-il une évolution ?

Non, il s'agit d'une autre partie du rêve. L'idée que nous progressions fait partie de l'hypnose. L'évolution n'est qu'une apparence suggérant autre chose.

Un courant d'énergie ?

Il y a de l'énergie. Il y a tout – vide, énergie, tout ce que vous voulez... et c'est entièrement le bien-aimé. Y compris l'illusion qu'il y a là une personne séparée, y compris l'illusion que vous ne le saisissez pas.

Si tout le monde s'éveille à cela, que se passe-t-il ensuite ?

N'oubliez jamais que vous parlez d'un théâtre sans fin. Ce drame comporte toujours ce que vous nommeriez des gens non éveillés. (En ce qui me concerne, une telle chose n'existe pas – je ne vois personne comme éveillé ou non éveillé). La pièce n'aura jamais de cesse car c'est le drame de l'un, du singulier devenant pluriel. Une part de ce jeu, de cette joie, de cette *lîla*, c'est la séparation. « Je vais devenir deux pour pouvoir me lancer à la recherche de ce que je suis. En devenant deux, je vais me sentir séparé de ce que je suis. » C'est là l'amusement. « Je vais me sentir séparé de ce que je suis et m'employer à redécouvrir ce que je suis. »

Cela ne prendra jamais fin, vous savez – l'Afghanistan, le mur de Berlin, l'Empire Romain... Toujours le même mélodrame – simplement sous des noms différents

Ce dont nous parlons réellement ici est quelque chose d'une simplicité absolue. C'est ce qui est, tout de suite, en cet instant même, dans cette pièce. C'est ce que vous êtes. C'est tout ce qui est. Ce que vous êtes est la présence en laquelle ceci émerge. Il y a quelque chose qui voit cela. Quelque chose sait que ce corps/mental est assis ici.

Si vous fermez les yeux, vous pouvez sentir qu'il y a une énergie là que vous pourriez traduire par les mots « J'existe. » Ne la définissez pas, ne dites pas : « Ah, cette une énergie située dans le corps ! » Il y a simplement une énergie : « J'existe. » Changez cela en « présence » et c'est ce que vous êtes – tranquillité, énergie de la présence… Elle est parfaitement impersonnelle et tranquille, et elle voit ce qui apparaît. C'est quelque chose de très simple et de très immédiat et cela a cheminé avec vous toute votre vie, vous a observé en train de faire ceci ou cela, occupé à chercher ceci et à chercher cela… Et dans ce regard même, il y a cette présence – cela qui *est* déjà.

Il y a fugitivement un sentiment d'existence, et puis cela se mue à nouveau en un « J'existe. » Cette propension à l'appropriation semble très profondément ancrée.

Certainement. Au début cela alterne chez les gens. Il y a un tel conditionnement sur l'existence du « moi » qu'il est très difficile de laisser ce sentiment d'existence pure et impersonnelle s'élargir et se développer. Il y a encore un besoin de ramener cela au corps/mental, de le rapporter à l'appropriation. Mais, au fur et à mesure que la présence s'étend, se substitue à l'illusion et devient tout, le « moi » qui cherche à ramener cela dans la contraction s'étiole et finit par s'évanouir.

Nous sommes tellement crispé en « moi » !. Pendant des années, nous travaillons sur « moi », à la réussite du « moi ». L'éveil est comme une explosion de cette énergie contrainte, de cette contraction. Soudain, le petit « moi » explose, devient tout et il n'en reste plus rien. « Moi » est partout.

Le faux-fuyant, c'est l'esprit ?

Oui. Et il est remarquablement malin, en ce qu'il se décrètera appliqué à vous conduire à l'illumination : « Nous allons écouter tout cela, en faire une liste et je te conduirais jusqu'à l'illumination… Je trouverais cette chose pour toi et la mettrais à ta portée afin que tu t'en saisisses. » C'est, dans un certain sens, la chose la plus difficile à résoudre. L'esprit est toujours en quête d'une technique ou d'une autre ; or les techniques sont le faux-fuyant que vous évoquez. L'esprit vous présente en permanence, et de façon très habile, des idées qui éludent et occultent ce que vous êtes. Elles sont toujours complexes et s'ancrent dans le temps, dans le devenir.

*

* *

Jusqu'à il y a un an à peu près, j'animais des séminaires nommés : « Corps de Lumière » et j'adorais ça. Mais après ma première retraite avec vous je ne me sentais plus capable de le faire. J'avais le sentiment d'égarer les gens en leur conseillant d'utiliser certaines méthodes. J'avais l'impression de les trahir parce que ce que je leur disais n'est pas réellement vrai. Je me suis pris à penser que je me fabriquais simplement un bon gros ego spirituel. Mais à présent, il y a une partie de moi-même qui désire remettre ça et une autre qui me dit : « Voyons, tu ne peux vraiment pas faire cela. »

Quelle est la part de vous-même qui dit que vous ne pouvez pas faire cela ?

Celle qui dit : « N'est-ce pas entièrement un artifice de l'esprit, une création artificielle d'unité, d'harmonie et de vérité ? »

D'abord, réellement, il n'existe rien de tel que la vérité. Cela fait partie de l'apparence. En apparence il y a quelque chose appelé vérité et quelque chose appelé mensonge. Il n'est ni vérité, ni mensonge. Il est simplement *ceci*.

Mais aussi, ce que vous suggérez est que tout le monde devrait abandonner ce qu'il fait à partir du moment où cette activité induit apparemment d'autres gens en erreur. Ce n'est tout simplement pas possible. Ce corps/mental est de plain-pied dans le drame de l'existence et son expression dans le mélodrame, ce sont ces séminaires. Il n'est rien qui puisse arrêter cela et rien qui puisse le faire continuer – c'est simplement ce qui se produit à travers ce corps/mental. Il n'est personne là qui pourrait choisir de continuer ou d'arrêter.

L'autre chose, c'est que pendant tout le temps où apparemment vous en égarez d'autres, vous leur fournissez l'exacte invitation qui leur convient parfaitement. Il y a beaucoup d'instructeurs spirituels qui apparemment induisent en erreur, beaucoup... Vous voulez une liste ? Et c'est la divine expression. C'est absolument sacré. Il n'est personne, mais chaque fois qu'il semble qu'un individu séparé vous arrive d'on ne sait où pour être apparemment induit en erreur, c'est la parfaite invitation pour cet apparent individu séparé.

Il n'y a aucune responsabilité nulle part – il n'y en a jamais eu car il n'est personne. Hitler n'était pas responsable – Hitler était l'un apparaissant en tant que Hitler.

Comment se fait-il que je ne me sente bien ni en le faisant ni en ne le faisant pas ?

C'est l'esprit qui ne se sent pas bien. Les deux sont votre invitation. Ouvrez-vous à la vue que ni l'un ni l'autre n'ont d'importance. Rien n'a d'importance car il ne se passe rien. Rien ne va nulle part. L'esprit va dire : « Dans six mois, j'aurais fait dix séminaires de plus et trompé trois cents personnes de plus. » C'est divin et sans aucune portée. Réellement, tout ce qui est, c'est être assis sur ce siège. Tout ce qui est, est ce qui surgit en cet instant. Et dans une semaine d'ici, tout ce qui sera est être assis sur un siège et tout ce qu'il y aura est ce qui survient dans l'instant.

*

* *

D'un côté, c'est désespérant, de l'autre, c'est très amusant.

Oh oui ! Ce qui est merveilleux, c'est la complète liberté qu'il y a là-dedans. Et ce qui est effrayant, c'est cette même liberté, dans un certain sens.

Cela sape bien des illusions.

Certes, tout s'effondre. La façon dont ce « moi » a été rendu de plus en plus fort s'est opérée à travers une longue succession d'espoirs, d'efforts, d'échecs suivis de la survenue de nouveaux espoirs, et par la grande illusion qu'il y a une récompense au bout de tout cela. « Si je travaille dur, il m'en reviendra quelque chose. Il doit en être ainsi parce que ma mère me l'a dit. »

Observez les gens dans le monde, comme les vedettes de cinéma ou les footballeurs, qui déploient de réels efforts et apparemment réussissent à la force du poignet. Le footballeur s'entraîne, s'entraîne et s'entraîne encore et gagne un énorme paquet d'argent, possède une grosse voiture et s'attire l'admiration générale... Il semble qu'il ait réussi à avoir quelque chose de conséquent. Mais ce qu'il tente de faire est de remplir un panier percé. Il n'y en a jamais assez.

Tout le monde, dans un sens, tente de remplir son caddy, même d'une façon négative. La victime cherche à le remplir avec des attentions – « Aimez-moi, je suis une victime. » Mais il n'y en a jamais assez, car il y a toujours le chercheur, celui qui pense sans cesse qu'il y a encore besoin d'autre chose. Tout l'argent du monde, toute la gloire du monde ne suffisent pas, car il y a toujours le chercheur en quête de ce qui est hors d'atteinte. Chacun est un chercheur, et la recherche est stimulée par l'illusion de l'existence d'une récompense.

Bien sûr, l'autre chose est que quel que soit notre objectif dans le monde, il y a toujours une sorte de dépendance pour un objet. Nous sommes constamment à la poursuite d'un objet. Quelque part nous savons qu'il ne nous comblera jamais, car nous savons que la plénitude ultime est totalement étrangère à la dépendance.

Pour les chercheurs religieux, la récompense est souvent le

paradis après la mort. C'est trompeur, car tout le temps il y a cette croyance que si je deviens pur, à la mort, j'irais au paradis.

Mais *ceci* est le paradis – ceci est le royaume des cieux. Vous marchez au paradis. Vous ne pouvez jamais ne pas marcher au paradis. Vous marchez dans l'absolu tout le temps. Il y a toujours ceci – éternellement il n'y a que ceci – et ceci est le paradis.

S'il n'est pas d'illusion, il n'est pas de peur ?

La peur peut surgir. N'importe quoi peut surgir en ceci car ceci est apparence. Mais la différence est qu'il n'est personne qui soit effrayé. L'éveil est la réalisation qu'il n'est rien ni personne qui ait besoin d'éveil. Par conséquent, il n'est personne pour être éveillé et il n'est personne qui *ait* quoi que ce soit.

Ce dont nous parlons ici est libération totale, pauvreté totale, ultime dénuement. Il en va de même avec l'humilité, soit dit en passant. L'humilité n'est pas « Je suis moins que vous. » La véritable humilité, c'est : « Il n'est personne. » La pauvreté est que rien n'est possédé, y compris la peur, la souffrance, la colère... Rien n'est possédé, mais la peur peut surgir.

Voyez-vous ceci *(pointant vers lui-même)* n'est pas une île - ceci est pleinement dans l'apparence. Nous sommes tous cette apparence et dans cette apparence, la peur, la jalousie, tout peut surgir. Je suis cela, cela émerge en ceci. Alors si quelqu'un affirme : « Je suis un individu illuminé, je suis sans peur, sans orgueil, sans ego, » réellement ce qu'il est en train de nous dire, c'est : « Je suis séparé de vous. Vous avez peur, mais moi non, parce que je détiens l'illumination. »

Après l'illumination, ce n'est pas que la vie de chacun soit soudainement merveilleuse et qu'il n'y ait plus de problèmes. L'apparente vie de ce personnage se poursuit comme par le passé, avec la même sorte d'apparentes difficultés. Mais il n'y a plus personne là. Il n'y eut jamais personne. Avant l'éveil, il y a l'idée qu'il y a quelqu'un là qui a des problèmes, qui souffre, qui s'approprie la douleur. Après, il n'y a personne.

Je peux résonner à ce que vous dites, mais il y a tant de souffrance... Et les gens souffrent bien – ils souffrent pour de bon. Je ne peux pas l'accepter !

Qui est ce « qui » – qui ne peut accepter ? La seule façon dont cela puisse être accepté est d'en venir à voir qu'il n'est personne là en train de souffrir.

Lorsqu'il est vu, par personne, qu'il n'est personne souffrant ici, il est alors également vu qu'il n'est personne souffrant là-bas. Et dans la vision qu'il n'est personne souffrant là-bas, il y a liberté, amour inconditionnel.

Mais je pense que la source devrait savoir que les gens souffrent.

La source est la souffrance. La source est ce qui apparaît. Il n'y a pas une source qui crée la souffrance. La souffrance est la source apparemment en train de souffrir. Toute souffrance provient de la séparation. Le théâtre de la vie est d'endurer la séparation et de découvrir la libération.

*

* *

Des fous peuvent-ils aussi être illuminés ?

Absolument. J'aurais tendance à penser qu'il y a des gens dans les asiles qui sont libérés. À mon sens, le monde voit l'éveil comme une sorte de folie. Et ce l'est – aux yeux du monde, il s'agit de folie.

Je trouve que je me soucie beaucoup de la façon dont j'agis ou réagis dans certaines situations. Je suis toujours en train de chercher la meilleure façon de répondre à la situation, à tel point que j'ai l'esprit qui semble caler et ne plus fonctionner du tout.

C'est simplement parce qu'il n'y a pas une façon plus juste

qu'une autre de réagir – excepté pour l'esprit. Le personnage que vous êtes va répondre de la façon dont il va répondre, quelle qu'elle soit. Comme le dit Suzanne Segal[1] : « Enfourchez l'évidence. » Pour vous il y a une façon évidente de vous comporter ou de répondre aux situations – qui ne serait pas forcément la mienne.

Mais aussi, dépassez cela et voyez que, quelle que soit la manière dont vous réagissez, cela n'a pas d'importance. Aux yeux de l'esprit, il est important que soit adoptée la voie juste, mais en fin de compte cela n'a aucune importance. S'il se fait jour un début d'ouverture allant dans le sens de cette réalisation, il y a plus de lâcher prise. Il n'y a pas cet impérieux : « Je dois bien faire ! » Vous ne l'avez jamais fait de travers – jamais de toute votre vie. Tout ce qui s'est produit dans votre vie – depuis ce que vous considérez comme un événement ou un choix majeur à la plus infime nuance – a été absolument parfait.

*

* *

Ce qui se produit ici me donne l'impression d'un soutien, je ne me sens pas comme ça quand je suis à la maison.

Mais cela viendra ! Ce message tout entier tente de communiquer que c'est là en permanence. À la maison, dans le tram ou ailleurs – peu importe où vous vous trouvez, vous résidez constamment en ceci.

Il ne fait pas de doute, cependant, que dans cette situation il y a une ouverture, une sensation d'ouverture. Des concepts tombent et s'évanouissent et l'on voit les choses d'un point de vue différent. Mais il n'est nul besoin de se trouver ici. Dans un sens, il n'est nul besoin que vous reveniez jamais ici. Votre tête est maintenant dans la gueule du tigre. Il est trop tard – vous êtes déjà perdus.

Lorsque je lis les livres d'autres enseignants spirituels, j'adopte l'idée que j'ai une faculté de choix et que je ne peux être libéré dans cette incarnation qu'à la condition de faire preuve d'un engagement total pour cette libération. Mais il apparaît que je suis incapable de fournir cet engagement total.

Ces idées sont ancrées dans la plus totale ignorance. Toute l'idée que vous devriez être d'une certaine façon – totalement engagé, parfaitement honnête ou complètement sérieux – n'a simplement aucun sens. Qui va être sérieux ? Il n'est personne dans toute l'existence qui ait jamais accompli cela, simplement parce que cette idée se fonde sur un malentendu. Le malentendu qu'il est quelqu'un là, ayant le loisir de choisir d'être, disons, totalement engagé dans la quête. Je présume que ce qui s'est passé est que des gens se sont retranchés au faîte de montagnes pendant des années et des années pour méditer, se nourrissant de rien et en ont encouru une telle frustration qu'ils ont tout simplement été pris d'un ras-le-bol absolu, débouchant sur un parfait lâcher prise. Ils n'y sont absolument pour rien.

Personne ne peut y faire quoique ce soit – il *n'est* personne. Toute l'idée qu'il y a là quelqu'un qui peut y faire quelque chose ne fait que renforcer le voile. Plus l'ego qui va le *faire* est puissant, plus lointain est ce qui va se passer.

*

* *

Je ne veux pas faire de compliments mais je voudrais simplement vous dire que j'ai toujours éprouvé une aversion pour les gourous. Une fois, pendant que j'étais en vacances, je me suis rendu auprès de l'un d'entre eux. Il se tenait là, parcourant l'assemblée des yeux, avec un « profond regard appuyé » à l'adresse de chacun… Je me sens confortable auprès de vous parce que vous êtes si simple, tellement ordinaire. C'est un tel soulagement. Et c'est quelque chose que j'ai toujours su… que c'est très simple.

Merci.

J'ai éprouvé cela encore au début de cette rencontre-ci, quand je n'ai pas eu à fermer les yeux et à chanter « OM » ou à « me fondre dans l'énergie. »

Non, il n'y a rien où se fondre. C'est déjà. Ce n'est rien de spécial. Il n'y a rien là qui soit spécial. Durant les retraites en Angleterre et en Hollande, il y a pas mal de silence mais cela vient spontanément, de façon naturelle plutôt qu'imposée.

Nous avons dans l'idée que faire un effort n'est pas *cela*, ou que se sentir séparé n'est pas *cela*. Au bout du compte, la libération est que *tout* est cela. S'il y a sensation d'effort, alors, c'est la source apparaissant en tant qu'effort. L'esprit veut faire de *cela* un endroit spécial. « Quand cela se produira, j'aurais atteint ma source… » Il faut faire quelque chose, ou en être digne ou être tranquille et immobile ou pur et alors… Foutaise !

J'ai l'impression que je dois arrêter de faire quelque chose.

Dans un sens, oui. Arrêter l'idée qu'il y ait où que ce soit où aller ou quoi que ce soit à faire. C'est ceci. *Ceci* ! Il y a une merveilleuse détente là-dedans : « Ah, alors nous y sommes déjà ! » Et nous y sommes tout le temps déjà… Même si la pensée « Ce n'est pas cela » survient, c'est encore ceci. Ce ne cesse d'être là et vous êtes ce qui le voit.

Tout ceci est un rappel de ce que vous êtes. Vous l'avez oublié, en quelque sorte. Vous l'avez remisé sur une étagère nommée « innocence » ou « enfance » et pris à la place quelque chose étiqueté « âge adulte » ou « être séparé ». Vous le savez, et d'une certaine façon, ici, vous êtes en train de vous en souvenir.

Il est très étrange de parler avec des gens en lesquels l'éveil a eu lieu. Ils s'exclament : « C'est tellement évident ! Tellement immédiat et naturel… »

Dans un sens, ce n'est pas grand-chose. Dans un autre, c'est magnifique. C'est ce qui est en l'instant même, de façon totalement naturelle, virginale.

*
* *

Je suis en train de lire le livre de Suzanne Segal[2]. Ce qui est étonnant pour moi est qu'elle n'est pas su ce qui lui arrivait pendant si longtemps. Comment cela s'est-il passé pour vous ?

Quand cela s'est produit et qu'il y eut la vision : « Je suis ceci », cela a été, en fait, tout à fait naturel. Pour certains, c'est lié à une profonde souffrance ou un sentiment de perte – pour moi, c'est allé d'une grande joie à une joie plus grande encore.

Lorsque j'étais enfant, et n'oubliez pas que c'était pendant la guerre, j'étais persuadé que la seule chose qui valait la peine était de trouver Dieu. J'ai grandi dans un milieu chrétien et à mes yeux la seule chose valable à faire était de trouver Dieu. Pourquoi faire autre chose ?

J'étais absolument sûr que Dieu était partout et que tout renfermait un secret. Tout ce que je regardais renfermait quelque chose qui était Dieu me confiant le secret. Ce qui est drôle, c'est que j'ai toujours su que je finirais par découvrir le secret. Alors, lorsque j'ai traversé le parc, ce fut, en quelque sorte : « Oh !... Oui... Bien sûr... » C'était étonnant, cette incroyable tranquillité... Mais il y avait aussi cette reconnaissance : « Oh, oui ! C'est ainsi que nous sommes de façon naturelle. Nous le recouvrons avec l'idée d'un « moi » - quelqu'un là voulant quelque chose. »

Il n'y avait aucune crainte de devenir fou. Quand c'est arrivé, c'est arrivé également accompagné d'une grande clarté, d'une vision élargie. Et une chose qui ne faisait aucun doute est que nous sommes constamment dans cette invitation.

Ce que j'ai aussi vu, n'est pas que nos péchés sont pardonnés, mais que nous n'avons jamais péché. C'était saisissant pour moi à l'époque, car j'avais été très impliqué dans l'église avant cela. Je pensais que le mot « repentir » signifiait regretter ses fautes et faire vœux de ne jamais pécher à nouveau. Or, j'ai lu dans un livre de

Nicoll[3] – un disciple de Gurdjieff – que « repentir » voulait dire, en fait, opérer une révolution à 180° et tout voir de façon nouvelle.

Soudain je vis que l'éveil n'avait aucun rapport avec être méritant, aucun rapport avec « moi ». L'éveil a trait au *voir* – à une autre manière de voir les choses. C'est *la* manière de voir.

Pourquoi Suzanne Segal est-elle morte si peu de temps après ?

Ce qui se passe avec ça, c'est qu'il n'y a aucun point de référence. Pour certains ce sera comme ci, pour d'autres ce sera comme ça.

*

* *

Il y a une blague au sujet d'un homme qui monte au ciel. Lorsqu'il arrive aux portes du paradis, Saint Pierre lui dit : « Je dois vous demander si vous avez été fidèle à votre épouse. Si vous avez été totalement fidèle, on vous confiera une belle automobile pour vous promener au paradis. » L'homme affirme alors : « J'ai été totalement et absolument fidèle. » Et il entend Saint Pierre lui répondre : « Oui, effectivement, c'est ce qu'indiquent nos renseignements. Voici donc votre auto. » Et notre homme voit glisser vers lui une superbe et spacieuse Mercedes.

Peu de temps après, un de ses amis se présente à la porte du paradis et Saint Pierre lui pose la même question. « J'ai été fidèle » lui répond-il, « sauf en une occasion, à une soirée de Noël... Enfin, vous savez comme ça se passe... » et Saint Pierre lui confirme : « Oui, cela concorde avec nos renseignements, eh bien, voilà la voiture pour vos allées et venues. » Et il reçoit les clés d'une Renault.

Au détour d'une de ses promenades au volant de sa petite Renault, il tombe sur son ami, effondré sur le capot de sa belle voiture, pleurant toutes les larmes de son corps. « Qu'as-tu à te désoler ainsi ? » lui demande-t-il, « Toi qui profites de cette fringante limousine ! »

« Oui, » répond-il « mais je viens de croiser ma femme à l'instant, et elle pédale sur un vieux vélo ! »

*

* *

Ce qui est communiqué ici, c'est que personne ne peut devenir illuminé. Il n'existe rien de tel qu'un objet appelé illumination, et personne ne s'est jamais illuminé. Il *n'est* aucune personne séparée singulière assise ici. Il n'est personne !

L'éveil est simplement l'évanouissement du chercheur, du chercheur en quête de quelque chose situé là-bas, et qui s'entête. C'est la disparition de ce qui veut quelque chose. Lorsque cela tombe, il y a ce qui déjà est toujours là : simplement lumière, l'absolu, source apparaissant en tant que ceci... Ce n'est ni atteint ni possédé par qui que ce soit ou quoi que ce soit. C'est simplement la seule et unique constante.

Tout cela est simplement source apparaissant. L'un apparaissant en tant que deux... L'un jouant au jeu d'être le mur... Et vous jouez au jeu de croire que vous êtes une personne – le seul problème est que vous prenez ce jeu au sérieux.

Ce qui se passe ici (et ailleurs) est que nous nous remémorons, « Oh oui ! Il s'agit d'un jeu ! » Ce n'est que vous remémorer quelque chose que vous savez. Enfant, vous saviez. Puis vous avez revêtu l'habit de la séparation, de l'âge adulte et la perte advint. Quoi qu'il se passe dans le monde, quoi qu'il se passe dans votre vie, aussi réussi que cela puisse paraître, ce n'est jamais suffisant. Vous languissez constamment après le retour « chez soi ».

Ce qui se passe ici est qu'il ne vous est absolument rien donné. Quelqu'un m'a approché juste avant que nous commencions pour me glisser : « J'ai vraiment apprécié hier, mais j'ai totalement oublié ce qui s'est dit et ce qui s'est passé. » C'est merveilleux, ça ! Il y a déjà un savoir. Ce qui est communiqué ici, est communiqué à ce qui sait tout, à ce qui voit tout. Ce n'est pas communiqué à l'esprit. L'esprit arrive ici chargé de toutes sortes de concepts là-dessus, et sur ce qu'est l'illumination. Et ces concepts peuvent être détruits, ce qui laisse à nouveau sans rien.

Le risque ici est que tombe la confusion. La confusion « Je suis cette personne et je dois devenir tranquille. Il me faut calmer l'esprit, lâcher l'ego… » Pourquoi lâcher l'ego ?

L'ego est bien. L'ego apparaît dans cette manifestation. L'ego est la source « egotant ». Toutes ces idées, comme : « Je devrais être au delà du désir – je devrais être honnête – je devrais être détaché, non identifié… » sont des non-sens propres à l'esprit.

Ce dont nous parlons ici est de tomber amoureux. Enfants, nous étions amoureux de ceci… des châteaux de sables… Alors nous allons jouer à nouveau avec des châteaux de sable. Ils sont ici – nous sommes assis dessus, nous les buvons, les mangeons, les respirons. Tout ce que nous touchons et tout ce que connaissent nos sens est le jeu, la *lîla,* la présence en train de jouer.

Comment pouvons-nous changer le jeu ? Au lieu de jouer le jeu de la colère, jouer le jeu de la joie ?

« Nous » ne le pouvons pas. « Vous » ne le pouvez pas. Il n'est absolument rien que vous puissiez faire. Non seulement il n'est rien que vous puissiez faire, mais bien au delà de cela – le fait est qu'il n'est *personne.* Il n'est personne là. Il s'agit de laisser tomber ce : « Je suis une personne se tenant ici et je vais m'engager dans la joie plutôt que dans la colère. » Vous ne pouvez même pas vous ouvrir à l'idée qu'il n'est personne ici car qui va s'ouvrir ?

Quelque part ceci est entendu, quelque part là-dedans ceci est déjà su, il y a quelque chose qui dit : « Oui ! » Il n'y a rien que vous puissiez faire et rien qui ait besoin d'être fait, car tel que vous êtes, exactement tel que vous êtes assis ici, est expression divine.

Et c'est tout à fait ordinaire. Le mur que je vois est le mur que vous voyez. J'ai des impôts à payer comme vous. Lorsque survient l'éveil, tous les problèmes ne s'évanouissent pas comme par enchantement, vous ne déambulez pas soudain dans une sorte de halo merveilleusement serein. C'est simplement la perte de l'idée qu'il y ait quoi que ce soit à faire ou une quelconque façon d'être. Et plus encore qu'il y *ait* qui que ce soit pour faire ou être quoi que ce soit.

Tel que vous êtes, est cela. Tel que vous êtes est ce qui survient. Vous êtes cela. La façon dont vous êtes, votre personnage, est cela. Il est merveilleux exactement tel qu'il est. Ces parties un peu névrosées que vous imaginez ne pas être tout à fait justes sont la source en train d'être névrotique. C'est divin, absolument divin. Tout ce que vous faites est une expression du divin.

Il n'est rien que vous puissiez faire dans le but de connaître cela. La seule façon dont cela est su est lorsqu'il n'est personne qui le connaisse. L'éveil est qu'il n'est personne. Ce qui se présente est vu, par personne. Il n'est rien qui puisse être fait par qui que ce soit à propos de n'être personne.

Quelqu'un a dit hier: « C'est une option facile. » Ce qu'il entendait par là est que le suicide est facile. C'est ce que je suggère – pas que meure le corps, mais le chercheur.

C'est la suggestion principale?

Oui, la suggestion est que meure le chercheur. Et l'autre partie de la suggestion est: « Comment peut-il y avoir quelque chose à chercher quand c'est ce qui se passe ici? » Il n'est rien à trouver car c'est ceci même.

En même temps, tout en nous veut faire quelque chose, désire quelque chose…

La libération que nous cherchons est le lâcher de celui qui se trouve en quête de quelque chose par là-bas. Lorsqu'il devient apparent que c'est ceci, l'effort pour trouver le trésor s'éteint. Après des désirs peuvent subsister – comme le désir de manger des spaghettis plutôt que du cresson… Ce peut être encore là, mais il n'est plus personne qui s'y investisse. C'est un jeu. C'est une pièce merveilleuse. Et rien n'a d'importance.

Qu'en est-il de nos ambitions, de nos buts ? Nous pouvons être illuminé un jour mais...

Aucun d'entre vous ne le sera jamais. Il n'y a que la lumière. Vous êtes tous déjà pur éveil et persuadés du contraire.

Ambitions et buts peuvent encore surgir après l'éveil. Avant, toute l'idée derrière la notion de but est qu'une fois atteint, il va finalement vous apporter la complétude. Après, il est su que ce n'est pas le cas. Ce but est alors simplement une autre partie de la pièce – il y a une joie à courir plus vite ou plus loin, ou à peindre une meilleure toile... Il y a là une joie car il n'y a pas la compulsion névrotique de combler un manque, d'effacer un sentiment de perte. Il s'agit de l'amour inconditionnel agissant spontanément.

Pour moi, il est plus facile d'être conscient qu'il n'est que ceci lorsque je ferme les yeux et me retire au-dedans. Dès que je me retrouve engagé dans des choses extérieures, je me sens repris dedans.

Peut-être l'invitation pour ce corps/mental est de passer beaucoup de temps les yeux fermés, alors que pour un autre ce pourrait être aller faire un tour au pub et descendre des bières. Ce que vous sentez être naturel et aisé pour vous, attirant, ce que vous vous sentez enclin à faire, est probablement ce qui va finir par se passer. Et là aussi il s'agit de voir que tout ce que vous faites est ceci. Tout ce que vous faites tout au long de la journée est le bien-aimé vous murmurant : « Reviens à la maison. »

Comment cela se peut-il ?

C'est ainsi que le jeu est conçu. Il est échafaudé par ce que vous êtes de telle façon que l'invitation est partout. « Avec la manifestation, » vous êtes-vous dit « ce que je vais également manifester est un sens de la séparation. Dans cette séparation, il y aura un désir fort et lancinant d'un retour 'chez soi'. Alors, que vais-je faire à ce propos ? Ah oui ! Je vais introduire une invitation au retour 'chez soi' – en fait, je ferai que tout soit l'invitation. »

Bien sûr, ça c'est le conte de fées, une interprétation ludique des choses, comme si c'était quelque chose qui s'était passé il y a cinquante millions d'années ; or c'est constant, c'est éternellement ceci.

*
* *

J'ai vraiment aimé lorsque vous avez dit que la vie était un miracle.

Oui, elle l'est. Bien sûr dans le jeu de la séparation, nous avons tendance à nous sentir menacés, ce qui se traduit par la tentative de se créer un cocon, de regagner le ventre maternel. Nous construisons ce cocon et ce faisant nous tentons de rendre le monde connu et prévisible. La manière de rendre ce monde étranger et dangereux plus sûr est d'essayer de le connaître.

Lorsque nous rencontrons quelqu'un et tombons amoureux, c'est un saut dans l'inconnu. C'est merveilleux et menaçant à la fois. Alors ce qui se passe, c'est que nous nous marions. Nous parquons la personne dans l'enclos du mariage dans une tentative de la réduire au connu.

Un homme avait des problèmes avec son mariage et l'un de ses amis lui conseilla de se rendre chez ce merveilleux gourou, spécialiste des relations entre personnes. Le gourou lui donna simplement un mantra. De retour auprès de son épouse, il commença à l'utiliser, et, au bout de quelques jours, cela allait déjà beaucoup mieux. Dix jours après, c'était merveilleux. Rencontrant son ami à nouveau, il lui confie combien ce mantra était étonnamment efficace et naturellement l'ami brûle de le connaître.

L'heureux mari lui confie alors : « Chaque fois que je vois ma femme, je me dis intérieurement : 'Ce n'est pas ma femme'. »

Nous transformons tout en un connu plus rassurant, mais qui à la longue devient insipide. Quand je dis aux gens : « Être assis sur ce siège tient du miracle. » Ils me répondent : « Pourquoi ? Ce n'est pas très important ! » Pourtant nous vagabondons en permanence dans ce miracle absolu, tout ce que nous touchons est le bien-aimé. C'est de l'alchimie – la transformation des choses en or.

Ce qui est étrange, en fait, est que tout *est* or – la seule chose qui se trouve transformée est la perception. La perception : « 'Tout est fade ou inquiétant' et 'je suis séparé de ce mur.' » est la prison dans laquelle nous vivons. L'alchimie est la transformation de cette perception, c'est voir que ce mur est le bien-aimé, « mur-ant ».

Dans le mur, il y a tout : le vide, l'immobilité tranquille, l'amour inconditionnel. Il n'est rien qui ne soit la source, y compris la séparation, y compris la névrose, y compris la souffrance. Tout est simplement la source apparaissant.

*

* *

Est-ce que tenter de comprendre la source est un obstacle ?

Oui, et il n'y a rien que vous puissiez y faire. Constamment, ce corps/mental a l'impression que quelque chose devrait être compris. Il en est ainsi... jusqu'à ce que cela disparaisse. Les gens viennent à ces conversations et l'esprit commence : « Oui, mais qu'en est-il de... ? Oui, mais... Oui, mais... » Jusqu'à ce qu'épuisé il abandonne. Tant qu'il y a là une question et un désir de comprendre, il y aura désir de comprendre. Jusqu'à ce qu'il ne reste plus rien. Quand il ne reste plus rien, soudain il y a simplement ceci.

Lorsque vous dites « simplement ceci », pourrions-nous le voir comme une vibration ou une énergie ?

Vous pourriez l'appeler énergie. Vous pourriez l'appeler vie. Tout ce qu'il y a est la vie. Il n'y a personne vivant une vie – il y a vie. Tout ce qu'il y a est la vie ayant lieu apparemment – seulement apparemment.

*
* *

Vous me faites rire.

Oui, il s'agit bien d'une folle plaisanterie. Lorsque vous pensez aux activités religieuses et aux activités du chercheur qui parcourt le monde entier... Que cherchent-ils donc ainsi ? C'est ici ! C'est *ceci* ! Vous faites un pas pour monter dans l'avion et ce pas est ceci. C'est une plaisanterie – chercher ce qui déjà est là. Y compris venir voir Tony Parsons !

Mais c'est bien amusant !

Oh, chercher peut être très amusant, bien que ce ne soit pas drôle tant que vous pensez que ce n'est pas drôle.

La chose étonnante à ce propos est qu'il n'est que ceci. Rien ne s'est jamais produit. Il n'est rien de tel que passé ou futur. Ceci contient tout le passé apparent. Chacun assis dans cette pièce arbore une figure qui relate une histoire ancrée dans le passé. On peut lire la face des gens. Cependant en fait, il n'est pas de passé – il n'y a qu'un passé apparent.

L'autre chose étonnante est qu'en ceci tient le vide, le rien. Quand les gens me parlent de conscience au repos puis se manifestant, je sais que c'est inexact. Lorsque je regarde le mur, j'y vois repos, tranquillité, vacuité et vie tout à la fois. Il y a tout là. Cela ne peut jamais être compris – seulement vu, par personne.

Cela veut-il aussi dire qu'il n'y a pas d'évolution culturelle ?

Non, mais il y a apparence d'évolution culturelle, et cela fait partie du rêve. L'esprit est tellement puissant et il veut toujours que soit là quelque chose nommé « temps ». Il ne peut exister ailleurs que dans cette chose appelée le temps. Alors il le crée. C'est génial ! Il crée cette idée qu'il y a eu des dinosaures et tout le reste. Il y a des scientifiques qui peuvent *prouver* que cet os est, disons, vieux de trois millions d'années. Quelqu'un à Londres m'a dit : « J'ai bien un passé ! Voyez, ce sont mes enfants et voilà leur photo pour le prouver ! »

Comment se fait-il que nous soyons tous embarqués dans le même rêve ?

Ce qui est étrange – et c'est un autre trait de génie – est qu'en fait nous ne partageons pas le même rêve. Chaque corps/mental voit le mur de façon tout à fait unique. Il n'est personne d'autre dans toute cette apparente existence qui voit le mur tel que vous le voyez. Ce mur est votre invitation. Les mots sont impuissants... Dans un sens, ce que je dis est que nous sommes tous des dieux déambulant dans notre manifestation propre, persuadés que nous sommes des individus séparés – jusqu'à ce que s'effondre cette croyance.

Tout le temps où il y a un sens de la séparation, il y a un sentiment de temps, un mouvement vers quelque part. La meilleure façon d'esquiver la présence est l'idée que ce que vous cherchez se trouve là-bas. « Cela ne peut pas être ça – ce n'est pas simplement ça... Demain à six heures du matin, oui, mais ça, non. Ce ne peut *pas* être tout simplement ça... Assurément, il ne peut pas s'agir seulement de ça ? » Voilà le jeu.

*
* *

Sentez-vous le froid lorsque vous êtes nu-pieds sur le carrelage ?

Oui, je sens tout ce que vous sentez, mais il n'est personne là qui se l'approprie. Tout peut être ressenti au sein de ce corps/mental. La colère survient, la douleur survient... tout ce que vous voudrez nommer peut surgir en ceci, mais il n'y a plus d'appropriation. Il n'est plus personne pour en faire sa tasse de thé, plus personne pour en prendre livraison. Il n'y est rien d'investi là dedans – c'est simplement là.

La libération n'est pas une personne séparée, versant dans l'exclusion et ne sentant pas la douleur. Certains peuvent s'appliquer à vous en convaincre, mais il s'agit d'une idée fausse. L'idée qu'une personne illuminée (sic) évolue dans une complète félicité est une véritable foutaise. Cela provient d'une profonde ignorance ou d'un désir de manipulation. C'est l'idée que se fait l'esprit de ce à quoi devrait ressembler la perfection, et cela n'a aucun sens.

Les gens ont les idées les plus étranges sur « comment je serai quand je serai illuminé », et parfois j'assiste au jeu que joue le corps/mental pour éviter sa propre magnificence. Ce n'est pas que j'aie un don ou autre mais simplement, il m'arrive parfois lorsque je parle avec quelqu'un, de voir le jeu qu'il joue pour ne pas s'éveiller.

Pouvez-vous nous en dire plus ?

Il faudrait payer payer le double ! Et de toute façon, cela ne vous servirait à rien car vous seriez incapable d'y faire quoi que ce soit. Si c'est le jeu que vous allez jouer, alors c'est le jeu que vous allez jouer, jusqu'à que cela vous passe.

*
* *

Depuis vendredi, il y a un sentiment de vacuité. C'est encore intellectuel, mais…

Ce qui fonctionne, fonctionne, quoi que ce puisse être. Il semble qu'il y ait différentes façons dont ceci puisse se manifester au début. Pour beaucoup, il y a d'abord un sentiment de séparation, aussi étrange que cela puisse paraître – c'est un autre sentiment d'être séparé. Cela peut aller jusqu'à sembler qu'il y ait deux identités. L'une étant l'identité avec laquelle vous avez apparemment évolué pendant quarante ou cinquante ans. Et puis, il semble y en avoir une autre, à qui il est donné le nom de témoin, celle qui voit. C'est l'amorce de l'aventure finale.

Tout cela n'est-il pas un concept ?

Si vous fermez maintenant les yeux… Ce n'est pas une obligation, mais si vous voulez bien le faire, vous pouvez fermer les yeux et prendre conscience de quelque chose dans le corps. Il y a toujours quelque chose qui se passe dans le corps. Est-ce un concept ? Ou bien, est-ce que vous le sentez *puis* le tournez en un concept ?

Oui.

Eh bien, c'est votre invitation. Ce que vous êtes voit que ce corps/mental tourne tout ce qui se passe en un concept. C'est tout. N'essayez pas d'y faire quelque chose. De plus en plus émerge ce qui voit, le regard qui voit cela. Peu importe ce qui est vu, tout ce qui se passe est que ce qui voit, voit. Ce qui voit est tapi là, vous voyant me voyant. Et cela a toujours été là. Pendant toutes ces années, il y a toujours eu là ce regard vous voyant manger votre dîner… toutes ces choses que vous pensiez avoir fait seul, vous les avez faites accompagné de ce regard, qui est ce que vous êtes.

*
* *

Comment faites-vous avec la douleur ? J'aurais tendance à penser qu'il vous est facile de déconnecter du concept qu'il y a la douleur.

Il n'est pas question de *négocier* avec la douleur, mais s'il y a mal de tête, je note que ce corps/mental prend une aspirine. Pas toujours, mais parfois. Comme tout un chacun. Mais il n'y a plus aucune appropriation, il n'y a plus le sens de quelqu'un *ayant* quelque chose. Habituellement, nous sentons que quelque chose ne va pas et nous pensons : « Cela m'arrive à moi. »

Et si vous vous blessez et que vous saignez, que faites-vous ?

Je fais ce que vous feriez dans un cas pareil.

Vous ne seriez pas ébranlé ?

Ce n'est pas arrivé depuis longtemps. Il est très possible que si j'étais impliqué dans un accident de voiture, je me sentirais ébranlé. Mais il ne s'agirait pas de *moi* – ce serait seulement la survenue d'un ébranlement.

*
* *

L'éveil se produit, simplement – il n'a rien à voir avec le « vous » apparent. Par conséquent, l'éveil peut se produire n'importe où, dans n'importe quelle situation. Il peut se produire chez un type vautré dans le caniveau, planant au hasch ou défoncé à la bière. D'un autre côté, il peut y avoir quelqu'un de totalement zen, ayant médité pendant vingt ans et se nourrissant exclusivement de cresson, dans le cas duquel l'éveil n'a *pas* lieu. Il n'y a pas de points de référence. Quelqu'un qui ne mange que du cresson et médite pendant vingt ans peut bien sûr être le lieu d'un éveil, mais cela n'aurait rien à voir avec le fait qu'il ait mangé du cresson et médité – rien à voir du tout.

J'ai des amis qui méditent depuis vingt ans et pour lesquels rien ne semble se passer.

Ce qui *peut* se passer est qu'ils en soient totalement lassés. Ils peuvent n'en parler à personne et prétendre qu'ils continuent encore tout ça, mais au plus profond d'eux-mêmes, la motivation les a désertés. Et alors, « Oh ! », cela se produit. C'est semblable à ce qu'on nous dit être arrivé dans le cas du Bouddha.

Diriez-vous que l'idée que j'ai d'être ici aujourd'hui parce que j'ai beaucoup travaillé sur mon psychisme est une illusion ?

Oui. Ce que nous évoquons ici a trait à la totale dissolution de « vous », et de tout ce qui va avec. L'idée de cause à effet n'a pas cours non plus.

J'ai eu un aperçu de ce que, dans le zen, on nomme satori. Pourquoi, une fois venu, cela repart-il ? Qu'est-ce qui lui fait obstacle ?

Rien ne fait obstacle, mais il y a encore le sentiment de quelqu'un qui serait là et qui a vu ou eu un aperçu de quelque chose, et qui aussitôt replonge dans ce qu'il pense être son identité. La question « Qui suis-je ? » peut procurer un aperçu de cela à certains, mais dans un sens, il s'agit simplement d'une autre technique qui ne dit pas son nom, et de toute façon c'est une question inappropriée.

L'aperçu de quelque chose à travers une technique est simplement cela – un aperçu de quelque chose à travers une technique. Il n'est rien là qui puisse perdurer car c'est sans clarté. Cette absence de clarté tient au fait qu'après un tel aperçu, lorsque les gens retournent à ce qu'ils pensent être eux-mêmes (le « moi » dans ses œuvres opposé à *l'être*) ils se considèrent dans un état différent, qui n'est pas acceptable. Voilà l'ignorance, et c'est la difficulté avec ce type d'expérience.

Vous remarquerez que ce que je dis ici est qu'il n'est rien. Et si vous continuez à l'entendre et d'une façon ou d'une autre abandonnez l'idée qu'il y a quoi que ce soit, alors tout est possible.

Ceci n'est qu'une apparence qui semble survenir en quelque chose nommé temps. L'esprit est convaincu que c'est réel. Mais tout ce qu'il y a est ceci. Au sein de l'apparence, il y a l'apparente histoire, et vous êtes le silence en lequel surgit cette apparente histoire. Lorsque cela est vu – par personne – ce qui apparemment survient devient une célébration.

Berlin

Juin 2002

Vous soutenez que l'esprit ne peut comprendre ceci. Pensez-vous que mon esprit puisse le comprendre ?

L'esprit est incapable de comprendre la nature de l'un, et naturellement ne peut comprendre pourquoi il ne peut la comprendre. Simple manifestation parmi d'autres, en provenance de l'un, il est utilisé pour tout scinder en deux.

C'est de l'un que surgit le dualisme, car l'un joue au jeu du deux. Voilà ce à quoi rime tout ça : vous êtes l'un, jouant au jeu d'être deux. Vous vivez dans ce deux et cela est créé sous la forme de la pensée. Ce mur est une forme-pensée ; l'un utilise l'esprit pour créer l'apparence « mur ».

Mais il n'y a aucun moyen pour que cet instrument, cet outil, puisse découvrir l'unicité. L'outil n'est qu'une partie du jeu. L'esprit n'est rien de plus qu'un outil. Certes, l'esprit est utile en ce qu'il parvient à la réalisation qu'il ne peut comprendre – mais au bout du compte, il finit par abandonner la partie. Dans un sens, il a une envie lancinante de lâcher l'affaire. Le mental laisse tomber observation et recherche, et il ne reste plus que ceci.

Tout ce dont il s'agit est de tomber amoureux de ceci. L'éveil est la disparition de celui qui est en quête du paradis. Quand cesse le désir pour le paradis, il est vu qu'il n'est que paradis. Le paradis, c'est *ceci*. *(Frottant l'extrémité des doigts de chaque main les unes contre les autres.)*

Mon esprit peut-il comprendre qu'il est possible de venir ici, par exemple, sans être en quête de quelque chose ?

Oh, oui. À Londres, des gens qui ont abandonné la recherche et qui maintenant « sont éveillés » - en fait je ne devrais pas employer cette expression qui à tendance à conforter un profond malentendu sur la nature de l'éveil – viennent à ces réunions. Ils continuent à venir et se tiennent là, tout simplement. Ils ne sont plus en recherche – cela, c'est tout à fait fini.

Puis-je être ici sans chercher quoi que ce soit ?

Il n'est rien que vous puissiez faire à propos de venir ou de ne pas venir ici. Mais tout le temps où il y a ce que j'appelle un « moi », il y a un manque, un sentiment de perte ou une recherche de quelque chose. Tout le temps où il y a « moi », il y a recherche, un désir lancinant pour quelque chose. Il ne peut y avoir de repos avant que ne soit découvert que je suis l'un.

Il se peut que ce désir ne soit pas apparent, mais tant qu'il y a séparation, il n'y a que désir et attente. Beaucoup de gens dans le monde s'imaginent ne pas être en recherche, mais tous sont en quête de l'un. Il n'est personne qui ne soit en quête – jusqu'au moment où il n'est plus personne.

Peut-on dire que l'unicité est amour inconditionnel et qu'il a créé tout ceci ?

Oui, absolument. L'un est amour inconditionnel. Il n'y a qu'amour inconditionnel, et c'est l'*apparence* de la lutte et de tout le reste que nous voyons dans le monde.

L'amour inconditionnel n'a en aucune façon, quelque rapport que ce soit avec notre idée de ce qu'est l'amour. Le Christ a dit : « Je vous parle de ce qui est au delà du cœur et de l'esprit de l'homme. » Il n'y a aucun moyen pour que nous sachions ce que c'est. C'est stupéfiant, tellement stupéfiant.

Il est donc futile de s'exercer à l'amour inconditionnel?

Il est futile de s'y exercer et il est futile d'essayer de ne pas s'y exercer. Parvenez simplement à voir qu'il n'est pas de personne s'exerçant à la pratique... Il y a simplement pratique ou absence de pratique survenant.

*

* *

Hier, quand vous avez parlé d'être intime, j'ai cru que vous vouliez dire, être intime avec ce qui se passe maintenant, quoi que ce puisse être. J'ai donc pensé que cela voulait dire, si le tourment est là, soyez intimes avec le tourment...

Attendez, il y a deux choses là. Premièrement, il y a le tourment qui est en fait une histoire dans notre tête, c'est un circuit, un magnétophone qui dévide son histoire. Mais il y a aussi une sensation de trouble dans le corps.

C'est avec cela que je vous suggère d'être intime. Pas à la façon d'une fixation ou d'une concentration – simplement de le voir. Il y a tourment ici... Il pleut... Il y a une voiture qui klaxonne... Le vent entre par la fenêtre... Il y a tourment ici... Il y a un verre qui est bu... Il s'agit simplement de laisser ces choses-là apparaître au regard.

Ce qui se produit alors, c'est un arrêt du monde. Ce qui se produit est qu'il y a une enjambée hors de la prison de l'individualité. C'est comme une prière.

L'éveil est la disposition à laisser tomber la lutte, la souffrance – à abandonner tout ça pour... rien.

*
* *

Diriez-vous qu'il ne serait pas possible d'être malhonnête dans l'éveil ?

C'est au delà d'être honnête ou malhonnête. *Être* est au delà de toute comparaison. De telles conceptions naissent de l'ignorance du mental et du comment vous devriez être. *Être* est au delà de tout sens des valeurs.

Mon fantasme est que lorsqu'il y a éveil, toutes les choses continuent à se produire, mais que comme par une sorte de force magnétique, il y a plus de sensations agréables que précédemment.

Non, ce n'est pas cela. Ce qui est là continue à être là, mais accompagné d'une acceptation des choses plus que d'un investissement en elles.

L'enseignement affirmant que l'éveil est félicité est très attirant pour l'esprit. Il y a ces enseignants juchés sur le devant de la scène, habituellement en position élevée, entourés de photographes, de fleurs et de bougies... Ils bougent très lentement, ils parlent très posément et baignent apparemment dans la félicité...

Nous languissons après la formule ; nous languissons après cette pilule qui nous plongera dans une béatitude totale et nous débarrassera de tous nos problèmes. C'est la grande arnaque – votre billet pour le paradis ! « Vous pouvez être comme moi... mais il vous faudra travailler très dur et me donner beaucoup d'argent, ou m'accorder une grande considération et me procurer une impression de puissance... »

Vous avez détruit tous mes espoirs ! J'espérais que si je sentais pleinement quelque chose comme la jalousie et ne l'esquivait pas, il viendrait un temps où elle aurait disparu.

Non.

Aucun espoir ?

Non. Tant qu'il y a quelqu'un là en train de dire : « Je vais être intime avec la jalousie dans le dessein qu'à un moment ou à un autre elle s'évanouisse », vous êtes encore engagé dans une transaction. Vous avez là quelqu'un en train de marchander avec la jalousie.

Ce qui se passe ici a trait à votre propre perte. Cette prière d'intimité dont nous parlons est une disposition à abandonner le monde pour ceci. Et *ceci* peut s'avérer être un profond sentiment de jalousie. Il n'est pas question d'une disparition de la jalousie, mais d'une disposition à simplement la voir.

Diriez-vous qu'être illuminé est mieux pour vous ?

Non, car il n'y a personne. Il vous faut toujours revenir à cela – il n'est personne pour qui ce pourrait être mieux. Il y a simplement la vie – en place de : « J'ai une vie qui n'est pas très heureuse et qui pourrait être mieux, ou qui est meilleure en ce moment, mais qui pourrait virer au pire à nouveau. » Cette épouvantable insécurité : « Ma vie est agréable, mais elle pourrait être menacée, cela pourrait changer du tout au tout… » Tout cela s'évapore, et il y a simplement la vie.

*

* *

La sexualité s'éteint-elle ?

C'est la première fois où la sexualité s'épanouit vraiment. Bien sûr, il n'y a personne là pour penser : « Est-ce que cela va marcher ce soir ou pas ? » La sexualité est simplement célébrée.

N'est-ce pas une chose sacrée ? Est-ce simplement ordinaire ?

Toute sainteté s'évanouit. Il n'existe rien de tel qu'un coït spirituel. Il y a simplement cette bonne vieille baise, multipliée par cent. Tout est sacré. La merveille tient dans un voir libre de tout voile.

Alors que raconte Barry Long[1]*, qui affirme qu'il y a le sexe d'une part et faire l'amour de l'autre ?*

Je connais des gens qui pendant des années ont tenté de faire l'amour spirituellement, tentant de mettre de côté tout sentiment de sexualité. Dès l'instant où l'esprit se saisit d'une idée telle que « l'amour spirituel » cela devient sacré. Il n'y a rien de mal dans le désir – la luxure est merveilleuse, le désir, c'est la vie, le fait du *vivant*. Voilà, ce qui n'est pas vu. Tous ces types d'enseignements sont dualistes – à propos d'une personne devant se conformer à un idéal, et ils renforcent la séparation.

Dans ses livres, tout cela semble très bien, pourtant.

Oui, mais autre chose peut être touché quand vous lisez les livres. Ce qui est touché est le savoir que vous êtes l'un, et qu'en fait, dans un sens, personne ne peut vous envahir dans la liberté de l'unicité. Cela n'a rien à voir avec la façon dont vous, ou qui que ce soit d'autre, faites l'amour. Je crois que ce qui est touché en vous est quelque chose d'autre qui est au delà de l'idée qu'il y a une certaine façon d'être. Ne l'oubliez pas, lorsque le dualisme s'adresse aux gens, cet enseignement présume à tort qu'il est une personne qui peut choisir de faire l'amour spirituellement ou pas. Je pense que vous êtes touché par quelque chose de plus profond.

Il y a aussi un livre de lui sur la peur qui m'a beaucoup remué. Peut-être avez- vous raison et que je suis touché par quelque chose d'autre, mais je n'ai pas eu le sentiment qu'il s'adressait à une personne.

Excepté qu'il y a la suggestion qu'il y a quelqu'un qui peut choisir. Alors qu'en fait, vous êtes au delà du choix – vous êtes au delà de tout. Vous êtes la source de tout ce qui est, luxure et sexualité comprises...

*

* *

J'ai également lu un livre de Barry Long. Je ne l'ai plus en tête, mais je me souviens qu'il affirme que très souvent, lorsque nous nous livrons à l'acte sexuel, nous ne sommes pas avec notre partenaire, mais avec un fantasme que nous entretenons à son sujet. Et il dit qu'il serait bon de revenir à l'instant et de réellement sentir la personne.

Certes, et qui choisit ? Qui choisit d'être dans le fantasme ou pas ? Il n'est pas de choix. Ce qu'il implique est qu'il est mieux d'être avec la personne avec laquelle vous êtes qu'avec le fantasme. Il présume qu'il y a une personne, et il dit aussi : « Ceci est mieux que cela. » C'est le dualisme. Si vous êtes attiré par le dualisme, vous pouvez aller vous éclater avec ce type d'enseignants.

Mais je pense que ce qui vous touche, c'est que ces gens pointent aussi vers quelque chose qui est au delà de ce dont ils parlent. Ce qu'il est en train d'essayer de communiquer est au delà de ce qu'il dit. Nous parlons de quelque chose qui est totalement au delà des mots.

Lorsque vous affirmez : « C'est ceci. » je ressens une acceptation. Mais lorsque vous dites : « Il s'agit entièrement d'un rêve. » j'éprouve de la résistance et beaucoup de peur.

Le rêve est l'idée qu'il y a quelqu'un. C'est ça le rêve de la séparation. Il n'est que *ceci* – ceci n'est pas un rêve, c'est ce qui est, tel que c'est. Dans la séparation, ce que vous voyez – par exemple que le mur est séparé de vous – est irréel. Vous vivez dans l'irréalité. Quand il n'est personne, le vécu est ancré dans la réalité que tout est présence.

Alors nous ne perdrons pas tout ?

Vous ne pouvez rien perdre – vous n'avez jamais rien eu. Toute idée qu'il y ait quelqu'un là se résume à : « Je suis là et j'ai des choses. »

Mais tout lâcher ne signifie-t-il pas abandonner ma vie normale ?

Non, laissez tout simplement tomber cette idée de quelqu'un qui serait là et aurait quoi que ce soit. Vous ne pouvez le faire, mais quelque chose là-dedans entend cela et par le jeu de mécanismes qui vous dépassent totalement un lâcher prise pourrait se produire...

Quand le Christ dit au riche : « Abandonne tout et suis-moi. » il n'entendait pas une maison et des vêtements. Il voulait dire : « Abandonnez l'idée que vous possédez ou êtes quoi que ce soit. » Vous n'avez pas besoin de laisser tomber activités, travail ou autres – vous lâchez simplement l'idée qu'il y a un quelqu'un qui a un job. Les jobs surviennent, simplement... à personne.

Certains disent : « Renoncez au sexe, allez au delà. »

Oh, tout ça n'est qu'ignorance. C'est la façon dont s'y prend l'esprit pour se maintenir dans l'histoire. Il veut que vous restiez dans l'histoire. Et l'histoire se continue donc grâce à un « vous » qui va renoncer à ceci ou cela.

Quand un enseignant dit à ses élèves qu'ils doivent être chastes, qui va laisser tomber le sexe ? En dehors du fait que personne ne fut jamais totalement abstinent. Les moines peuvent le tenter, mais la vie n'est pas abstinence. Tout ça n'est que balivernes mais c'est une histoire, et l'esprit adore les histoires.

*

* *

Adam déambule dans le jardin d'Eden, se sentant très seul.

« Qu'as-tu donc ? » lui demande Dieu. Adam se plaint alors qu'il n'a personne à qui parler et Dieu lui promet de la compagnie, précisant que ce serait une femme.

« Cette femme », lui dit-il « va te faire la cuisine, te laver les pieds... Elle sera toujours d'accord avec toutes les décisions que tu prendras. Elle portera tes enfants et ne te demandera jamais de te lever au milieu de la nuit pour t'en occuper. Elle ne se disputera pas avec toi et sera la première à reconnaître qu'elle a tort lorsque vos avis divergeront. Elle n'aura jamais la migraine et te dispensera amour et compassion chaque fois que tu en auras besoin. »

Adam s'enquiert : « Combien va me coûter une telle compagnie ? » et Dieu lui répond : « Un bras et une jambe. »

Adam demande alors : « Que puis-je avoir pour une côte ? »

*

* *

Vous dites que nous vivons dans un rêve. Le rêve de Tony Parsons est-il le même que le mien ?

Le rêve personnel est exclusivement votre rêve personnel. Vous vivez dans votre invitation, elle vous est propre et unique. Le rêve qui semble se produire est uniquement vôtre. Tout le temps où l'invitation est présente, elle est là uniquement pour vous. Lorsque l'invitation se trouve acceptée, il n'est que ceci.

« Ceci » est-il objectif ? Ce qui m'a souvent fait très peur, c'est, par exemple, lorsque j'ai le sentiment que personne ne voit une couleur comme je la vois. Cela signifie pour moi que je suis enfermé dans ma propre prison personnelle, totalement isolé.

Vous pourriez l'appeler une prison si vous voulez. Vous êtes totalement isolé, oui. Tout le temps où vous êtes séparé, vous êtes totalement isolé. Lorsque l'éveil survient, il n'y a qu'un, vous n'êtes donc jamais esseulé – vous êtes tout. Tout le temps où vous êtes séparé, vous vivez totalement isolé. Personne ne voit ce mur comme vous le voyez. C'est votre monde unique. Et il n'est là que pour vous convier à voir que vous êtes l'un.

La seule différence entre vous et moi, c'est qu'il y a là-dedans l'idée que vous êtes une personne.

Lorsque j'entends « Lâchez l'idée d'être une personne », j'ai un blanc total. Je veux dire, comment faire cela ?

Bien sûr *vous* ne pouvez la lâcher, mais quelque chose à l'intérieur enregistre ça. Quelque chose résonne et dit : « Mon Dieu, bien sûr, ce n'est qu'une idée ! » Il y a là une sorte de reconnaissance. Je ne suggère pas un instant que *vous* puissiez lâcher l'idée, mais le simple fait de voir que c'est une idée est déjà l'amorce de son abandon.

Je suis profondément d'accord avec tout ce que vous dites, sauf pour cette partie là – je sens que cela ne fait pas vraiment mouche. Il y a la vision de ce que vous avancez et en même temps une totale incompréhension.

C'est au delà de toute compréhension ou imagination. Personne dans cette pièce ne peut concevoir ce que c'est de lâcher l'idée d'être « moi ». C'est colossal. Des années et des années de vie se sont écoulées en compagnie de ce « moi ».

L'éveil s'accompagne-t-il de douleur dans le corps ?

Tout le temps où il est une personne séparée, il y a cette idée de cause à effet. Nous pouvons penser qu'une somatisation survient dans le corps parce que je me fais du souci à propos de l'état de mon compte en banque. Et que par conséquent, si je ne me soucie pas de mon relevé de banque ce mois-ci, je n'aurais pas de douleur. C'est une belle foutaise...mais c'est ce dont nous sommes persuadé. Lorsqu'il n'y a personne, il y a encore des douleurs qui se produisent dans le corps, il y a encore des découverts à la banque… Il s'agit simplement de ce qui survient. Il n'est plus aucune identification.

*
* *

Qu'entend-on par l'éveil de la kundalini *?*

C'est simplement l'éveil de ce qui est vu comme étant la *kundalini*. Ce n'est encore qu'un autre système de croyances. C'est une expérience – comme l'expérience de se brûler la langue ou de manger du chocolat. L'expérience de l'éveil de la *kundalini* est l'expérience de l'éveil de la *kundalini*.

Fais-je cette expérience uniquement parce que j'en ai entendu parler ou que je me sois documenté à son propos ?

Il est possible que cela se produise en dehors de toute lecture préalable, mais cela n'a absolument aucune signification. Aucune *expérience* n'a un quelconque rapport avec l'éveil. L'éveil est la fin de celui qui fait l'expérience ou qui se trouve en recherche.

Écouter ceci peut-il nous aider à nous éveiller ?

Précisément, rien ne peut vous venir en aide car il n'est personne là pour être aidé. Ce qui peut se produire, c'est que tombent les concepts et que rien ne subsiste. Cela peut trancher au travers de la confusion.

Mais pourquoi méditons-nous ou écoutons-nous ceci ou lisons-nous des livres alors que finalement nous ne pouvons rien faire ?

Parce que vous imaginez que vous pouvez *faire* quelque chose. Vous pensez qu'il y a quelqu'un là qui peut choisir.

Mais, pour l'esprit, il n'est pas clair qu'il n'est pas de personne…

Oh, non ! L'esprit déteste cette idée qu'il n'y a personne. L'esprit *est* la personne. « Je suis une personne » est une pensée. L'esprit ne veut pas abandonner l'idée de son existence, ou de son apparente existence.

Comment puis-je alors réaliser que je ne suis pas une personne, que je suis – disons – un être spirituel ?

Vous n'êtes pas un être spirituel. Vous êtes rien – et tout à la fois.

Et comblé dans ce rien ?

Non. Cela n'a rien à voir avec la complétude.

*
* *

Je mène une vie spirituelle…

Vraiment ? Quelle horreur ! Enfin, je vous pardonne !

J'ai une question à propos du corps. Je sais qu'elle n'est pas très claire…

Pas de problème.

Lorsque vous dites de ne pas s'identifier… J'ai vraiment le sentiment que je vois à travers les yeux de ce corps, que je respire, que je mange…

Oui, la difficulté que vous évoquez est que nous sommes persuadés qu'il y a une localisation. « Je vois à travers ces yeux et il y a ce corps, par conséquent il doit y avoir quelqu'un ici ; il doit y avoir quelque chose à cet endroit. » Si vous considérez cela d'une autre façon et tentez de voir que, quoi qu'il se produise est le bien-aimé, quoi qu'il se produise est l'un... Une des choses qui arrive est le fait de voir depuis une localisation située ici, et une autre chose qui arrive est le corps, disons ce corps. Il s'agit de l'un se produisant en tant que ce corps et en tant que cette vision.

C'est difficile mais c'est la réalité. La réalité est que tout ce qu'il y a là est simplement vision, fait de voir. L'esprit fabrique l'idée qu'il y a quelqu'un en train de voir. L'esprit s'approprie le simple fait d'être et le convertit en un objet appelé « moi » là où il y a simplement vision globale du tout. Et tout est ceci. Il n'y a rien d'autre. Je sais que vous vivez apparemment dans une maison quelque part... Mais en réalité tout ce qu'il y a est ceci. Il n'y a jamais que ceci survenant.

Ceci est l'un. Ceci est l'amant. Tout ce qui survient est l'absolu – y compris la vision de ce qui apparemment se trouve là-bas voyant ceci. L'idée que c'est là-bas n'est qu'une apparence. Ce qui se passe est que l'un voit tout. Et (*agitant la main*) en ce moment précis *tout* est, disons, Tony Parsons remuant la main. Je suis tout. Ceci est tout. Vous êtes tout. Vous êtes l'un apparaissant en tant que deux. Il n'est pas de localisation.

Quelque chose d'autre en moi dit « Quand même, il y a la planète Terre... »

Non, il n'est pas de planète Terre, pas de maison où vous vivez... Il n'est besoin que de ceci, car ceci est tout. Et quand ce soir vous franchissez la porte de votre maison, c'est *tout*. C'est l'un. Tout cela, c'est la même chose – cela semble seulement différent.

Je peux tout à fait comprendre votre embarras – vous pensez que cela vous arrive à vous. Vous vous imaginez que vous êtes en train de déambuler à l'étroit dans une localisation appelée « moi », en regardant les choses. Mais il n'y a que l'un en train d'être deux. Cette pièce, votre maison, ne sont toutes deux que l'un apparaissant différemment. Voilà le miracle.

Qu'est-il entendu par le cœur ? D'autres enseignants – comme John de Ruiter – parlent souvent du cœur.

Le cœur n'a rien à voir avec cela. L'éveil ou l'unicité n'ont rien à voir avec une localisation ou un sentiment quelconque associé au cœur. Ils sont totalement au delà de toute idée de cœur. D'ailleurs, le cœur apparaît au sein de l'unicité… Le problème avec ce genre de discours est qu'il n'y *a* qu'unicité. Et quand vous évoquez le cœur, vous entrez dans toutes ces idées à propos de quelque chose qui est spirituel. C'est un enseignement provenant d'une énergie dévotionnelle qui n'a pas encore été intégrée à l'impersonnel.

*
* *

Je sais que cette question a déjà été posée sous une autre forme, mais s'il y a réalisation d'être l'un, qu'est-ce que cela apporte dans la vie de tous les jours ?

Rien, excepté la perception.

J'ai encore dans l'idée que cela induit des changements miraculeux et que les choses prennent une tournure plus harmonieuse, plus aisée.

Eh bien, il se trouve que cela se passe bien ainsi, mais si c'est là l'idée qui préside à la réalisation de l'unicité, cette réalisation ne se produira jamais en compagnie d'une motivation de ce genre.

Mais la vie doit être très différente s'il n'y a plus aucun jugement.

C'est bien ce qui apparaît habituellement, mais c'est sans aucune garantie.

Comment se traduit la perception que vous avez de votre propre corps ?

Il y a un corps – il n'y a pas « perception d'un corps » – il y a simplement un corps. Je peux uniquement vous dire qu'il y a conscience d'un sentiment corporel qui n'appartient à personne en particulier. Cette conscience n'est pas plus sacrée ou chargée de sens que la conscience du soleil brillant à travers la fenêtre, la conscience de boire une bière ou d'entendre une voiture. Tout cela est l'un. Il n'y a rien de plus proche, de plus spécial ou de plus significatif à propos du corps.

Et quand le corps fait l'expérience de la douleur ?

Quand il y a un mal à la tête, il y a un mal à la tête.

Je persiste à avoir le sentiment que si j'accueille tout, la vie est plus facile que si je suis dans l'exclusion.

Oui, c'est ainsi. Mais ne partez pas en quête de cela. Je peux déjà entendre d'ici l'esprit proclamant : « Si je peux tout abandonner, j'obtiendrais quelque chose nommé harmonie. »

J'ai essayé d'être riche car je ne voulais pas être pauvre. Cela n'a jamais marché...

Cela *peut* marcher – j'ai été riche. Vous ne pouvez prendre une chose et la ramener à tous. Encore une fois, il s'agit d'une invitation unique pour chacun. Dans votre cas, découvrir que vous ne pouviez devenir riche était le cadeau – un très beau cadeau. Tout ce qui apparemment nous arrive est le cadeau, simplement parce que l'unicité est pauvreté absolue et richesse absolue.

*

* *

Je vous ai entendu dire que l'éveil, c'est être intime avec toute chose. Qu'il n'y a pas de distinction entre ce corps et cette chaise. Qu'il s'agit d'un flux unique…

… de vie. L'éveil ou l'unicité n'est pas réellement « être intime ». C'est simplement que tout est, ce que c'est.

Partagez-vous votre dialogue intérieur avec votre épouse ?

Qu'entendez-vous par dialogue intérieur ?

Ce que vous pensez, ce que vous éprouvez…

Non, pas toujours !

Je le fais et je me retrouve toujours dans les ennuis.

Vous êtes encore en train de tenter de faire quelque chose. On vous a dit que vous devriez être totalement honnête avec votre épouse. C'est une manière d'essayer de faire marcher votre vie. Je ne m'intéresse pas à ça.

Mais si je dis la vérité, j'ai plus d'énergie.

« Si je fais ceci ou cela, mon énergie va être limpide et je me retrouverais gagnant à nouveau. » Pour l'amour de Dieu, quand allez-vous enfin cesser de tenter de gagner ? Tenter de devenir quelque chose d'autre est un combat tellement dénué de sens.

*

* *

Vous parlez de l'un comme étant impersonnel, mais il y a des enseignants comme Ramakrishna, par exemple, qui avaient une relation personnelle avec l'impersonnel.

C'est ce qu'il prétendait. – enfin, d'après les paroles qu'on lui prête. Une relation, c'est entre l'un et l'autre. Mais il n'est que l'un. Vous ne pouvez avoir de relation avec l'un parce que déjà vous êtes un.

Peut-être tentait-il simplement de ramener cela à notre niveau humain.

Oh, mon Dieu (*grand soupir*)... « Peut-être que ce n'est pas si facile – peut-être est-ce un terrible combat. Peut-être devrais-je être comme Ramakrishna » ou quel que soit son nom. C'est le discours mental. L'esprit est tellement attiré par cet horrible tourment de ne jamais être assez bien... Vous *êtes* l'un. Vous êtes l'expression divine. Rien n'a besoin d'être changé. Tout cela est totalement parfait et l'a toujours été. C'est magnifique. Rien ne change, excepté le fait de voir que vous êtes l'un. C'est tout. C'est si parfaitement simple.

L'idée de ramener quelque chose « au niveau humain » est générée directement par une ignorance teintée d'arrogance. Arrogance de la présomption que l'esprit peut et doit comprendre quelque chose pour que survienne l'éveil - une idée qui ne peut naître que d'une profonde ignorance. Ce qui est communiqué ici est totalement au delà de l'esprit et du cœur. Cela s'adresse directement à la sagesse que déjà nous sommes.

Il est bien plus aisé à une personne parfaitement simple de voir ceci que ce ne l'est pour quelqu'un d'encombré de prétendues connaissances spirituelles.

L'éveil est-il la fin de la souffrance ?

Laissez tomber le marchandage – vous êtes en train d'essayer de passer un marché. Les chercheurs marchandent, ceux qui trouvent abandonnent toute négociation. La recherche dure tout le temps où il y a quelqu'un qui se languit pour quelque chose, qui veut quelque chose. Lorsque celui qui veut lâcher la souffrance n'est plus, il y a ce qu'il y a.

Vous n'avez pas besoin de faire quoique ce soit. Vous n'avez même pas besoin de comprendre ce qui est dit ici. Simplement sachez qu'il y a vision. En partant d'ici sachez qu'il y a vision, simple vision de ce qui est.

Qu'en est-il du karma ?

Toute l'idée du karma et de la réincarnation et des vies passées – même l'idée que vous avez un passé dans cette vie-ci – est une histoire. C'est simplement le renforcement de cette histoire à dormir debout, l'apparence de l'existence d'un passé et d'un futur.

Voyez-vous, l'esprit est l'instrument que l'un utilise pour créer deux. La fonction de l'esprit est de diviser et de vivre dans le temps. Il se perpétue en renforçant constamment l'idée qu'il y a des choses comme le temps et les vies passées... Habituellement vous découvrez que vous avez été un grand roi, pas une dame pipi ; vous étiez un grand guérisseur ou une célèbre sorcière... C'est généralement très captivant.

L'idée du karma conforte l'idée que vous avez vécu antérieurement, que vous avez agi d'une certaine façon. En apparence, c'est ce qui semble se produire, mais il s'agit tout bonnement d'une métaphore, d'une parabole. Vous vivez dans une parabole. Cause et effet semblent être présents ; apparemment dans votre vie, il semble bien qu'il y ait une chose telle que la cause et l'effet. Et cela semble bien réel – aucune question là-dessus. Mais tout cela n'est qu'une invitation à voir ce qui se trouve derrière l'apparence.

Paul Lowe[2] *dit : « Si vous faites ceci ou faites cela, cela aura un effet. »*

Cette idée n'a absolument rien à voir avec l'éveil. Il n'y a aucun rapport, car il présume qu'il y a un individu séparé jouissant d'une capacité de choix.

Il parlait du fait d'être ordinaire...

Ce qu'il vous suggère est que vous devriez être ordinaire. Je ne vous dis pas cela – je ne vous dis rien. Ce qui vous est donné est rien, absolument rien. Cette communication dissout toute idée qu'il y a là qui que ce soit pouvant faire quoi que ce soit. Tout cela, c'est la parabole, ce conte de fées tellement convaincant ! La plupart des gens sont totalement persuadés qu'il s'agit de la réalité ; qu'il y a cause et effet. « Je suis une vraie personne ! » Au sein du rêve, cela apparaît réel – réel à celui qui est séparé. L'éveil est simplement l'abandon de cette idée. C'est aussi simple que cela.

J'ai tenté toute ma vie d'être un bon être humain...

Terrible ! C'est tellement ennuyeux. Oh, la souffrance et la lutte épuisante que nous endurons pour devenir quelque chose d'autre. Tout cela est tellement futile.

C'est sans effet ?

Aucun. C'est le point crucial, voyez-vous. Rien n'a d'effet, à part celui de décevoir. C'est le cadeau. L'aimé que vous êtes, celui que vous êtes, vous dit : « Regarde, continue à tenter d'être un bon garçon et viens à voir que cela ne marche pas ! » Ce qui vous est dit est : « Vous êtes l'un. » C'est le cadeau. Tout est cadeau, un merveilleux, merveilleux cadeau. Tout cela est orchestré par l'amour inconditionnel. Il nous regarde courir, frénétiquement en quête de lui-même, tentant d'être bon... Et il n'y a déjà que présence, amour inconditionnel.

C'est tellement merveilleux. Je suis totalement amoureux de *ceci*. Je suis totalement, passionnément épris de ceci. C'est tellement étonnant. Si totalement radical. Cela balaye tout le reste, car venant directement de la lumière et triomphant de l'apparente obscurité.

*

* *

Pouvez-vous dire ce que vous entendez par l'invitation ?

L'invitation est en réalité une autre partie de la parabole. Il y a une invitation, mais ce n'est que l'apparence d'une invitation. Une fois le carton d'invitation acceptée – par personne – il n'y a plus d'invitation, car il n'est plus personne à inviter. Tout le temps où il y a un sens de quelqu'un là, en quête de quelque chose, tout ce qui est vu, touché et goûté est le bien-aimé, l'aimé disant : « Vous êtes déjà l'un. »

Le chercheur vit dans une grâce constante. Il ne peut y avoir un instant au cours duquel le chercheur n'est pas invité. Tout ceci n'est rien d'autre que l'un, apparaissant comme deux, en quête de lui-même.

Qu'est-ce qui est invité ?

En fait, rien. Mais pendant tout le temps où il y a quelqu'un qui demande : « Qui suis-je ? Que suis-je ? » la réponse est partout. C'est le jeu qui se joue. Il n'y a qu'un. Il n'est rien d'autre. Vous êtes un.

Ceci exclut-il l'idée de l'existence d'une toute une autre dimension, un autre monde qui n'est pas inclus dans cette unicité ?

S'il y a l'idée d'un autre monde, c'est alors l'un apparaissant en tant qu'un autre monde. Mais la question à ce propos est : à quoi bon ? Qui veut un autre monde ? Il n'y aura pas plus d'unicité dans un autre monde.

Ceci, c'est vous étant le mur (*pointant en direction du mur*). Lorsqu'il n'y a personne, c'est simplement vu. Il n'y a rien d'étrange ou de magique à ce propos. L'unicité est totalement ordinaire et très naturelle. C'est ainsi que nous sommes.

Dans un sens, trouver ou ne pas trouver n'a pas d'importance, car il n'est rien à trouver et rien de perdu. Lorsque meurt le corps/mental et que la fonction de l'esprit de tout diviser s'éteint, il n'est plus qu'unicité. Cela peut se produire dans un corps en vie, c'est ce que les gens nomment l'illumination – et cela se passe toujours au moment de la mort. Lorsque cesse cette fonction de l'esprit de tout scinder, il y a unicité. Alors rien ne presse.

*

* *

Tout était si facile lorsque j'avais cinq ans. Je me souviens que je réfléchissais à ce qui se passerait quand je serais mort et je me suis retrouvé dans cet espace-là. Puis j'ai voulu retourner à mes grands-parents et ai quitté cet espace. Il n'y avait pas de peur.

Après l'éveil, la peur peut encore survenir, cependant, car en fin de compte il n'est pas d'île séparée. Vivre l'unicité c'est « être un avec tout » et en ce tout, il peut aussi y avoir la peur. Ce n'est pas un déni de quoi que ce soit – c'est l'accueil de tout ce qui se manifeste. Toutefois, il n'est plus personne qui soit effrayé, ou plutôt plus personne *pour* être effrayé.

*

* *

Depuis que je viens vous écouter, l'intérêt que je portais à l'obtention de l'éveil a considérablement diminué. J'en suis encore au point où le « moi » ne veut pas disparaître, alors pourquoi devenir illuminé? Cette seule idée semble redoutable. Mais ce qui se passe est que cette absence de désir d'atteindre quoi que ce soit se reflète dans ma vie, il a un effet sur ce que je fais et où je vais. Je n'éprouve plus autant d'intérêt à me rendre auprès d'enseignants puisque cela ne rime à rien.

Formidable. C'est merveilleux.

L'autre chose est qu'après être rentré de la retraite de Hollande il y eut un moment où je vis que ce qui regardait à travers ces yeux-ci est la même chose qui regarde à travers tous ces yeux-là. Ce sentiment se représente parfois et c'est très excitant. Il y a donc quelque chose qui se produit et en même temps cette idée « moi » est plus forte que jamais.

Retournons au début de ce que vous avez dit, car il y a peut-être là un malentendu. Tout ce qui disparaît, en fait, c'est le chercheur, celui qui est en manque, qui est perpétuellement en quête de quelque chose. Il n'est plus question ici de chercher à savoir où ce pourrait être, parce que c'est ceci.

Mais le personnage ne s'évanouit pas subitement dans la nature. Ce personnage unique, non seulement sera toujours là – mais il sera l'objet d'une plus grande célébration encore. Il s'épanouira dans cet être. Tout ce qui est lâché réellement, c'est celui qui se débat pour trouver quelque chose.

Je ne sais pas vraiment ce que vous entendez lorsque vous parlez d'un sentiment « moi ». Si vous voulez dire, vous, le personnage, il ne se perdra pas. Tout cela sera une vaste célébration, car il n'y a plus de recherche pour autre chose. Il s'agit simplement de l'abandon du *chercheur*. Vous n'avez pas besoin de venir ici, vous n'avez besoin d'aller nulle part. Personne n'a besoin de personne.

Je ne sens pas que j'y suis.

Cela se produit – je vous assure ! Tomber amoureux d'arbres, d'arrêts d'autobus…

Quand vous dites cela je note qu'il n'y a plus aucune attente. C'est simplement agréable d'être là.

Absolument !

*
* *

Ma conviction est que je dois faire quelque chose pour que les choses aillent mieux. Elle est si profondément enracinée.

Alors voyez un thérapeute. Quel mal y a-t-il à cela ? C'est absolument parfait. Rien n'est bon ou mauvais. C'est seulement ce que c'est. Si ce qui est là est de participer à des ateliers d'amélioration personnelle et de s'attacher à se rendre la vie meilleure, alors c'est ce qui est là.

Ce qui est communiqué ici, c'est : « Détendez-vous ! Tout va bien – pourquoi se poser des questions ? » Je pense que la thérapie moderne est la chose la plus intelligente qui soit disponible pour tenter de faire marcher sa vie. Il n'y a aucun doute là-dessus – cela marche, pour un temps… Et c'est fascinant car cela tourne exclusivement autour de MOI. « Je suis vraiment, vraiment important, non ? En fait, mon vécu est bien plus important que le vôtre ! »

*
* *

Pourriez-vous parler de la solitude ou de l'esseulement ? Hier, après être retourné chez moi, je me suis senti très fort, très un. Et puis, au bout d'un moment un sentiment de solitude s'est fait jour, et je pouvais voir le personnage réapparaître, avec ses émotions, ses humeurs, ses réactions… Barry Long a dit que l'esprit est comme un chien et qu'il doit être tenu en laisse. Soit je fais quelque chose pour me distraire, soit ces pensées continuent à affluer sans cesse.

Et qu'est-ce qui voit tout ça ?

Je le vois, mais c'est tellement puissant !

Oui, ça arrive… Mais quelque chose là-dedans voit cela de plus en plus. Une fois qu'il est vu que rien n'y fait, qu'on ne peut rien y faire, un monde totalement nouveau s'ouvre alors. Tout le temps où vous êtes convaincu que vous pouvez faire quelque chose à propos du retour de ce personnage, de cet esprit qu'il faut tenir en laisse – tout le temps où c'est là, il y a en quelque sorte le sens d'une volonté. Quand vous lâchez cela, tout un monde nouveau s'ouvre à vous.

Continuez simplement à lâcher prise. Soyez simplement impuissant et voyez que le personnage est là. Alors la solitude revient, pas l'esseulement, mais la solitude de l'un.

Lorsque Tony Parsons traversa le parc et qu'il n'y eut plus de Tony Parsons, un des sentiments qui survint avec cela fut un sentiment de solitude totale. Il y eut une vue soudaine que ce que je voyais n'était pas communément vu. Je ne pouvais approcher quelqu'un d'autre pour lui dire : « Vous êtes l'un. » J'aurais été conduit à l'asile aussi sec.

Dans un sens, tout le monde est seul, en fait. Dans la séparation, nous sommes seul et nous nous sentons également esseulé car nous ne pouvons réellement atteindre personne. Vous ne saurez jamais à quel point ma table est verte – cela fait partie de la parabole. Après l'éveil, il n'est pas question d'esseulement car il y a seulement un et tout.

Ce qui ne veut pas dire que je pourrais être vous ou envahir ce que vous êtes. Je n'en ai plus besoin. Je n'ai plus besoin d'investir quoi que ce soit ou de me rendre où que ce soit. Je suis au paradis – je suis le paradis.

Donc, si je comprends bien, vous avez le sentiment d'être l'un. Cela paraît plutôt abstrait.

Cela paraît abstrait à l'esprit, mais c'est plus réel que toute autre chose. C'est la seule chose réelle - l'unicité. Pendant que nous sommes séparés nous vivons dans un monde abstrait ; nous vivons dans un monde d'esquive de la vie. Les thérapeutes me demandent : « Mais ne parlez-vous pas d'une fuite devant la vie ? » Ils imaginent que je parle de quelque chose appelé « détachement ». Ceci n'a rien à voir avec le détachement. Il s'agit ici d'être la vie de la façon la plus intime et de la plus pleine qui soit. Dans la séparation, nous vivons en effet dans un monde abstrait ; nous vivons dans ce monde d'idées. Être un de façon naturelle ne comporte rien d'abstrait. C'est très immédiat, très direct. C'est être dans l'amour de ceci. Il n'est rien d'autre que ceci.

Je pense que cela a trait à l'impersonnel. Pour la personne, l'impersonnel est totalement glacial.

Oui, cela apparaît ainsi. « Voyez la face de Dieu et soyez-en bouleversé. » - comme si cela n'avait aucun rapport avec l'amour ou la vie. Mais l'impersonnalité doit être de la partie d'une certaine manière, car l'impersonnalité a un rapport avec la liberté. Il n'y a plus aucune adhérence à quoi que ce soit. La vie est simplement vie. C'est là qu'intervient la nature de l'impersonnel. Il n'y a plus aucun sens de quelque chose étant bien et l'autre mal. Tout est simplement ce qui est. Cela a à voir avec la liberté, la libération et aussi avec la nature inconditionnelle de l'amour.

*
* *

D'où vient la peur ?

Elle surgit simplement. D'où vient l'arbre ? Tout vient de l'un. La peur vient du rien. À l'esprit, il semble que la peur survienne avec l'histoire « Elle ne m'aime plus », ou quoi que ce soit d'autre. Ce n'est en fait qu'une histoire. La peur, elle, est vivante – l'histoire n'est qu'une information brodée sur ce qui est.

Je pensais que la peur surgissait parce que je suis séparé.

Oui, la séparation est à la racine de la peur, mais même quand il n'est personne, il peut y avoir de la peur. Lorsqu'il n'est personne, ce « personne » est tout et vit dans une apparence où surgit la peur. Soyons également clair sur le fait que même après la survenue de l'éveil un sens de la séparation peut encore réapparaître, mais n'ayant rien à quoi s'accrocher, il redisparaît à nouveau. Une fois l'un établit, il voit tout, et la peur peut venir, être vue et s'évanouir – tout est éphémère.

*

* *

Je connais un enseignant qui loue les gens lorsqu'ils sont capables d'une observation en retrait et les admoneste quand ils sont repris par leurs vieilles habitudes.

C'est là la pratique du dualisme pur. Ici vous pouvez être content, car je n'ai aucun intérêt particulier pour « vous ». Je vois qu'il n'est personne là qui puisse choisir.

L'éveil entraîne avec lui l'intégration ou le mariage des polarités, qui est la libération. Ce qui se passe de nos jours, c'est que de plus en plus de gens ont un aperçu et se précipitent ensuite pour devenir des gourous. Toute l'affaire n'a pas encore été intégrée. « La sagesse est savoir que vous n'êtes rien ; l'amour est savoir que vous êtes tout. »[3] Si vous vous cantonnez à la sagesse, il demeure toujours là un subtil soupçon de « moi » qui cherche à être conforté, nourri, par quelque chose d'extérieur. Il y a un investissement dans le désir de prouver quelque chose, il y a un « moi » subtil qui veut quelque chose. Tout le temps où c'est là, il n'est pas de clarté ; il y a implication dans ce qui se passe.

Je ne suis nullement investi dans ce qui se passe. Je me sens ici exactement comme je me sens dans mon jardin. Cela ne fait rien si quelqu'un insiste pour rester en thérapie dans le dessein de faire marcher sa vie – c'est tout simplement ce qui est, c'est la divine expression. Il n'est personne ici (*se désignant lui-même*) qui éprouve le moindre intérêt pour un changement quelconque, personne ici qui veuille que ce soit différent que ce n'est.

Tout ce qu'implique le type d'enseignement que vous évoquez est qu'il y a un endroit à atteindre. Je n'éprouve aucun intérêt à vous voir devenir quoi que ce soit, car vous êtes déjà cela, votre propre absence.

*
* *

Vous plaignez-vous parfois ?

Oui, particulièrement si le café n'est pas assez chaud. Lorsque nous séjournons à l'hôtel, presque immanquablement le café apporté le matin est tiède. Même ici en Allemagne ! En Angleterre, on peut comprendre, mais ici… Cela me gâche toute ma journée !

Un de mes concepts pour une vie meilleure est de ne pas se plaindre.

Attendez ! Arrêtons-nous ici un instant. L'esprit n'est-il pas merveilleux ? Hier, vous m'avez confié qu'une des choses en lesquelles vous croyiez également était d'être totalement franc avec votre épouse et que cela vous attirait les pires ennuis. Alors hier il s'agissait d'être totalement honnête. Mais aujourd'hui, lorsque le café arrive froid, il s'agit de le boire tel quel – et ce n'est pas être honnête – parce qu'une autre de vos croyances est que vous ne devriez pas vous plaindre. Tout cela est contradictoire et dénué de sens. Lorsque votre femme s'envolera avec le livreur, n'allez-vous pas vous plaindre ou allez-vous être honnête ?

J'ai payé tant d'argent pour tout ça – l'honnêteté, ne pas se plaindre…

Oui, je peux l'imaginer.

*
* *

Je vous ai entendu dire que lorsque quelqu'un s'éveille, c'est d'une grande aide pour le monde entier; que cela apporte de la lumière. Cela m'a beaucoup touché.

Tant qu'il y a au monde des gens apparents en recherche, et qu'apparemment ils rencontrent quelqu'un d'autre qui réellement n'est rien, ils en éprouvent une expansion. D'une façon générale, dans la perspective élargie au tout, il n'est pas de différence. Mais pendant tout le temps où il y a un chercheur en demande, être auprès de quelqu'un qui n'est rien peut être une manière de générer relâchement et sentiment d'expansion. Parce que ce qu'ils y voient est leur nature originelle. Ce qu'ils voient est ce qu'ils sont. Et un lâcher prise, un effondrement de toute cette étroitesse, peut intervenir.

Il peut y avoir une échappatoire dans le fait de se plonger dans l'aide aux autres. Ce peut être simplement une autre façon d'esquiver la découverte que vous n'êtes rien. Lorsque l'unicité est embrassée ou intégrée, il n'est plus question d'aider qui que ce soit – il n'est personne ayant besoin d'aide.

*
* *

Il me semble que je peux clairement percevoir chez ma petite fille de deux ans comment elle peut broder une histoire à la suite de l'apparition d'une humeur ou d'un sentiment pour l'accompagner…

À l'évidence, elle est déjà séparée.

Oui, il y a là un puissant sens du « moi » et du « je veux ».

Merveilleux. J'ai eu quatre enfants et ils se sont adonnés à fond au développement de l'ego. C'étaient de véritables monstres – j'aurais pu tous les tuer ! C'est jouer le jeu de la séparation. « Je suis séparé et maintenant je vais être vraiment séparé, la personne séparée la plus importante au monde ! »

*

* *

Ne faut-il pas, pour devenir plus joyeux et plein d'énergie dans la vie, que je me rende plus vulnérable ?

Ah, maintenant en voilà encore une autre ! D'abord c'est être honnête, puis ne pas se plaindre et maintenant c'est être plus vulnérable. Tout cela a trait à la façon dont vous « devriez » être. Qui va être ainsi ? Il n'est personne, alors qui va devenir vulnérable ?

*

* *

Pouvez-vous dire quelque chose à propos du mariage et des relations mâle/femelle. Ce qu'elles représentent ?

D'une certaine façon, vous pouvez dire que tout est invitation. Mais il est une situation très puissante qui est la relation homme-femme, homme-homme ou femme-femme. Prenons, pour rester simple, la relation homme-femme – qui n'est qu'une autre apparence. Ce qu'il y a de puissant là-dedans, c'est que d'une manière ou d'une autre cela représente très fortement ce dont nous parlons. Ce dont nous parlons ici est le mariage, le mariage définitif de l'énergie mâle et femelle en un.

On pourrait dire que tomber amoureux est la chose la plus proche du goût de l'unicité. Tomber amoureux – qui pour moi est même au delà de la sexualité – est comme une adoration. Il y a le sentiment de se perdre soi-même. Tout ce qui existe est le bien-aimé. À la suite de cela vous êtes irrésistiblement enclin à nouer une relation avec cette personne, et c'est l'entrée en jeu de la sexualité et de tout le reste. Quand vous faites l'amour à quelqu'un, ce qui peut se produire est qu'encore une fois vous vous perdiez vous-même pour un moment. Il n'est plus de réelle conscience de votre part d'être homme et pour votre partenaire d'être une femme. Dans ce type d'énergie peut survenir l'éveil.

La sexualité est tellement puissante, elle a tant à voir avec la vie même. Elle représente la création de la vie. La difficulté réside dans le fait que l'esprit en revient constamment à « moi en relation avec vous », et n'a de cesse de faire de vous l'objet et de moi le sujet. « Vous êtes la personne avec qui je vais entrer en relation et vous êtes là-bas et moi ici. » Ce qui nous échappe, c'est qu'en réalité il n'est aucune relation entre vous et moi. Il n'est pas d'espace entre vous et moi. En fait vous êtes moi et je suis vous.

La rencontre entre mâle et femelle représente la rencontre de la glace avec le feu. Les deux éléments s'annihilent l'un l'autre, se muent en vapeur, et puis plus rien. C'est le rien de la libération, le mariage final au delà des genres, au delà de l'apparent dualisme mâle-femelle.

Une chose que j'ai notée auprès des gens en quête d'illumination est que l'énergie masculine se complaît à vivre dans une tour d'ivoire ou à se retirer dans ce que je nomme une cage de verre. Ils désirent devenir conscience pure et observer les objets venir et repartir. Et la chose dont ils sont absolument terrifiés est l'énergie féminine, parce que ce dont ils ont vraiment une peur bleue, c'est de l'intimité ; se consumer dans le feu de l'intimité. C'est ce que je nomme un trait masculin, ce désir de se situer dans ce lieu glacial.

Voilà pourquoi la religion est anti-sexe et anti-femme, principalement parce que l'influence religieuse a été patriarcale. Fondamentalement, l'énergie masculine a peur du feu de la vie. Et l'énergie féminine craint l'impersonnalité… Il y a donc un mariage entre ce qui apparaît comme des polarités opposées.

Soyons clair là-dessus, cependant, les gens n'ont aucun besoin de rapports hétérosexuels ou homosexuels, ou même d'une relation quelconque, pour que survienne cette fusion, simplement parce que tous les éléments mâles et femelles sont en chacun.

*
* *

En ce qui me concerne, la découverte que tous mes actes sont une négociation avec la vie, que tout ce que je fais a un but, a été très importante. La tendance à rechercher un dessein ou une signification à tout est très forte.

Une fois devenus séparés, nous sommes conditionnés à nous protéger de ce monde étranger au sein duquel nous rêvons être. Après cela, la manière dont nous nous y prenons pour faire les choses n'est qu'un incessant marchandage. Nous vivons dans ce monde du « Qu'est-ce que je peux obtenir en échange de ça? » ou du « Où se cache la menace? » Dans la séparation, nous mettons notre innocence de côté... Nous devenons des gens d'affaires.

Mais nous devons le faire. Tout le corps du drame qui se joue est la perte du paradis dans le dessein de le reconquérir. Antérieurement, quand il y avait le paradis, il n'y avait pas nécessairement connaissance de cela.

*
* *

Qu'entendez-vous quand vous dites que lorsque je vous regarde, c'est moi-même me regardant?

Je ne peux vous le dire... C'est indescriptible, mais c'est très ordinaire et naturel. Une des difficultés qu'ont les gens qui viennent à ces réunions, c'est qu'ils sont en recherche de l'unicité en pensant qu'il s'agit de quelque chose de très magique, de très spécial et que tout va se transformer... Il n'en est pas ainsi. C'est presque comme si quelque chose disparaissait, qui serait le deux. Ce qui s'en va, c'est la séparation. Pour demeurer séparé, il faut de l'énergie. Il faut y travailler. Tous les matins, au réveil, nous reconstruisons le « moi ». C'est pour ça que nous sommes tellement épuisés à la fin de la journée.

Le silence a-t-il quelque chose à voir avec l'absence de pensées?

C'est le silence qui voit les pensées. Le calme n'est pas immobilité de l'esprit. La tranquillité, le calme, est ce qui voit qu'il y a des pensées. Vous pourriez dire que tout émane du silence. Le silence est absence et n'a besoin de rien. Les pensées viennent du silence et retournent au silence... ceci est la manifestation de l'unicité.

Notes du traducteur

Londres
Octobre 2002

1 « All the world's a stage, and all the men and women merely players. » « Le monde entier est un théâtre, et tous, hommes et femmes, en sont les simples acteurs. » William Shakespeare, dans *Comme il vous plaira*.

2 Originellement en tamil : « Nan Yar ? ». Ce questionnement, qui aux tréfonds n'appelle pas de réponse, semblerait se traduire littéralement par « moi quoi ? ». Si cela est exact, il est intéressant de noter que les premières traductions occidentales aient mué ce « quoi » lourd d'implication en un « qui » beaucoup plus gracieux à l'ego. Cette première dérive appelait tout naturellement l'adjonction du « suis-je », faisant apparaître, tel le lapin sortit du chapeau, une locution de substitution, dont la construction grammaticale infère maintenant l'existence d'un « quelqu'un », là où les enseignements de non-dualité sans compromissions pointent tous en direction de l'absence de « qui » que ce soit.

3 Cf. page 163 de l'ouvrage : « ...des moments d'unicité peuvent se produire et ensuite apparemment ne plus être là pour un temps. Cela varie de personne à personne. Mais c'est totalement régulé – il n'est qu'une certaine quantité d'unicité que le corps puisse tolérer, et ensuite il lui faut retourner à la contraction, jusqu'à ce que vienne le temps où cela peut être entièrement accepté par le corps. C'est quelque chose de très énergétique. »

Brecon Residential
Novembre 2002

1 *Superconciousness Revisited* par Robert M. May, publié par Element Book, a Publishers Ltd. ISBN 1-85230-280-1. Épuisé à ce jour.

Totness
Septembre 2002

1 De *I Am That*, le premier recueil des dialogues décapants de Nisargadatta Maharaj, le maître de Ramesh Balsekar, réunis par Maurice Friedman et publié originellement en 1973 par Chetana à Bombay et The Acorn Press en Caroline du Nord aux Etats-Unis. Il en existe une traduction française aux éditions Les Deux Océans à Paris parue sous le titre approximatif « Je Suis ».

Pour la citation cf. chapitre 57, page 269 des éditions anglaises chez Chetana et The Acorn Press, page 285 de l'édition française aux éditions Les Deux Océans.

2 *The Open Secret*, première publication de Tony Parsons en 1995 aux éditions Open Secret Publishing, ISBN-0-9533032-0-9, suivi par *As It Is* en 2000, (même maison d'édition), ISBN 0-9533032-1-7. Ces deux textes furent ensuite réunis en un seul livre aux États-Unis. Soumis Outre-atlantique à un « éditing » curieusement fantaisiste, ils furent publiés sous le titre *As It Is* par les éditions Inner Directions Publishing. La traduction française effectuée à partir des textes originaux des éditions Open Secret Publishing est publiée aux éditions Accarias L'Originel depuis 2002, sous le titre *Ce qui est*.

3 Ibid.

4 Ibid.

5 L'immense popularité d'Eckhart Tolle, parmi tous ceux qui développent une perspective similaire, semble provenir en grande partie de la mention par un acteur de cinéma de son premier ouvrage *The Power*

of Now dans l'une des émissions de variété les plus courues aux États-Unis, The Oprah Winfrey Show, au début des années 2000 et de l'apparition de *The Power of Now* sur la « Oprah's favourite Things 2002 list ».

Traduit en français sous le titre *Le pouvoir du moment présent*. Publié aux éditions Ariane en novembre 2000. ISBN : 2920987461.

À propos du positionnement d'Eckhart Tolle en regard de la non-dualité, voir l'intéressante déclaration qui lui est prêtée dans *The Awakening West* de Lynn Marie Lumiere & John Lumiere-Wins publié par Clear Vision Publications en 2000, ISBN 0-9704792-0-4, page 322-323.

6 Roger Linden. http://www.rogerlinden.com/ Premier aperçu à l'âge de six ans. Lecteur assidu de J. Krishnamurti à 13 ans, il pratique la « Méditation Transcendantale » dans les années soixante-dix. En 1990, il abandonne cette pratique après sa rencontre avec Jean Klein auprès duquel il lui vient un deuxième aperçu de l'unicité. En 1998, rencontre avec Tony Parsons. Au cours d'une retraite en 2000, une réponse de Tony Parsons déclenche chez lui l'évanouissement du sens de la séparation.

7 À ce propos deux livres parmi d'autres : *The Mother of God*, carnet intime de Luna Tarlo, la mère d'Andrew Cohen, où il apparaît que bon sens et perspicacité ne sont pas forcément là où on les attendait, publié aux éditions Plover Press en 1995, ISBN 1-57027-043-0 et *Enlightenment Blues* par Andre van der Braak, aux éditions Monkfish Book Publishing, en 2003, ISBN 0-9726357-1-8.

Amsterdam
Avril 2002

1 La citation originale semble être : « Quel avantage un homme aura-t-il à gagner le monde entier, si c'est en se perdant lui-même et en le payant de sa propre existence ? »

Evangile selon saint Luc, chapitre 9,22-25.

Le rendu de l'auteur lui permet d'égratigner au passage l'idée de l'existence d'une âme « entité personnelle ».

2 L'épouse de Tony.

3 Pour l'anecdote on notera que ce « snobisme spirituel », catholique chez Tony, se retrouve chez Ramesh Balsekar comme chez Wayne Liquorman dans la bouche de deux rabbins.

Amsterdam
Juillet 2002

1 Merveilleux anglais! ... « Oneness 'me'-ing », l'unicité 'moi'-yant, comment résister à ces raccourcis suggestifs, ici en place d'un terne « occupée à faire le 'moi' ».

2 Il est intéressant de noter la convergence des perspectives déployées par certaines grandes pointures de la non dualité contemporaine. Ici en particulier, la convergence avec ce qu'exprime Ramesh Balsekar sur ce point essentiel. – Cf. *Laisser la vie être*, entre autres, aux éditions du Relié, où dès le début du premier chapitre on peut lire: « ...ne combattez pas l'ego. Acceptez le. »

Amsterdam
Décembre 2002

1 Paru en français sous le titre *Ce qui est*. Voir note 2 dans le chapitre "Totness".

2 Francis Lucille, autre calibre de l'advaita contemporain, a coutume de dire: « La vérité est à consommer sur place – elle ne se sert pas réchauffée. »

3 « Il est plus aisé pour un chameau de passer par le trou d'une aiguille que pour un riche d'entrer dans le royaume de Dieu. » Saint Matthieu.

4 « Quel avantage un homme aura-t-il à gagner le monde entier, si c'est en se perdant lui-même... » Evangile selon saint Luc, chapitre 9,22-25.

Berlin
Janvier 2002

1 Suzanne Segal auteur de *Collision with the Infinite* aux éditions Blue Dove press, ISBN 1-884997-27-9. a été le théâtre d'une réalisation aussi abrupte qu'inopinée qui l'a plongée pendant des années dans un épouvantable désarroi. Elle relate dans cet ouvrage avec une touchante sincérité un parcours étonnant qui culmine avec la survenue de l'apaisement et l'animation en toute humilité de rencontre avec des chercheurs avant sa disparition prématurée, des suites d'une tumeur au cerveau.

2 Ibid.

3 Maurice Nicoll, 1884 -1953. Brillant analyste Jungien, sa rencontre en 1921 avec P. D. Ouspensky va réorienter le reste de sa vie. Après un séjour au Prieuré auprès de Gurdjieff l'année suivante, il étudie avec Ouspensky jusqu'en 1931 où il se met lui-même à enseigner. Ses écrits, et les papiers qu'il lisait à ses élèves, ne furent publiés que tardivement, à la fin de sa vie. Il laissa un précieux *Commentaire psychologique sur l'enseignement de G. I. Gurdjieff et P. D. Ouspensky*, *The New Man* et *Living Time* publiés par son élève Vincent Stuart.

Berlin
Juin 2002

1 Barry Long. 1926 – 2003. Né a Sydney, il passe les 38 premières années de sa vie en Australie où il fait carrière dans la presse. Peu après la trentaine, pris d'un irrépressible désir de changement, il finit par abandonner famille et profession, pour se rendre en Inde avec une femme dont il est éperdument amoureux. Elle le quitte aux pieds des Himalaya, et plongé dans un profond désespoir, il y fait, dans la solitude, l'expérience « de sa propre vérité ». De retour en Occident, établi à Londres et vivant de sa plume, il commence à parler en privé à un petit nombre de personnes. Son audience s'agrandit et il publie dans les années 80 *Les Origines de l'Homme et de l'Univers* chez Routledge & Kegan Paul. En 1995 la Fondation Barry Long est créée et l'année suivante le voit retourner se

fixer en Australie d'où rayonnera, jusqu'à sa disparition, sa vérité sur la vie et l'amour, portée par une approche simple et pragmatique des choses.

2 Réputé pour son humour, Paul Lowe se présente comme un « coach personnel de vie ». Fort d'une vaste expérience du monde qu'il a généreusement parcouru, il s'adonne avec passion à l'étude du potentiel humain, et aux possibilités de développement personnel, poussant sans relâche les gens à dépasser leurs propres limites du possible.

3 Nisargadatta Maharaj. Ibid.

Pour contacter Tony Parsons ou pour trouver d'autres informations à propos de ses causeries, de ses ateliers et de ses retraites, veuillez écrire ou envoyer un courrier à :

Tony Parsons
P.O. Box 117
Shaftesbury SP7 9WB
Angleterre

Courriel : theopensecret@btopenworld.com
Site : www.theopensecret.com

ACHEVÉ D'IMPRIMER
EN MARS 2007
PAR L'IMPRIMERIE
DE LA MANUTENTION
A MAYENNE
FRANCE
N° 41-07

Dépôt légal : 1er trimestre 2007